S&R

D1149318

Dans le pli des collines

De la même auteure

Les Perles de Ludivine, roman jeunesse, Hurtubise HMH, 2008

Drôle-de-zèbre, récit, collectif, La nouvelle plume, 2007

La Malchance d'Austin, roman jeunesse, collectif, La nouvelle plume, 2007

Amélia et les papillons, conte, Hurtubise HMH, 2006

Dans le pli des collines, roman, La nouvelle plume, 2004 (1re édition)

Martine Noël-Maw

Dans le pli des collines

2e édition

La nouvelle plume

Noël-Maw, Martine
Dans le pli des collines (2ᵉ édition)
Roman
ISBN 978-2-921385-60-2

Texte entièrement remanié par l'auteure.

Les Éditions de la nouvelle plume remercient le Conseil des Arts du Canada et le ministère du Patrimoine canadien pour leur soutien financier et pour l'aide accordée à son programme de publication.

Couverture : Noblet Design Group

Mise en page : focus-plus communications

© 2004, 2009 Éditions de la nouvelle plume, coopérative ltée
3850, rue Hillsdale, bureau 130
Regina (Saskatchewan) S4S 7J5
Tél. : (306) 352-7435
nouvelleplume@sasktel.net
www.nouvelleplume.com

Tous droits de traduction, de reproduction et d'adaptation réservés.

Dépôt légal : deuxième trimestre 2009
Bibliothèque nationale du Canada

Imprimé chez Houghton Boston, Saskatoon, Canada

À Tim
dont l'amour m'a permis
de devenir ce que je devais être.

À la mémoire du Dr George Ferguson.
Arrivé à Fort San en 1917
pour un contrat d'une durée de six mois,
il ne le quitta qu'au moment de la retraite,
trente et un ans plus tard.

Note de l'auteure

Huit années ont passé entre l'écriture de la première édition de ce roman et celle-ci. Depuis, bien des événements sont survenus : plusieurs témoins de l'époque se sont éteints, Fort San a été vendu et le site accueillera bientôt un développement résidentiel. On peut croire que les pavillons de l'ancien sanatorium seront sacrifiés pour faire place à de nouveaux immeubles. C'est tout un pan de l'histoire de la Saskatchewan qui disparaît.

Avant-propos

Juillet 1993. Je parcours les routes de campagne du sud de la Saskatchewan à la découverte de ma nouvelle province d'adoption. Il fait un temps splendide, et j'ignore que je suis sur le point d'avoir un coup de foudre.

Je suis seule. Il n'y a devant moi que la plaine et ce ciel immense qui repousse constamment l'horizon. Une légère courbe vers la droite, puis une autre vers la gauche, une maison de ferme abandonnée, des champs de blé qui s'entremêlent, épousant harmonieusement l'empreinte du vent. Je poursuis ma lancée sur le petit filet d'asphalte au milieu de cette mer dorée lorsque je croise un panneau routier annonçant « Qu'Appelle Valley ». Tout à coup, la terre s'ouvre devant moi, la vallée m'apparaît, taillée à même le ventre des prairies, bordée de collines verdoyantes. Quel ravissement !

Heureusement, il s'y trouve un belvédère. Je freine et gare ma voiture. J'en descends et hume l'air frais. Je n'ai pas les yeux assez grands pour tout voir. À ma droite, un champ de canola d'un jaune pimpant. À ma gauche, un lac d'un bleu qui se marie à celui du ciel. En contemplant pour la première fois cette vallée, je me dis qu'il doit s'y être passé des événements extraordinaires, qu'un paysage aussi saisissant doit avoir influencé le destin de ceux qui y ont vécu. Je suis loin de me douter à quel point il déterminera le mien.

La vallée Qu'Appelle (ou Katepwa qui signifie « qui appelle » en cri) a été baptisée ainsi par les Métis. Cette cicatrice plusieurs fois millénaire, laissée par le passage des glaciers, est le berceau d'une légende écrite par Pauline Johnson. Selon celle-ci, un jeune Amérindien, pagayant jour et nuit pour aller retrouver sa fiancée après une longue absence, aurait entendu une voix féminine appeler tendrement son nom, par deux fois, juste avant le coucher du soleil. « Qui appelle ? » aurait-il demandé. Pour toute réponse, il aurait entendu l'écho lointain : « Qu'appelle ». Craignant le pire, le jeune homme aurait repris sa route en direction du village de sa fiancée pour découvrir à son arrivée qu'elle était morte et que, dans un dernier souffle, elle avait appelé son amour, à deux reprises. Depuis ce jour, toujours selon la légende, on peut entendre la belle appeler son amour dans le vent d'ouest lorsque la lune pointe au sommet des collines lointaines.

C'est au creux de cette vallée que je découvre par la suite Fort San, le légendaire sanatorium. L'impression d'émerveillement se confirme. Sans le savoir, je viens de dénicher le point de départ de mon premier roman.

J'ai planté dans le décor envoûtant de la vallée Qu'Appelle des personnages fictifs qui, pour certains, puisent leur essence dans des êtres qui ont gravité autour de Fort San. Leur destin constitue la trame d'une intrigue forgée de toutes pièces, une histoire inspirée par les collines de la vallée.

J'ai pris un plaisir immense à me laisser ensorceler par cet endroit et, lorsque je ressens un besoin d'enchantement, je saute dans ma voiture et j'y retourne. Mon souhait le plus cher est d'être parvenue à transmettre par l'entremise de ce roman ne serait-ce qu'une parcelle de sa beauté.

Martine

Fort Qu'Appelle et les environs

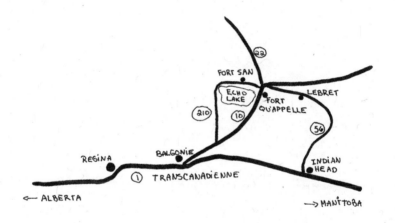

[…]
Je laisserai de moi dans le pli des collines
La chaleur de mes yeux qui les ont vu fleurir
Et la cigale assise aux branches de l'épine
Fera crier le cri strident de mon désir.
[…]
La nature qui fut ma joie et mon domaine
Respirera dans l'air ma persistante odeur
Et sur l'abattement de la tristesse humaine
Je laisserai la forme unique de mon cœur.

Anna de Noailles
Extrait de *L'Empreinte,* dans *Le Cœur innombrable* (1901)

À la fin de l'été

Déterminée à préserver à jamais le secret de Katherine Willie, Sophie décida de brûler les lettres. Elle sanglotait lorsqu'elle saisit la boîte d'allumettes sur le manteau de la cheminée. Si cette histoire venait aux oreilles d'Émile... Elle n'osait même pas imaginer l'impact qu'une telle révélation aurait sur son mari. Et que dire de son beau-père ? Une crampe abdominale la plia en deux.

Malgré les soixante-dix années qui avaient passé, trop de gens souffriraient si la vérité était dévoilée. Cette sordide vérité qu'elle avait tant cherché à savoir. Sophie se moucha dans la manche de son peignoir. D'un autre côté, si les faits réels étaient révélés, la réputation du grand-père d'Émile serait réhabilitée. Mais ce serait trop cher payé. Tant pis !

La jeune femme s'assit à l'indienne devant l'âtre. Le marbre froid lui arracha un hoquet de saisissement. Elle tourna la clé de la cheminée d'un demi-tour vers la droite, ouvrit les portes vitrées et écarta le grillage du pare-étincelles. Puis, reniflant et s'essuyant les yeux, elle tenta d'apaiser son angoisse en se disant que le seul témoignage du crime (le seul ? panique !) allait bientôt s'envoler en fumée.

Les allumettes dans une main et les lettres dans l'autre, Sophie tergiversait. Le geste qu'elle s'apprêtait à poser était-il le bon ou se faisait-elle complice du crime ? Elle soupesa les différentes options et en vint à la conclusion qu'il valait mieux enterrer cette histoire pour le bien de tous. Elle brûlerait les lettres une à une pour être bien sûre qu'elles soient toutes détruites, que rien ne subsiste. Elle prit une allumette. Au moment de la craquer, elle eut une dernière hésitation. Peut-être devrait-elle s'accorder un temps de réflexion ? Et si elle conservait les lettres et qu'Émile venait à les trouver ? Le risque était-il si grand ? Après tout, elles étaient à Civita depuis plus de trois ans, et il ne s'y était jamais intéressé. À moins que... non.

— On ne refait pas le passé, mais on peut le laisser dormir, soupira Sophie en frottant l'allumette sur la brique du foyer.

L'histoire de Katherine Willie resterait dans le pli des collines, comme cette dernière l'avait souhaité. Réduire en cendres les lettres témoignant d'un crime dont les protagonistes étaient depuis longtemps disparus était la meilleure solution. Leur contenu ne pouvait aider personne, ni servir à punir un coupable. La vérité, quoi qu'elle en eût toujours pensé, ne pouvait que faire du mal à Émile et à son père. Pourtant, elle hésitait encore. L'allumette lui brûla les doigts. Elle la jeta dans le foyer et en gratta une autre.

Quelques mois plus tôt

1

Confortablement installée à son bureau, Sophie posa les yeux sur le vieux cahier marron qui arborait en page couverture une inscription à l'encre noire :

Journal

Paris, août à décembre 1946

Il s'agissait du premier tome d'une série dont la suite se trouvait dans un carton posé par terre. Prêt à fendre sous le poids du papier et des années, ce carton en avoisinait un autre, bourré de lettres celui-là. Sophie avait à ses pieds le résumé de toute une vie, celle d'Emily Murray, défunte tante et marraine de son mari, Émile.

Emily avait été une femme hors norme. D'abord pour avoir mené une brillante carrière de journaliste, puis pour avoir toujours refusé d'épouser Anthony, l'amour de sa vie, et enfin pour avoir choisi de ne pas avoir d'enfants. À l'époque, il fallait le faire ! À sa mort, quatre ans plus tôt, Emily avait légué ses archives personnelles, de même que la moitié de ses avoirs, à Émile. L'autre moitié était allée à Charles et à Colette, son frère et sa sœur survivants.

Quand Émile avait hérité de ces documents, Sophie avait tout de suite songé à les transcrire à l'ordinateur. Elle se mettait enfin à la tâche. Avant même de lire la première ligne, l'excitation l'avait gagnée à l'idée de pénétrer dans l'intimité d'une personne comme Emily.

Paris, le 16 août 1946

Bien sûr, des gens y meurent. Mais la plupart y guérissent. Certains y tombent même amoureux. Comme Juliette, Colette, Charles et tant d'autres. Même moi. Comme Fort San me manque !

Lieu de cure, de convalescence et de réflexion, le sanatorium de Fort Qu'Appelle, où je suis née, est rapidement devenu Fort San, pour éluder ce mot qui fait peur, qui ne sent pas bon. C'est un endroit que tous devraient détester pour y être venus, au mieux, s'y aliter pendant d'interminables mois ou, au pire, s'y cracher les poumons jusqu'à ce que mort s'ensuive. Convalescence paisible ou mort lente, c'est le lot de ceux qui viennent s'en remettre aux bons soins de mon père.

Fort San est situé aux abords du lac Écho, dans cette vallée Qu'Appelle qui traverse la Saskatchewan d'ouest en est, telle une déchirure qui jamais ne se cicatrisera. L'air de cette vallée est réputé excellent pour guérir les maux de l'âme aussi bien que ceux du corps.

J'ai vécu les dix-neuf premières années de ma vie entourée de tuberculeux. Ça peut sembler morbide, mais j'ai plutôt le sentiment d'avoir eu droit à une enfance fabuleuse. Même si régulièrement des gens y meurent, Fort San demeure pour moi un lieu où il fait bon vivre.

La tuberculose a cette qualité rare de faire éclore chez ceux qui en sont atteints des passions et des talents insoupçonnés qui n'auraient peut-être jamais vu le jour autrement. L'immobilité imposée par la cure rend l'introspection inévitable. N'étant plus étourdis par le brouhaha de la vie quotidienne qui, trop souvent, condamne l'imaginaire à l'atrophie, certains se découvrent un talent pour la poésie, le dessin ou le bricolage. Voilà ce qui fait la richesse du sanatorium.

Le 18 août

Je me suis levée tôt ce matin pour aller à la messe. L'église du quartier est drôlement plus grande que celle que nous fréquentons à Fort Qu'Appelle. Aucune commune mesure. Le chœur, les vitraux, l'autel, tout y est grandiose ! J'aurais aimé que maman voie ça.

Maman. Elle me manque. C'est sa faute si je suis ici. À force de me raconter ses études à Paris, elle m'a donné le goût de faire de même.

Elle est débarquée en France en 1908, en compagnie de sa jeune tante Adolphina. À ce qu'elle dit, elles auraient goûté à tous les plaisirs que Paris pouvait alors offrir à des jeunes filles chastes, mais qui n'avaient pas trop peur du péché. Maman affirme avoir rencontré la comtesse et poète Anna de Noailles dans une soirée. Elle l'aurait même entendue déclamer son immortel poème L'Empreinte : « Je laisserai de moi dans le pli des collines. » Papa dit que maman a scandé ce vers en voyant pour la première fois la vallée Qu'Appelle. Je n'ai aucune difficulté à le croire.

Ma mère a de la chance, car elle a trois passions : papa, ses enfants et la poésie – mais je ne saurais dire dans quel ordre. Je me revois assise en face d'elle, tard le soir, dans le bureau de papa, la regardant corriger les articles de L'Écho de la vallée, le journal du sanatorium. Maman dit qu'elle peut accomplir deux fois plus de travail d'écriture que quiconque parce qu'elle est ambidextre. C'est qu'elle est née gauchère. Bien sûr, elle a été forcée d'apprendre à écrire de la « bonne » main. C'est ainsi qu'elle est devenue droitière en public et gauchère en privé. Tout comme ma mère, et sa mère avant elle, je suis droitière en public et gauchère en privé.

Maman pourrait utiliser la machine à écrire de papa, mais elle ne veut pas se priver du plaisir d'écrire avec ses plumes dont elle fait collection. Elle en a une très jolie, toute verte, qu'elle n'utilise jamais. Elle la range dans une petite boîte dans un des tiroirs du bureau de papa. De temps à autre, elle la sort et la caresse, l'air pensif et un peu triste, quand elle croit que personne ne l'observe. Cette plume, toute délicate, a une fine pointe argentée. Je le sais, car je fais les mêmes gestes que maman quand j'en ai l'occasion. Ce qui n'arrive pas souvent. On est si nombreux à la maison. J'ai remarqué les lettres KW gravées sur la bordure du capuchon. Chaque fois que je vois maman sortir cette plume, je me demande si elle va enfin s'en servir. Et chaque fois, elle la remet dans sa boîte et la range sans l'avoir utilisée.

Je devrais bien aller faire une promenade. Je suis ici depuis plus d'une semaine et j'ai à peine mis le nez dehors. Paris est terrifiant pour quelqu'un dont l'univers s'est toujours limité à quelques maisons et pavillons disséminés entre un lac et des collines. Ici, les immeubles sont collés les uns aux autres, et il y a du monde partout. Et que dire du bruit ? Je ne sais pas si je m'y habituerai. On prétend qu'il y a même un train qui se déplace

sous la terre. C'est tout de même incroyable ! Ça me fait un peu
peur. En tout cas, je ne le prendrais pas seule. Et comme je ne
connais personne ici…

Le 28 août
C'est mercredi. D'habitude le mercredi, à Fort San, j'aide
papa à rédiger sa correspondance. Le directeur médical de l'un
des sanatoriums les plus réputés au monde, ça reçoit beaucoup
de courrier. Ça va des invitations à présenter des conférences à
des demandes de stage provenant de médecins d'un peu partout,
en passant par des lettres d'anciens patients exprimant leur gra-
titude, jusqu'à des invitations à siéger à différents comités ou à
participer à des événements liés à la lutte contre la tuberculose.
Je n'aiderai plus papa dans son travail. Je suis seule à Paris,
et c'est ma sœur Colette qui a pris la relève. J'adorais ces soirées
en tête-à-tête avec papa. C'étaient nos seuls moments. Partagé
qu'il est entre des centaines de patients et d'employés, ma mère,
mes sœurs et mon frère qui réclament tous son attention, je ne
l'avais pas souvent pour moi toute seule. Même si la plupart
du temps nos propos se limitaient au contenu des lettres et des
réponses à rédiger, ces soirées du mercredi étaient à nous. Dans
l'atmosphère feutrée de son bureau, derrière l'épaisse porte de
chêne que seuls quelques éclats de voix et le son de la radio
traversaient parfois, nous étions isolés du reste du monde. Je me
laissais bercer par le cliquetis de la machine à écrire, accompa-
gné du bruit délicat du papier que l'on déplie et replie.
La médecine n'était pas la vocation première de mon père.
Le rêve du jeune Andrew Murray avait été d'aller enseigner le

catéchisme en Afrique, mais des problèmes de santé l'avaient forcé à en changer. Un jour, j'ai demandé à papa pourquoi il avait choisi la médecine. Sa réponse ne m'a guère étonnée. Il voulait comprendre ce qui lui était arrivé à l'âge de seize ans et qui l'avait empêché de réaliser son rêve. C'est bien lui, ça ! Ce désir quasi déraisonnable de toujours vouloir tout comprendre. Mais ce n'était pas là le seul motif de sa décision. Il avait aussi choisi la médecine parce que cette activité lui paraissait le meilleur moyen d'entrer en contact avec la fille du Dr Sullivan. Ça a marché puisqu'elle est devenue ma mère. Ils me manquent tous les deux.

Pourquoi suis-je venue à Paris ?

Le 18 septembre

J'ai enfin reçu une lettre d'Anthony. Il m'écrit que le pique-nique annuel de Fort San a été un succès. Comme toujours. Pour la première fois cette année, je n'ai pas assisté à cette fête. J'en suis un peu attristée, car c'est un événement que j'attendais toujours avec impatience, me démenant sans compter pour que les malades vivent une journée mémorable.

Le pique-nique annuel, moment le plus attendu de l'année par tous, a toujours lieu le premier dimanche du mois d'août. Sauf en 42. Cette année-là, la date coïncidant avec le deuxième anniversaire du mariage de ma sœur Juliette, maman avait jugé bon de faire une entorse à la tradition. La douleur de la disparition de Juliette et de Dorian était encore trop vive pour que quiconque puisse se réjouir un 2 août.

L'un de mes plus beaux souvenirs de ces pique-niques date justement de 42. L'espace d'une journée, nous avions tous oublié *la guerre et la maladie. Après la tombée du jour, devant le grand feu de joie qui clôturait les réjouissances, Anthony était devenu pour moi beaucoup plus qu'un patient du sanatorium. J'avais tellement rêvé de ce moment que lorsqu'il a pris ma main en me regardant droit dans les yeux, j'ai cru que je rêvais encore. Je ne pense pas avoir dormi cette nuit-là.*

Quatre ans plus tard, un océan nous sépare, Anthony et moi. Fort San et moi. Je sais qu'Anthony m'attendra le temps qu'il faudra, mais retrouverai-je mon Fort San à la fin de mes études ou aura-t-il perdu de sa magie ?

Fort San était pourtant l'un de ces endroits qui aurait dû suinter la mort. Paradoxalement, au fil de sa lecture, Sophie découvrait un lieu plein de vie.

Elle leva les yeux vers la fenêtre de son bureau. Quelque chose avait changé. Cette fois-ci, ça y était. Le printemps était bel et bien arrivé. Les rayons du soleil avaient pris de l'aplomb. En cette fin d'après-midi, ils s'immisçaient dans tous les recoins de la cour arrière comme de véritables conquérants.

Sophie caressait doucement la couverture du cahier, ne sachant trop que penser du passage qu'elle venait de transcrire. Cette description de la vie au sanatorium reflétait-elle la réalité ou n'était-elle qu'une romance modelée par la distance et l'ennui ? Comment aurait-il pu faire si bon vivre dans un endroit qui n'était, pour bon nombre, rien de moins qu'un mouroir ?

Confiait-on la vérité à un journal ? Voilà la vraie question qu'elle se posait. Pendant longtemps elle avait cru que oui. Puis, l'année précédente, elle avait été choquée en relisant son propre journal d'y découvrir un chef-d'œuvre d'omissions, de gommage et d'aveuglement. Autocensure ? Déformation des souvenirs ? Journal d'une vie réinventée ? Elle avait songé à en écrire une nouvelle version, intégrale et véridique celle-là. Devant l'ampleur de la tâche, elle avait abandonné l'idée, conservant toutefois le sentiment d'avoir trafiqué le récit de sa vie, et c'était ce sentiment qui l'amenait à douter de la véracité du récit d'Emily. Ce qui n'enlevait rien à l'admiration qu'elle lui vouait. Elle avait eu du cran, tout de même, de tout quitter pour partir en Europe.

Le journal posé sur son bureau mettait en scène une jeune fille se retrouvant seule dans le Paris d'après-guerre, qui décrivait Fort San comme un lieu de villégiature où les tuberculeux marchaient à la cure en sifflant. Le sanatorium, maintenant converti en centre de congrès, était un lieu grouillant d'activité, mais à l'époque, on y mourait.

— Allô chérie, c'est moi, cria Émile du rez-de-chaussée.

— Je suis dans mon bureau.

Les marches du premier escalier craquaient déjà sous le poids d'Émile. Puis Sophie l'entendit marcher sur le parquet de l'étage du dessous. Elle savourait toujours ce moment où son homme montait vers elle. Enfin, le bruit sourd de ses pas dans le second escalier annonça son arrivée imminente.

Quelques battements de cœur plus tard, Émile se pencha sur Sophie pour déposer un baiser à la jonction du cou et de l'épaule, là où ça chatouillait toujours, même après dix ans.

— À quand remonte votre dernier examen médical, madame ?

— Je ne m'en souviens pas, docteur, répondit Sophie d'un air câlin.

– Étendez-vous sur le divan. Je vais vous ausculter, dit-il en la prenant par la main.

Émile adorait ausculter Sophie. Elle était sa patiente préférée parce que jamais vraiment malade. Il s'assit sur le divan tandis qu'elle s'allongeait, posant les jambes en travers des siennes. Elle défit ses cheveux, et des mèches blondes se répandirent sur le coussin où elle posa la tête.

– Grosse journée ? demanda-t-elle

– Ouais, se contenta de répondre Émile. Et toi ?

– J'ai commencé la transcription du journal d'Emily.

– Pas vrai !

– Mais oui. Tu savais qu'elle avait étudié à Paris ?

– Bien sûr ! Elle y a passé une couple d'années. Pourquoi ?

– C'est bizarre parce qu'elle vient de s'installer à Paris, et la seule chose dont elle parle, c'est de Fort San et de sa famille. Il me semble qu'à sa place, j'aurais écrit sur ce que je voyais, ce que je vivais. Pas sur mon passé.

– Ça dépend, dit Émile en caressant les jambes offertes à lui. Ce n'est pas comme partir en voyage et avoir juste quelques jours pour tout découvrir. C'est différent quand on sait qu'on ne reverra pas les siens avant très longtemps. Son journal était probablement la seule chose qui la reliait à sa famille. Imagine… à l'époque, pour aller en France, il fallait d'abord se rendre à l'autre bout du pays avant de traverser l'Atlantique en bateau. C'était tout un voyage !

– Tu as raison, dit Sophie tout en contemplant les lèvres d'Émile, rouges et charnues, qui bougeaient si joliment.

– On n'allait pas en France pour un long week-end dans ce temps-là. En plus, oublie les interurbains. Emily était vraiment isolée.

– Ouais. Je n'avais pas pensé à ça. Son journal intime, c'était son cordon ombilical.

Émile pouvait comprendre sa tante, car lui aussi avait vécu une forme d'exil pendant ses études de médecine à Winnipeg.

– Ça devait être sécurisant pour elle de décortiquer ses souvenirs et d'étaler ses émotions. Tu ne penses pas ? dit Émile.

– Possible. C'était peut-être aussi un refus d'avancer. La peur de l'inconnu.

Pendant ses années loin de la ferme familiale, au lieu d'écrire comme sa tante, Émile avait étudié. Beaucoup et longtemps. Dès la première année, il avait adopté une discipline rigoureuse qui lui avait permis de terminer en tête de sa promotion. C'est son grand-père Murray qui aurait été fier de lui !

Andrew Murray avait été médecin, lui aussi. Après sa retraite, sa femme et lui passaient les étés à la ferme de leur unique fils, Charles, le père d'Émile. Le vieux docteur ne demandait pas mieux que de partager ses souvenirs du sanatorium avec le petit Émile qui en redemandait. Fort San. Ce nom avait pour Émile un sens mythique. C'était la forteresse de son grand-père, le château de sa tante, le domaine où s'étaient connus ses parents. Émile se délectait de toutes les histoires qui s'y rattachaient. Dommage qu'il n'ait pas de temps à consacrer à la lecture du journal d'Emily.

***

Sophie était assise à son bureau depuis un bon moment lorsqu'elle faillit enfin se mettre au travail. Elle devait rendre un essai le lendemain et n'avait pas encore écrit une ligne. Dure, la vie d'étudiante ! Ce n'est pas chose facile que de trouver la motivation nécessaire au travail dans le confort douillet de son foyer.

L'approche de la quarantaine avait coïncidé chez elle avec un désir de changer de carrière. Non pas qu'elle ne trouvait plus de satisfaction dans son rôle d'enseignante, mais elle avait ressenti le besoin de sortir de la salle de classe, d'échanger davantage avec des adultes, de jouir d'une plus grande liberté et, surtout, d'écrire. Son choix s'était porté vers le journalisme, et Émile lui avait offert son soutien, l'encourageant à retourner à l'université. « Tu vas devenir journaliste, comme Emily », avait-il dit, une lueur de fierté dans le regard.

Sophie savait à quel point Émile avait été proche de sa tante. Dès sa naissance, Emily l'avait traité, soigné et aimé comme son propre fils. Au fil des années, elle avait suivi ses activités, lui avait offert des cours de musique et de dessin (en pure perte) et l'avait initié aux voyages.

Ce matin-là, Sophie était davantage tentée par la lecture du journal d'Emily que par le travail. Le temps était gris, Émile ne l'avait pas réveillée avant son départ pour l'hôpital, et le début de ses règles la rendait amorphe. Belle journée en perspective… Elle s'accorda le droit de lire un passage du journal d'Emily avant d'attaquer la rédaction de son essai. Puis elle se ravisa, sachant trop bien qu'une fois la boîte à souvenirs ouverte, elle pourrait difficilement la refermer. Elle décida donc de lire une lettre à la place. Une seule.

Sophie se pencha sur l'un des cartons posés à côté de son bureau. Elle tira sur le ruban qui n'avait plus d'adhésif que le nom et souleva le couvercle. Malgré les années, aucune odeur de moisi ne s'en échappa. Elle retira quelques enveloppes pêle-mêle afin d'accéder à un paquet de lettres placé tout au fond, à gauche, qu'elle avait remarqué peu de temps auparavant. Ce paquet, entouré d'un ruban bleu, l'avait intriguée parce que les enveloppes ne portaient ni adresse, ni timbre, ni cachet de la poste. Elles étaient toutes vierges.

Sophie s'était plu à échafauder des théories juteuses sur cette petite liasse qui n'avait pas manqué de piquer sa curiosité. Ainsi, elle s'était imaginé qu'il pouvait s'agir de lettres d'amours défendues qui n'avaient jamais atteint leur destinataire ou alors de missives contenant des choses inavouables qu'Emily n'avait jamais osé poster.

Avec beaucoup de précautions, sans même défaire le ruban, elle retira la première enveloppe du dessus. Elle la huma. Une vague trace de parfum s'en dégageait. À l'instar des autres, cette enveloppe avait été cachetée, puis ouverte avec un coupe-papier de façon impeccable, ce qui contrastait avec celles entassées dans le carton. Elle glissa le pouce et l'index à l'intérieur de l'enveloppe et en extirpa le contenu : deux feuillets pliés en trois qu'elle s'empressa d'ouvrir.

Dès le premier coup d'œil, elle constata qu'il ne s'agissait pas de l'écriture d'Emily. Toute droite et effilée, cette calligraphie était beaucoup plus soignée que ce qu'elle avait vu jusqu'à présent. Elle sauta tout de suite à la signature.

Titi la Recluse

– C'est qui, ça ?

Elle jeta un coup d'œil à l'appel. La lettre était adressée à une certaine Juliette.

– Juliette. La sœur d'Emily ?

Elle se hâta de lire.

Fort San, le 12 novembre 1930

Très chère Juliette,

Comme il me tardait de rétablir le contact avec toi, ma seule amie. Tu dois être inquiète depuis deux semaines que tu n'as pas eu de mes nouvelles. Laisse-moi t'expliquer pourquoi c'est ta mère qui t'a remis cette lettre.

Tu as bien lu l'en-tête. Je suis ici, à Fort San, depuis dix jours. Ton père m'a admise au sanatorium. C'est donc ici, à quelques pas de ta maison, que je passerai les prochains mois.

Ta mère et garde Vandenberghe veillent sur moi. Je loge dans le pavillon des enfants dont je suis isolée. Chaque jour, je te vois, avec tes sœurs, partir pour l'école. J'espère que Colette ne s'est pas fait trop mal en tombant dans la côte hier matin. Pourquoi court-elle toujours, celle-là ? Quel enthousiasme pour aller à l'école ! J'avoue que je l'envie presque. Je ne sais pas si j'y retournerai un jour. Je ne peux pas sortir de ma chambre. J'étouffe déjà.

Dès mon arrivée, j'ai voulu t'écrire, mais ta mère a été catégorique : elle ne voulait pas que j'entre en contact avec toi. J'ai dû insister beaucoup pour la faire céder. Je savais qu'elle ne pourrait rester insensible à mes demandes indéfiniment. Aujourd'hui, elle a finalement accepté de te livrer mes lettres et m'a promis de me remettre les tiennes.

Je n'ai pas eu autant de succès avec les visites, par contre. Là-dessus elle est inflexible, tu ne pourras pas venir me voir. Tu peux toujours essayer de ton côté. Quoi qu'il en soit, le fait que l'on puisse correspondre est la seule joie dans ma vie en ce moment.

J'attends avec impatience ta première lettre par courrier spécial.

Ton amie,

Titi la Recluse

Sophie jeta la lettre sur son bureau. Quelle déception ! Aux histoires croustillantes qu'elle avait imaginées se substituait une banale correspondance entre une patiente du sanatorium et l'une des sœurs d'Emily. Sophie ne pouvait évidemment pas soupçonner, après cette seule lecture, l'ampleur du drame qui se cachait derrière ces lettres. Elle replaça soigneusement celle qu'elle venait de lire dans son enveloppe, inséra celle-ci sous le ruban bleu, et remit le paquet dans le carton. Puis, sans plus tarder, la jeune femme alluma son ordinateur et se mit au travail.

***

En rentrant de l'hôpital, Émile trouva Sophie dans la cour arrière en train de ramasser les feuilles mortes de l'automne précédent.

– Te voilà, toi, dit-elle en se redressant.

– Donne, dit Émile en tendant la main.

Il prit le râteau des mains gantées de sa femme et commença à ramasser les feuilles réunies en tas.

Sophie l'observait en reprenant son souffle.

– Tu veux mes gants ? demanda-t-elle.

– Non. Ça va aller.

Sophie s'éreintait depuis deux heures sur cet immense terrain dont elle avait si longtemps rêvé de devenir propriétaire.

À son arrivée à Fort Qu'Appelle, quinze ans auparavant, elle avait eu un véritable coup de foudre pour cette imposante demeure de style Queen Anne. À cette époque, la maison était en piètre état. Divisée en trois logements, elle était défigurée par de disgracieux escaliers de secours. La jeune femme avait néanmoins décidé sur-le-champ que cette maison serait un jour la sienne.

Quand Émile était entré dans sa vie, Sophie n'avait pas tardé à partager ce rêve avec lui. Ils se voyaient très bien, tous les deux, habiter cette grande maison en brique rouge. Ses trois niveaux et sa tourelle en encorbellement lui donnaient des allures de château fort. Et cette grande cour délimitée par un boisé serait idéale pour les enfants. Enfin, si jamais… Il démolirait ces horribles escaliers. Elle peindrait les cadres des fenêtres en blanc. Il rafistolerait la véranda. Elle aurait son bureau tout en haut, dans cette pièce du dernier étage donnant sur la cour arrière, côté ouest, avec la fenêtre surbaissée. Et lui, dans celle du devant, au premier, à droite. Elle planterait des massifs de glaïeuls ici et des cèdres taillés en boule là. Ils n'en finissaient plus d'élaborer des projets pour leur future demeure.

Émile connaissait bien cette maison, car son ami David Porter y avait grandi. Les Murray et les Porter se fréquentaient depuis de nombreuses années. Si la profession médicale avait sauté une génération chez les Murray, celle d'avocat n'en avait pas raté une chez les Porter. À commencer par Gérald Porter, le grand-père de David. C'était lui qui avait construit la maison au début des années 1920. Le père de David, Munrow, en avait éventuellement hérité, et c'est ce dernier qui l'avait convertie en édifice à logements.

Pendant sept ans, Sophie et Émile avaient nourri cette fantaisie d'acquérir et de restaurer cette magnifique propriété qu'ils avaient baptisée Civita. Ce nom s'était imposé un matin alors qu'ils faisaient une énième promenade sur l'avenue de leur rêve.

C'était au début du printemps. Il avait plu toute la nuit sur Fort Qu'Appelle. Un léger brouillard recouvrait le village. L'air était frais. En apercevant la maison, dans cette lumière qui en voilait les contours, avec son terrain en pente qui amplifiait sa masse imposante, Émile et Sophie avaient été transportés en Italie, par un petit matin semblable. « Ça te rappelle quelque chose ? » avait demandé Émile. « Civita », avait répondu Sophie tandis que le brouillard envahissait ses yeux. « Civita », avait répété Émile avec nostalgie.

Civita di Bagnoregio, un village situé près d'Orvieto, en Ombrie. Émile l'avait découvert en compagnie de sa tante Emily qui lui avait offert une virée européenne à la veille de son entrée à l'université – au « monastère », comme elle disait. Le jeune homme, qui jusqu'alors n'avait connu que la plaine, avait été bouleversé à la vue de ce minuscule village, véritable nid d'aigle juché au sommet d'un pic rocheux, accessible uniquement par un pont piétonnier. Du haut de ses deux mille ans d'histoire, Civita surplombait une gorge jonchée de nappes de brume. Émile s'était alors juré d'y revenir un jour avec celle qu'il choisirait pour partager sa vie.

Et il avait tenu promesse. Quelque quinze ans plus tard, par un pluvieux matin de mai, il était revenu à Civita en compagnie de Sophie. L'endroit l'avait subjuguée, elle aussi. La vue de ce village forteresse avait suscité en elle un sentiment de toute-puissance. C'est ce même sentiment qui avait resurgi en ce matin brumeux devant la grande maison de l'avenue Hudson.

Puis, l'année suivant le décès d'Emily et son héritage aidant, Émile et Sophie avaient pris possession de leur nouvelle demeure. S'ensuivit une entreprise de restauration gigantesque. Pendant la première année d'occupation, les véritables maîtres des lieux avaient été les menuisiers, les électriciens, les plombiers, les plâtriers et les peintres. Si le couple avait su l'ampleur qu'allait prendre le chantier, le projet n'aurait peut-être jamais été entrepris. C'est donc en bonne partie grâce à leur ignorance que Fort Qu'Appelle s'était vu redonner son plus beau joyau. Les gens venaient maintenant de partout pour admirer Civita. Un producteur de cinéma avait même offert beaucoup d'argent pour y tourner un film, mais Émile et Sophie avaient refusé.

Sophie avait repris son souffle, mais son dos la faisait souffrir. Quant à Émile, il était loin d'avoir terminé de ramasser les feuilles, mais il grimaçait à chaque coup de râteau.

– Tu es certain que tu ne veux pas mes gants ? demanda Sophie.

– Non, ça va, répondit-il sans lever les yeux. Oh ! Avant que j'oublie. J'ai rencontré Pam. Elle et Bernard nous invitent à manger chez eux samedi soir. J'ai dit oui. J'espère que ça te va ?

– D'accord, répondit Sophie en retirant ses gants qu'elle déposa sur le banc de fer forgé. À propos de repas, j'ai justement invité ton père à venir demain soir. Il a téléphoné ce matin, et je sentais qu'il cherchait à se faire inviter, alors…

– Tu as bien fait, dit Émile, le souffle court.

Sophie s'approcha de lui. Cette lettre qu'elle avait lue en matinée la tracassait.

– J'ai trouvé une lettre adressée à ta tante Juliette dans les affaires d'Emily, dit-elle en admirant le postérieur de son mari, penché devant elle.

Émile se redressa et s'essuya le front avec la manche de sa chemise.

– Tu n'as pas pu t'empêcher de fouiller, hein ? Il me semblait que tu avais un essai à pondre.

– Oui, oui. J'ai juste pris une pause et lu UNE lettre, dit Sophie avec emphase.

– Et de quoi parlait-elle cette lettre ?

– Elle ne disait pas grand-chose justement. Elle était signée « Titi la Recluse ». Une patiente du sanatorium.

– C'est quoi le problème ?

– Rien. C'est juste que j'espérais quelque chose de plus… de plus personnel.

– Elle est très vieille cette lettre parce que Juliette est morte il y a au moins… au moins soixante ans, dit Émile en plissant les yeux pour se protéger des rayons du soleil.

– De quoi est-elle morte ?

– Il me semble qu'elle s'est noyée. Avec son mari. Tu demanderas à mon père.

– À ton avis, qu'est-ce que ces lettres font dans les affaires d'Emily ?

– Elle les aura gardées en souvenir de sa sœur, suggéra Émile.

— Peut-être, dit Sophie en portant son regard au fond de la cour.

Émile tourna la tête pour voir ce qui attirait l'attention de sa femme. À quelques pas de là, Monsieur Jules, l'écureuil attitré de Civita, était juché sur la clôture où il dégustait avec frénésie une arachide en regardant droit devant lui. Les morceaux d'écale voletaient à droite et à gauche.

— Il y en a plusieurs de ces lettres ? demanda Émile.

— Un paquet. Peut-être une trentaine.

— Et elles sont toutes de la même personne ?

— Je ne sais pas. Je n'en ai lu qu'une, mais je croirais que oui parce qu'elles sont attachées ensemble. Toutes dans des enveloppes semblables qui ne sont pas passées par la poste.

— Pas passées par la poste ?

— Non. C'est ta grand-mère qui servait de messager.

— Je me demande pourquoi elle écrivait à Juliette si elle était à deux pas de chez elle, dit Émile, l'air perplexe.

— Ta grand-mère ne voulait pas qu'elle aille la voir, probablement par peur de la contagion.

— Certainement pas. Tous les enfants ont été immunisés dès que le vaccin a été disponible.

— Comment sais-tu ça ?

— Je le sais parce qu'ils ont été les cobayes à Fort San. Le personnel avait peur de se faire vacciner, alors mon grand-père a vacciné ses enfants en public. Après ça, les adultes auraient passé pour de beaux peureux s'ils avaient refusé.

— Si ce n'était pas à cause du risque de contagion, alors pourquoi ?

– Oh ! s'exclama Émile. Juliette était sourde… Peut-être que c'était plus facile de communiquer avec elle par écrit.

– Sourde ?

– Ouais, elle est devenue sourde à cause d'une maladie infantile. Une méningite ou quelque chose comme ça.

L'écureuil était revenu se poster sur la clôture avec une autre arachide, gracieuseté d'Émile qui veillait à ce que la réserve, un petit panier d'osier accroché à une branche du pommier, soit toujours bien garnie.

– Elle était plus vieille qu'Emily ? demanda Sophie.

– Juliette ? Oh oui ! De plusieurs années.

– Je me demande comment Emily s'est retrouvée avec ses lettres.

– Aucune idée. Tu peux toujours interroger mon père ; peut-être qu'il sait quelque chose, dit Émile en reprenant sa besogne.

– Tu veux un coup de main ?

– Non merci. Ça va aller.

– Bon, alors je rentre.

Sophie se dirigea vers la maison et entra par la porte de la cuisine. Elle se fit couler un verre d'eau. Debout devant l'évier, elle voyait Émile qui examinait ses mains. Il se dirigea vers le banc, saisit les gants, les enfila et retourna à son râteau.

2

Le lendemain, après avoir terminé les préparatifs du repas, Sophie disposait d'un peu de temps libre avant l'arrivée du père d'Émile. Assise à son bureau, elle rêvassait en regardant dehors. Une sittelle à poitrine rousse voletait de branche en branche sur le frêne qui se dressait devant la fenêtre. « Si j'étais une sittelle, moi aussi je mettrais de la poix à l'entrée de mon nid pour tenir les intrus à l'écart », songea-t-elle.

Prête à reprendre son travail de transcription, elle posa les yeux sur le journal d'Emily et les mains sur le clavier de son ordinateur.

Le 22 septembre

J'avais 14 ans et Anthony 27 quand notre histoire a commencé. J'étais beaucoup plus jeune que lui, mais je ne manquais pas d'assurance. Je découvrais la vie dans un lieu où d'autres voyaient la leur s'éteindre. Ce n'est qu'aujourd'hui, à des milliers de milles de Fort San, que je me rends compte à quel point j'ai dû sembler arrogante parfois aux yeux des patients.

Mes parents nous ont toujours encouragés à fréquenter les malades. Mes sœurs, Charles et moi aidions les enfants à faire leurs devoirs. On leur lisait des histoires et on jouait aux dames ou aux cartes avec les plus vieux. Évidemment, on avait tous été vaccinés. Sauf Anna, l'aînée de la famille. Elle est morte de la tuberculose l'année de ma naissance. Elle avait douze ans.

– Elle sort d'où, celle-là ?

Dans la chambre que je partageais avec Colette et Jane, il y avait un ange de plâtre accroché au-dessus du cadre de la porte. Maman nous disait que c'était notre grande sœur Anna qui veillait sur nous. Je n'ai jamais manqué de souhaiter bonne nuit à l'ange Anna. Et je ne me suis jamais privée de lui confier mes malheurs.

La sonnette de la porte d'entrée retentit. Sophie consulta sa montre. Fidèle à son habitude, Charles se pointait avec une heure d'avance… Elle sauvegarda son texte, éteignit l'ordinateur et referma le journal d'Emily.

La maîtresse de maison retrouva les deux hommes au rez-de-chaussée. Debout dans le vestibule, Émile accrochait le blouson de son père à la patère tandis que Charles déposait sa casquette sur le banc rembourré. En plus d'avoir le dos bien droit et les épaules carrées malgré ses soixante-dix ans, Charles Murray était doté d'une pleine chevelure argentée qui faisait bien des envieux. De ses trois fils, c'était Émile qui lui ressemblait le plus.

Rompus aux habitudes de Charles, Émile et Sophie avaient appris à déjouer ses arrivées précoces en repoussant l'heure souhaitée des rendez-vous. Cette manie, apparue à la suite du décès de sa femme, s'était accentuée après celui d'Emily. En moins d'un an, cet homme simple et attachant avait perdu les deux femmes les plus importantes dans sa vie.

Au début, Charles s'excusait d'être arrivé trop tôt en prétextant que sa montre était détraquée ou qu'il avait mal compris l'heure fixée. Puis, au fil des mois, il ne donna plus d'excuses. Peut-être parce qu'il était désormais accueilli sans étonnement.

Charles s'entendait très bien avec Émile et Sophie. Ces derniers lui avaient d'ailleurs offert de venir s'installer avec eux, offre qu'il avait déclinée. Le septuagénaire ne pouvait se résoudre à quitter sa ferme, où il vivait avec son fils cadet, Julien, et sa famille.

Ce soir-là, Charles semblait particulièrement heureux d'être venu partager un repas avec Émile et Sophie. L'hiver avait été rigoureux, et les visites rares. C'est au moment de servir le café que Sophie aborda le sujet qui l'intriguait.

— Charles, parlez-nous de votre sœur Anna, dit-elle en déposant la cafetière au milieu de la table encombrée.

Émile faillit s'étouffer avec une bouchée de gâteau.

— Qui ? questionna-t-il, les yeux ronds.

Au lieu de lui répondre, Sophie adressa un regard interrogateur à son beau-père.

— Anna ? demanda Charles l'air aussi surpris que son fils. Où es-tu allée la chercher, celle-là ?

— Dans le journal d'Emily.

— De qui est-ce que tu parles ? demanda Émile, les yeux rivés sur Sophie.

N'obtenant pas de réponse, il se tourna vers son père.

— De qui est-ce qu'elle parle ?

— De ma sœur aînée. Je t'en ai déjà parlé. Elle…

— Vous ne m'en avez jamais parlé !

— Mais oui. Elle était la plus vieille de la famille. Elle est morte de la tuberculose des années avant que je vienne au monde.

– Mais qu'est-ce que vous racontez ? Vous m'avez dit que vous étiez tous vaccinés !.

– Le vaccin n'a pas toujours existé. Anna était déjà morte quand il est arrivé.

– Comme ça, grand-maman a eu sept enfants ?

– Oui, répondit Charles avec une ombre au fond du regard qui ne manqua pas d'attirer l'attention de Sophie.

– Encore un peu de café ? demande-t-elle à la ronde.

Seul Émile en reprit.

– Elle est morte à quel âge ? demanda-t-il.

– Il me semble qu'elle avait une dizaine d'années.

– Douze, rectifia Sophie.

– Où est-elle enterrée ?

– Au vieux cimetière en haut de la côte, répondit Charles, le regard perdu au fond de sa tasse. On y allait en famille tous les 28 août.

– C'est la date anniversaire de sa mort ? demanda Émile.

– Non, celle de sa naissance. Ça me faisait toujours bizarre d'aller là. J'étais mal à l'aise. Après tout, je ne l'avais pas connue.

Sophie imagina son beau-père, avec toute sa famille, recueilli devant une petite pierre tombale érigée à la mémoire d'une sœur inconnue. La mère versait quelques larmes qu'elle tentait de dissimuler à ses enfants tandis que le père la soutenait. Lui, bien entendu, ne se permettait pas d'exprimer son chagrin.

– Et Juliette, elle, comment est-elle morte ? demanda Émile.

– Noyée. Elle et son mari. Tous les deux ensemble, répondit Charles, la voix éteinte.

Il était clair que cette mort l'avait plus touché que celle d'Anna.

– Comment est-ce arrivé ? demanda Sophie dans un léger murmure.

– Le sauveteur a sonné l'alerte. Évidemment, Juliette ne l'a pas entendue. À ce qu'on nous a dit, son mari était sur la plage et il s'est jeté à la mer pour aller la chercher. Tous les deux ont été attaqués par des requins.

– Des requins ! ? fit Émile.

Charles se tortilla sur sa chaise. Un lourd silence envahit la salle à manger. Sophie tenta d'imaginer la scène, mais se ravisa aussitôt.

– Ils ne sont pas morts noyés alors, insista Émile.

Charles haussa les épaules.

– Il y a des choses qu'on ne dit pas à des enfants.

– C'est arrivé où ? demanda Sophie.

– À Key West, en Floride. Son mari était docteur au *Marine Hospital* là-bas. Il avait fait un stage à Fort San. C'est là qu'ils s'étaient connus.

– Ils étaient mariés depuis longtemps quand ils se sont… quand ils sont décédés ? demanda Sophie.

– À peine quelques semaines. Ils se sont mariés en août, et l'accident est arrivé en octobre.

– Emily parle de la douleur de leur disparition dans son journal, dit Sophie.

Émile se tourna vers elle.

– Sais-tu, plus je t'écoute et plus je réalise que je devrais le lire son fameux journal.

Ce soir-là, Sophie eut de la difficulté à s'endormir, peut-être tenue en alerte par l'idée que le journal d'Emily pourrait renfermer d'autres révélations.

***

Quelques jours plus tard, Émile et Sophie finissaient de manger pendant que le chat des voisins faisait sa toilette devant la porte-jardin. Sophie l'observait, fascinée par la minutie dont font preuve les félins pour le toilettage. Si tous les hommes en faisaient autant… Cette réflexion faisait référence à Munrow Porter, l'ancien propriétaire de Civita. Ce juge à la retraite connaissait tout de la loi, mais rien des règles d'hygiène.

– Bon, j'y vais ! dit Émile, tirant Sophie de sa rêverie.

Il se leva et vint l'embrasser sur le front. Puis sur les joues. Puis dans le cou. Puis sur les lèvres.

– Si tu continues comme ça, tu n'iras nulle part…

Le chat était toujours occupé à lisser son pelage quand Émile quitta la maison quelques minutes plus tard. Il aurait préféré rester auprès de Sophie, mais un autre devoir l'appelait. Le conseil municipal se réunissait et, en l'absence du maire, c'était lui qui présidait l'assemblée.

La politique municipale était l'une des façons qu'Émile avait choisies pour rendre à sa collectivité un peu de ce qu'elle lui avait donné. Un geste inspiré par une parole de son grand-père qui lui avait confié que lorsqu'il était devenu médecin, son père lui avait dit : « Tu n'as payé pour ton instruction qu'une fraction du coût. Le reste a été couvert par tes concitoyens. Que comptes-tu faire maintenant pour leur rendre ce qu'ils t'ont donné ? »

Andrew Murray avait répondu à cette question de bien

des manières. D'abord en consacrant plus de trente années de sa vie aux patients de Fort San, ensuite en militant au sein de l'Association pulmonaire, puis en éduquant la population et le corps médical sur la prévention et le traitement de la tuberculose, et enfin en devenant membre de l'Organisation mondiale de la santé. Une réponse qui avait sûrement satisfait son père.

Le grand-père d'Émile avait été un citoyen exceptionnel, un héros de la médecine moderne qui s'était vu décerner de hautes distinctions, principalement aux États-Unis et en Europe. Pourtant, sa contribution restait sans écho dans la vallée Qu'Appelle. Émile avait bien tenté de faire nommer une institution ou un monument en son honneur, mais toutes ses tentatives avaient échoué. Comme celle de la nouvelle école. La campagne menée pour qu'elle porte le nom de son aïeul n'avait pas abouti. On lui avait préféré celui du défunt juge Gérald Porter, même si la bibliothèque portait déjà son nom. Émile avait ressenti un profond sentiment d'injustice face à cette décision. Pourquoi avoir refusé d'honorer la mémoire de son grand-père ? Chaque fois qu'il se posait cette question, la même réponse pointait. Chaque fois, il l'écartait.

***

Dès le départ d'Émile, Sophie monta dans son bureau. Plus qu'un seul essai à rédiger et elle aurait complété son certificat en journalisme. Elle était excitée telle une enfant à la veille des grandes vacances. Une fois le semestre terminé, elle aurait tout son temps pour se plonger dans les écrits d'Emily et travailler à leur mise en forme.

C'est que Sophie mijotait un projet dont elle n'avait soufflé mot à personne. Emily Murray avait été une journaliste de renom dont la carrière couvrait près d'un demi-siècle. Sophie rêvait de faire découvrir la femme derrière la journaliste en publiant le journal et la correspondance d'Emily.

– Au travail ! lança-t-elle en s'asseyant à son bureau.

Il lui en aurait fallu davantage pour se convaincre. Elle ouvrit d'abord le journal d'Emily, histoire de nourrir sa curiosité grandissante. La culpabilité ressentie en privilégiant la lecture au travail n'altérait en rien son plaisir.

Le 23 septembre
Aujourd'hui, j'ai visité le cimetière du Père-Lachaise.

– Bon ! Elle parle enfin de sa vie à Paris.

C'est Annette Courval, une camarade d'études, qui m'y a emmenée. Je devrais plutôt dire qui m'y a traînée. Un cimetière. Tu parles d'une place à visiter ! Au début, je ne voulais pas y aller. Mais après qu'elle m'ait eu expliqué que beaucoup de gens célèbres y étaient enterrés, et qu'en plus on prendrait le métro pour s'y rendre, j'ai accepté.

J'étais tellement fébrile à l'idée de prendre le métro que je n'ai presque pas dormi de la nuit. Comme j'aurais aimé qu'Anthony voie ça. Lui qui est chef de gare, ça l'aurait sûrement intéressé. Ce qui m'a le plus impressionnée, c'est la vitesse à laquelle il roule. J'en ai encore l'estomac chamboulé.

Le cimetière m'a ébahie. Je suis encore sous le charme. Je ne remercierai jamais assez Annette de m'avoir fait découvrir cet endroit splendide.

Les dépouilles de nombreux écrivains et musiciens sur les œuvres desquels nos parents nous ont bercés, maman en lecture et papa en musique, y sont enterrées.

Je dois écrire à maman que je me suis recueillie sur la tombe d'Anna de Noailles et que j'y ai récité quelques vers de son poème préféré. Je dois écrire à papa que j'ai fredonné des valses de Chopin tout en pianotant sur son tombeau, et que l'auteur des Lettres de mon moulin, qui m'ont fait rêver du Midi, y repose aussi.

Je dois écrire à mes parents que les sépultures de Nerval et de Balzac y sont voisines, tout comme leurs œuvres dans la bibliothèque du bureau de papa. Il y a tant d'artistes de génie dans ce grand cimetière.

Je dois leur écrire. Maintenant.

– Décidément, elle ramène toujours tout à sa famille ! s'exclama Sophie.

Une phrase maintes fois répétée par l'un de ses professeurs de journalisme lui revint en mémoire : « Le talent d'un bon reporter réside pour beaucoup dans sa capacité à adopter la perspective de son sujet. »

L'empathie… c'était là la clé. Il fallait se mettre dans la peau d'Emily. La rédactrice de ce journal n'avait que dix-neuf ans. Elle était séparée de sa famille pour la première fois. Jusque-là, son univers s'était limité au sanatorium, car même l'école qu'elle avait fréquentée était située dans l'enceinte de Fort San.

Voilà cette jeune fille transplantée à Paris. Expatriée n'importe où au monde, elle aurait eu la même réaction. Comme si elle devait traverser un cours d'eau à gué, il lui fallait d'abord bien en observer le lit et choisir une pierre sur laquelle poser le pied. Et tant que la stabilité de la pierre n'était pas assurée, il était crucial de conserver un ancrage au rivage. Si la pierre choisie ne faisait pas trop chanceler la novice, elle ferait un bon point d'appui. Emily maintiendrait ainsi le contact avec la terre ferme, avec son passé, ses origines, jusqu'à ce que soit acquise la certitude de pouvoir avancer sans danger. Ainsi, de pierre en pierre, elle s'éloignerait du rivage, et son attention se porterait vers l'autre rive, vers l'avenir.

En refermant le cahier, Sophie regarda par la fenêtre de son bureau pour constater qu'elle avait failli rater l'un des plus beaux couchers de soleil du printemps.

***

Le couple Goodman, amis intimes d'Émile et de Sophie, était un phénomène en soi. *Hippies* recyclés en petits bourgeois, mariés depuis vingt-sept ans, Paméla et Bernard semblaient s'être rencontrés la veille tant leurs rapports avaient conservé de fraîcheur.

Paméla semblait avancer dans la vie sans aucune retenue ni aucun regret. Frisant la cinquantaine, elle affichait des yeux expressifs aussi noirs que ses cheveux, dont le jais était désormais artificiellement maintenu. Artiste céramiste, elle possédait depuis vingt ans un atelier-boutique appelé L'Anse, situé en bordure du village. L'Anse était assez fréquenté grâce à la renommée que Paméla s'était bâtie au fil des ans.

Quant à Bernard, agent immobilier et conteur d'histoires invétéré, il faisait preuve d'un entregent hors du commun. Son crâne complètement dégarni révélait une tête à la forme parfaite, qui faisait dire à Paméla que sa « chauvitude » le rendait encore plus séduisant. Ce dernier avait eu la sagesse, selon elle, de ne pas compenser l'absence de cheveux par une barbe.

Sophie avait rencontré les Goodman dès son arrivée à Fort Qu'Appelle. Un jour qu'elle cherchait un cadeau d'anniversaire pour sa mère, elle était entrée à L'Anse pour s'enquérir du prix d'un joli vase vert et bleu qui chatoyait dans la vitrine. Sitôt la conversation engagée avec l'artiste-propriétaire, ça avait été le coup de foudre. L'affabilité et l'exubérance de Paméla l'avaient séduite. Elle aurait aimé ressembler à cette femme de dix ans son aînée. Trois quarts d'heure plus tard, Sophie ressortait de la boutique avec un vase, une nouvelle amie et une invitation à une réception que les Goodman donnaient dans les jours suivants.

De son côté, Paméla avait immédiatement décelé en Sophie une excellente candidate pour Émile. Voulant caser son ami, elle se plaisait à jouer les entremetteuses, sans grand succès jusque-là. Elle persistait à dire qu'il était plus que temps pour lui de mettre un terme à ses aventures sans lendemain et de s'engager dans une relation durable.

Elle était fébrile à l'idée de les présenter l'un à l'autre. Sophie était déjà fiancée, mais cela n'allait pas empêcher l'aspirante marieuse d'échafauder des plans. À quel point cet engagement était-il solide si la fiancée s'installait à Fort Qu'Appelle alors que le fiancé restait à Saskatoon ?

L'engouement avait été immédiat dans le jardin des Goodman. Au milieu d'une vingtaine de personnes qui bavardaient, Sophie et Émile avaient échangé une longue poignée de main. L'attirance était palpable, et Paméla les voyait déjà au pied de l'autel. Elle jubilait, faisant de gros clins d'œil à Bernard avec un air de « j'te l'avais bien dit ». Toutefois, son euphorie s'étiola au fil du temps, car Sophie et Émile mirent cinq ans avant de former un couple. Paméla s'en attribua tout de même le mérite et accepta avec grand bonheur le rôle de dame d'honneur au mariage.

Les deux couples d'amis étaient attablés dans la salle à manger des Goodman. Tuiles espagnoles, mobilier ancien, verres de cristal et assiettes de céramique fabriquées par l'hôtesse elle-même faisaient partie du décor. Paméla resservait du riz aux champignons pendant que Bernard relatait une récente transaction immobilière.

– On se retrouve dans le bureau du notaire, le couple de vendeurs, le couple d'acheteurs, l'autre agent et moi.

– C'est tellement fou, écoutez ça ! s'exclama Paméla.

– Le notaire fait la lecture du contrat et en arrive à la liste des biens qui sont inclus dans la vente de la maison. Il nomme un paquet de choses : les plafonniers, l'aspirateur central, le frigidaire, le four encastré et… et… dit Bernard en levant l'index, le lave-vaisselle.

De par le silence stratégique qui s'ensuivit, les invités devinèrent que cet appareil électroménager revêtait une grande importance dans le récit.

Alors qu'Émile restait figé, la fourchette à mi-chemin entre son assiette et sa bouche, Sophie déposa ses couverts. Paméla irradiait de fierté en constatant l'intérêt suscité par l'histoire de son mari.

Assuré d'avoir toute l'attention de son auditoire, Bernard poursuivit son récit.

– La madame acheteuse dit : « J'en veux pas de son lave-vaisselle. Enlevez-le du contrat. » Son mari lui explique que c'est standard, que le lave-vaisselle est toujours inclus dans la vente. « J'en veux pas. Qu'il l'enlève du contrat ! » qu'elle répète. « Voyons chérie, de dire le mari, on ne va pas faire refaire le contrat pour un détail comme ça. » « J'en veux pas de son lave-vaisselle, je veux garder le mien ! » Là, c'est la femme du couple de vendeurs qui intervient. « Qu'est-ce que vous avez contre mon lave-vaisselle ? » qu'elle demande à l'autre. « Il est sale et il pue ! » que l'acheteuse lui répond. Les deux femmes commencent à se crêper le chignon, les maris essaient de les calmer, mais ça ne sert à rien. Pendant ce temps-là, l'autre agent et moi, on voyait notre commission s'envoler. La vente ne s'est pas faite. À cause du saudit lave-vaisselle !

Bernard souleva sa coupe de vin et proposa un toast aux lave-vaisselle.

Les convives répondirent à son invitation, et Paméla renchérit :

– Un toast aux lave-vaisselle.

Après avoir bu une gorgée de vin, Émile dit :

– En tout cas, tu n'as pas perdu le sourire pour quelqu'un qui a perdu sa commission…

– C'est pas grave parce que je me lance en politique.

Stupeur chez les convives.

Bernard déposa sa fourchette, mit ses coudes sur la table et jeta un regard à Émile qui baissa les yeux.

– On m'a approché après que tu aies dit non. Émile, pourquoi est-ce que tu refuses ?

Émile resta concentré sur son assiette, comme s'il n'avait pas entendu la question.

– Refuser quoi ? demanda Sophie.

Bernard se tourna vers elle.

– C'est toi qui l'empêches d'y aller ?

– D'aller où ?

Elle se tourna vers Émile.

– Je t'empêche d'aller où ?

Émile déposa lui aussi ses couverts et regarda Bernard tout en répondant à la question de Sophie.

– Nulle part. On m'a demandé si je voulais me présenter aux élections fédérales.

Il se tourna vers Sophie et ajouta :

– Et j'ai refusé.

La surprise s'imprima sur le visage de Sophie.

– On t'a promis un ministère ! Pourquoi tu refuses ? insista Bernard.

Complètement abasourdie, Sophie décida de ne pas poser de questions pour le moment. Elle n'avait plus qu'un désir : rentrer à la maison.

– Un ministère ! s'exclama Paméla. Je te verrais bien en ministre, moi.

– Mais aide-moi à comprendre, dit Bernard. Je sais à quel point tu aimes t'engager, être au service de la population, aider les autres…

– Je suis déjà engagé en politique municipale, je suis déjà au service de la population et je crois que je peux aider plus de gens en pratiquant la médecine qu'en allant faire le zouave à Ottawa, trancha Émile.

Silence. Au bout de quelques secondes, Paméla se leva.

— Mon gros loup, il va y aller, lui, faire le zouave à Ottawa. J'ai préparé des tartufes pour dessert. Tu en veux ? dit-elle en offrant son plus beau sourire à Émile.

***

La soirée se termina plus tôt qu'à l'habitude. Dès qu'Émile et Sophie s'engagèrent sur le trottoir en direction de Civita, il sentit le besoin de se justifier.

— Je ne t'en ai pas parlé parce que ça ne comptait pas à mes yeux.

— Quand as-tu été pressenti ?

— L'autre jour, après la réunion du conseil, dit-il en passant un bras autour des épaules de Sophie.

La soirée était étonnamment chaude pour le mois d'avril. Le ciel, surchargé d'étoiles, créait l'effet d'un bouclier protecteur posé au sommet des collines bordant la vallée.

Cette invitation à se lancer en politique était peut-être sans importance pour Émile, n'empêche que Sophie ne comprenait pas pourquoi il avait omis de lui en parler. Elle connaissait ses ambitions, et son cœur se serrait au souvenir de la période morose qui avait suivi son premier refus.

Cela s'était passé cinq ans auparavant. Un jour, Émile était rentré à la maison en lui annonçant qu'on l'avait sollicité pour se porter candidat aux élections provinciales. À en juger par son enthousiasme, Sophie avait conclu qu'il allait accepter. Ils en avaient discuté, Émile avait décidé de se lancer dans la course, et elle s'était faite à l'idée que son homme deviendrait un personnage public. Et puis, quelques jours plus tard, il avait fait volte-face sans donner d'explication. Cette fois-ci, il avait refusé sans même s'accorder un temps de réflexion. Et ni même lui en souffler mot.

Le seul bruit ambiant était celui de leurs pas. La récente fonte des neiges avait laissé sur le trottoir tout un hiver de saletés accumulées. Les mains plongées dans les poches de son imperméable, Sophie prenait garde de ne pas marcher sur les fentes du trottoir, autant par superstition que pour ménager les talons de ses chaussures. Soudain, elle s'arrêta et stoppa Émile.

– Pourquoi as-tu refusé ? Donne-moi la vraie raison.

Émile évita son regard.

– Je ne te demande même pas de me dire pourquoi tu ne m'en as pas parlé.

– Pourquoi est-ce que Bernard s'est ouvert la trappe ?

– Laisse Bernard en dehors de ça !

– Tu as raison. C'était à moi de t'en parler plus tôt.

Une voiture passa.

Émile prit le visage de Sophie entre ses mains et le souleva vers le sien. Elle se dégagea sans le quitter des yeux. Elle attendait une réponse. Son triste regard fut trahi par la lumière d'un lampadaire. Les larmes montaient dans ces grands yeux verts qu'Émile s'était juré de ne jamais faire pleurer. Il avait failli à son serment. Encore une fois.

– Rentrons à la maison. Allons prendre un bain, dit-il d'une voix étouffée.

– Dis-moi pourquoi, insista-t-elle.

Émile laissa échapper un profond soupir en rejetant la tête en arrière.

Une deuxième voiture passa.

– C'est à cause d'une vieille rumeur, finit-il par dire.

– Raconte.

– Pas ici. Rentrons à la maison.

Il prit Sophie par le bras, mais elle était rivée sur le trottoir. Elle voulait savoir, tout, ici, maintenant.

– Rentrons. Je vais te raconter. Promis.

Émile déposa un baiser sur le front de Sophie. Il était brûlant. Il la prit par le bras et fit un signe de la tête l'invitant à le suivre.

***

La nuit s'était installée en laissant intacte la douceur du jour. Recroquevillée sur une chaise dans la cour arrière de Civita, Sophie avait attendu les explications promises par Émile. Ce dernier était venu la rejoindre avec une bouteille de vin et deux coupes.

Elle l'avait écouté sans l'interrompre. Depuis quelques minutes, le silence régnait dans la cour. Sophie repassait mentalement le récit d'Émile. Puis, après un long moment, elle prit la parole.

– Quand tu dis que des gens racontaient que ton grand-père aurait fait « disparaître » une patiente, tu veux dire qu'il l'aurait tuée ?

– À ton avis…

– C'était qui, la patiente ?

Émile haussa les épaules.

– Est-ce que ça a été une vraie affaire ? Je veux dire, est-ce qu'il y a eu une enquête, des accusations, un procès ?

Émile prit une gorgée de vin avant de répondre.

– Pas à ce que je sache.

– Et elle vient d'où, cette rumeur ? En as-tu déjà parlé à tes parents, à ton grand-père ?

– J'en ai parlé à mes parents lorsque les gars se sont moqués de moi à l'école. J'étais tellement bouleversé. J'étais rentré à la maison à pied, en braillant.

Sophie pouvait effectivement imaginer le désarroi d'un enfant de neuf ans à qui l'on raconte que son grand-père est un meurtrier.

Émile gardait le silence, le regard fixé sur ses mains jointes entre ses genoux.

– Et tes parents, qu'est-ce qu'ils ont dit ?

– Bof. Pas grand-chose. Que c'était des mensonges, qu'il ne fallait pas les croire, que les autres enfants étaient jaloux parce que mon grand-père était quelqu'un de bien.

– Et eux, ils l'avaient déjà entendue, la rumeur ?

– Aucune idée.

– Est-ce qu'ils ont été surpris ? Choqués ?

– Je suppose que oui.

– Tu *supposes* que oui. Mais ton père aurait dû être furieux d'entendre une horreur pareille à propos de son père.

– Sans doute… Mais… il m'a dit d'oublier ça.

Après quelques secondes de réflexion, Sophie reprit de plus belle.

– Et ton grand-père, tu lui en as déjà parlé ?

– Es-tu folle ? Mes parents m'avaient formellement interdit de le faire. Et puis j'aurais été bien trop gêné. Non mais, tu t'imagines un peu ? Un p'tit cul qui demande à son grand-père si c'est vrai qu'il a tué une de ses patientes parce qu'il l'avait mise enceinte. Pfft !

Sophie demeura pensive. Elle tendit son verre à Émile qui la resservit. Elle ne comprenait pas l'attitude de ses beaux-parents. À leur place, elle aurait pressé Émile de questions et se serait ruée chez les parents des calomniateurs pour les confronter. Car il lui semblait évident qu'un tel racontar ne pouvait être l'invention d'un enfant. Comment expliquer qu'au lieu d'agir ainsi, ils aient fait taire Émile ? Choisir le silence n'équivalait-il pas à admettre que la rumeur était fondée ?

— En as-tu déjà reparlé à ton père ?

— Non. Tu comprends maintenant pourquoi je ne peux pas me permettre de faire de la politique ? dit Émile en passant une main dans ses cheveux.

— Non.

— Non ? Mais tu te doutes bien que, si je me présentais, les autres partis ressortiraient cette rumeur pour me discréditer.

— Ce n'est pas une excuse. Tu as des convictions, des rêves, et je ne crois pas que ce racontar devrait t'arrêter.

— Voyons, Sophie ! dit-il en se levant brusquement. Tu ne comprends rien ?

— Je comprends qu'il y a un obstacle entre toi et ton désir. Veux-tu passer le reste de ta vie à regretter d'avoir passé à côté de ton rêve parce que ton grand-père a *peut-être* commis un crime ?

— Bien sûr que non.

— Alors qu'est-ce que tu vas faire ?

Émile regarda autour de lui comme s'il cherchait de l'aide.

— Mais qu'est-ce que tu veux que je fasse ? Je ne peux rien faire !

— Tu peux essayer d'en trouver la source.

— D'en trouver la source ?

Sophie se leva à son tour, son verre à la main.

– Mais oui ! Chercher, fouiller, découvrir si la rumeur est fondée ou non.

– Comment veux-tu que je... C'est pas faisable ! C'est trop vieux ! Et puis je ne veux pas faire de vagues maintenant que la plupart des gens l'ont oubliée ou sont trop jeunes pour la connaître.

– Je l'avais déjà entendue cette rumeur.

– Ah oui ?

– Oui, mais je n'avais pas fait le rapprochement avec ton grand-père. Je me souviens de m'être dit que c'était probablement une histoire inventée pour susciter l'intérêt des touristes pour Fort San. Comme ces histoires de fantômes...

– Ah, celles-là elles sont vraies par contre !

– Tu en as vu, toi, des fantômes à Fort San ? demanda Sophie avec un petit sourire qu'Émile distingua sous le clair de lune.

– Moi, non. Mais mes parents, oui. Tu demanderas à mon père de te raconter l'histoire du fantôme posté à une fenêtre et qui envoyait la main aux enfants.

– D'accord, d'accord.

Ils se regardèrent pendant un long moment, trop fatigués ou trop éméchés pour continuer la discussion. Émile finit quand même par poser une dernière question.

– À ton avis, faut-il toujours rechercher la vérité ? À n'importe quel prix ?

– La vérité n'a pas de prix.

Émile secoua lentement la tête et serra Sophie dans ses bras, elle qui avait pourtant appris à ses dépens qu'il est des pierres que l'on ne doit pas retourner. Surtout dans le jardin de l'être aimé.

3

À mesure qu'avril s'estompait, le printemps prenait ses aises. Aux branches des arbres commençaient à poindre de minuscules feuilles qui, bientôt, jetteraient une ombre apaisante dans la cour de Civita.

L'arrivée du mois de mai fut ponctuée de charges répétées de la part de Sophie pour qu'Émile entreprenne des recherches sur la rumeur concernant son grand-père. Elle aurait pu supporter l'incertitude, malgré sa curiosité, mais elle ne pouvait accepter que son mari renonce à ses ambitions à cause d'une rumeur peut-être sans fondement.

Ayant complété ses examens finaux deux jours plus tôt, Sophie se trouvait assise dans la cour inondée de soleil, plongée dans la transcription du journal d'Emily. Il n'était que huit heures trente, et le thermomètre indiquait déjà dix-neuf degrés à l'ombre quand Émile vint lui dire au revoir avant son départ pour l'hôpital. Il avait tourné le coin de la maison lorsqu'il revint sur ses pas.

– J'ai beaucoup réfléchi à ce que tu m'as dit l'autre soir.

– Quoi, au juste ? demanda Sophie sans lever le nez de son travail.

– Tu sais bien, au sujet de mon grand-père.

Soudain attentive, elle scruta les yeux de son mari.

– Et ?

– Et… je crois que je vais essayer de faire des recherches.

Un sourire radieux se dessina sur le visage de Sophie.

Après le départ d'Émile, elle se remit au travail, le cœur léger.

Le 30 septembre

Il m'est arrivé quelque chose d'incroyable aujourd'hui. J'ai assisté à une conférence donnée par la célèbre reporter Norma Winters qui fut correspondante de guerre. Depuis des années, je lis tout ce qu'elle écrit. Hier soir, j'ai eu de la difficulté à m'endormir tant j'étais excitée à l'idée d'aller l'entendre. C'est sa chronique de guerre, brossant les portraits de gens ordinaires pris au cœur d'événements exceptionnels, qui m'a donné le goût de devenir journaliste.

Mes camarades et moi nous sommes rendus à l'amphithéâtre en début d'après-midi. On croyait qu'en arrivant une heure à l'avance, on aurait de bonnes places. Erreur ! On s'est retrouvés au fond de la salle. Enfin, ce n'est pas bien grave.

J'ai eu un premier choc quand Norma Winters a fait son entrée sur la scène. Il y a une telle ressemblance entre elle et Martha Bloom. C'est hallucinant ! De taille moyenne et assez corpulente, elle a des cheveux aile de corbeau retenus à la nuque par un chignon, comme tante Martha.

J'ai eu un second choc, celui-là encore plus grand que le premier, quand elle s'est mise à parler. Elle a le même accent indéfinissable que tante Martha. En entendant cette voix, j'ai été transportée à Fort San au temps où ce riche accent résonnait dans les corridors du sanatorium.

Sophie cessa de taper et se pencha pour récupérer le cahier soufflé par le vent. Elle faillit mettre la main dessus, au pied de sa chaise, mais il se poussa trois mètres plus loin. Elle s'élança dans la cour et commença une danse improvisée. Chaque fois que le cahier était à portée de main, un nouveau coup de vent le soulevait. Il s'envolait vers la gauche, puis bifurquait vers la droite, de sorte qu'elle courait en zigzaguant, telle une footballeuse tentant une remontée. Passant de l'ombre à la lumière, le cahier exécuta quelques tourbillons de haute voltige, contourna la maison et alla choir au milieu de l'allée menant à la rue. Essoufflée, Sophie réussit à mettre un pied dessus avant qu'il ne s'envole de nouveau.

– Le vent vous donne de la misère ?

Sophie leva la tête et aperçut Constance Dupré. Vêtue d'une robe à fleurs mauves, la septuagénaire tenait fermement son sac à main sous le bras.

– Un peu, répondit Sophie en remettant son cahier en ordre.

N'ayant aucun désir d'entamer la conversation avec sa voisine, elle repartit en direction de la cour.

– On ne vous a pas vue de l'hiver. Est-ce que c'est vrai que vous travaillez p'us ?

– Oui. Euh… non. C'est que je suis retournée à l'université pour étu…

– À votre âge ? Vous êtes pas trop vieille pour ça ?

– Il faut croire que non. Bonne journée.

Sophie accéléra le pas et tourna le coin de la maison.

Constance posa encore une ou deux autres questions en l'air

avant de reprendre son chemin. L'infirmière à la retraite habitait la dernière maison au bout de la rue sans issue. Constance était connue de tous et aimée de personne à Fort Qu'Appelle. Son plus célèbre fait d'armes était sans contredit la façon dont elle avait marqué le départ de son mari infidèle, en placardant une notice nécrologique partout dans le village sur laquelle on pouvait lire, sous la photo très peu flatteuse du déserteur :

Dupré, Michael
Fort Qu'Appelle, 1930-1969
La famille Dupré a le regret de vous informer du départ soudain de M. Michael (Mike) Dupré, survenu le 19 juin dernier.
Il était l'époux en premières et dernières noces de Constance Dupré, née Vandenberghe, et le père de Guy et de Carole Dupré.
Il laisse pour pleurer son départ son chien Filou et sa perruche Bambi. Il n'y a pas eu d'exposition ni de service religieux afin d'éviter tout dérangement inutile.
Des dons à la Fondation des maladies mentales seraient appréciés.

Cette notice n'était pas étrangère au fait que Michael Dupré et sa maîtresse aient quitté le village après des semaines de railleries. Selon Émile, Constance n'avait rien perdu de son venin en vieillissant. Il parlait en connaissance de cause, l'ayant côtoyée à l'hôpital pendant cinq longues années. À ses yeux, pourtant, la méchanceté de Constance n'était que le triste résultat de multiples abandons, celui de son mari d'abord, puis de ses enfants qui vivaient sur la côte est des États-Unis.

Avant de se rasseoir, Sophie ramassa une pierre de bonne taille, assura le cahier et reprit son travail.

Je revoyais Martha Bloom, cette patiente dans la cinquantaine qui a appris à lire et à écrire notre langue à Fort San, avec les enfants. Cette femme d'origine russe (née Illich, je crois) avait vécu et étudié en Italie et en Espagne avant d'immigrer au Canada avec ses parents. Elle écrivait et parlait couramment le russe, l'italien et l'espagnol, mais avait appris notre langue dans la rue, ou plutôt à la manufacture de céramique où elle avait travaillé à son arrivée au pays.

J'ai encore en mémoire son sourire et l'éclat de fierté qui se lisait dans ses yeux quand, il y a deux ans, le directeur du conseil scolaire est venu en personne lui présenter son certificat d'études. La cérémonie marquait également son congé du sanatorium après cinq années de cure. Il faisait un temps splendide, et l'un des orchestres de Fort San (il y en a trois) jouait dans le kiosque à musique qui a d'ailleurs été construit grâce à la générosité de tante Martha, comme nous l'appelions.

Cet après-midi-là, nous étions tous un peu moroses, ce qui contrastait avec la musique enjouée. La raison de cette tristesse était simple : le sanatorium perdait sa coqueluche. Avec sa bonne humeur, sa générosité et son épais accent qui nous faisait rêver à la fois de tsars, de gladiateurs et de toreros, Martha Bloom nous avait tous conquis.

Elle avait commencé par les enfants. Cette femme était une formidable conteuse, même si elle se débattait continuellement avec notre langue. Lorsque, ne trouvant pas le mot juste, elle s'exprimait

*en russe, en italien ou en espagnol, on se faisait interprètes poly-
glottes. Impatients de connaître la suite, on la bombardait de mots
jusqu'à ce qu'elle en reconnaisse un, le tricote dans son récit et reprenne le fil de son histoire jusqu'à la prochaine embûche.*

*C'est d'ailleurs grâce à son talent de conteuse que tante Martha
en était venue à fréquenter l'école. C'est que les enfants ayant
vanté son talent, le rédacteur de L'Écho de la vallée l'avait invitée
à écrire ses histoires pour les publier. Elle avait d'abord refusé
puis, le rédacteur se faisant insistant, elle lui avait avoué ses la-
cunes sur le plan de l'écriture. Il avait offert de l'aider, ce qu'elle
avait accepté pour un temps, mais sa fierté la poussait à maîtriser
cette langue qu'elle qualifiait de complètement « tarapistoquée ».
Résultat : lorsque L'Écho paraissait, le premier jeudi de chaque
mois, les lecteurs se ruaient sur l'histoire de tante Martha. C'est
ainsi qu'elle était devenue la coqueluche du sanatorium.*

*Comment aurions-nous pu nous réjouir de son départ ? Ah !
la fête a été vraiment belle ! Et la cérémonie de remise du certificat d'études, des plus émouvantes ! Mais tante Martha n'a jamais fait encadrer son parchemin comme elle avait promis de le
faire. Elle n'en a pas eu le temps… Elle est morte le jour même.*

*En quelques minutes, la fête a tourné au drame. La voiture
conduite par son mari a fait une embardée après avoir perdu une
roue et a percuté un arbre en bordure de la route. Quelle ironie
que de s'écraser contre un arbre au beau milieu des Prairies qui
en comptent si peu !*

*Des salves d'applaudissements m'ont ramenée au présent.
J'étais bouleversée, à la fois d'avoir revécu le souvenir de cette
femme rayonnante dont la chaleur me manque encore aujourd'hui*

et d'avoir raté cette chance unique d'entendre Norma Winters. J'ai
rêvassé pendant toute sa présentation. Je pourrai me consoler en
lisant ses mémoires, dont j'ai acheté un exemplaire. Au dos du
livre, il y a sa photo. Je la contemple en pensant à tante Martha.

En relisant ce qu'elle venait de taper, Sophie fut frappée par la véritable affection qu'Emily semblait porter à cette femme au destin tragique. Elle y percevait une proximité étonnante alors que les enfants du médecin en chef du sanatorium auraient pu légitimement avoir été tenus à l'écart des malades.

Sophie consulta sa montre. Elle disposait encore de deux bonnes heures avant d'aller rejoindre Paméla pour le lunch.

***

En début de soirée, il ne restait plus que quelques voitures dans l'aire de stationnement de l'hôpital de Fort Qu'Appelle. D'un pas lent, Émile se dirigeait vers la sienne, baignée du soleil couchant qui rasait les collines. Il n'était pas dans ses habitudes de prendre sa voiture pour se rendre à l'hôpital. Civita n'étant située qu'à quelques pâtés de maisons, il privilégiait la marche. Mais ce jour-là, il avait fait exception, car il avait donné rendez-vous à son père au bar de l'hôtel du village de Lebret à vingt heures.

Émile consulta sa montre. Plus que vingt minutes. Il se gratta nerveusement la nuque. Son père devait sûrement se demander pourquoi il l'avait invité dans un tel endroit. La raison en était simple : Émile ne voulait pas discuter de ce qui le préoccupait devant Sophie et encore moins devant son frère et sa belle-sœur. La rencontre se déroulerait donc en terrain neutre.

Durant le trajet vers Lebret, situé à sept kilomètres à l'est de Fort Qu'Appelle, ses mains collaient au volant. Il ne faisait pourtant pas si chaud. Comment allait-il aborder le sujet ? Il y avait songé une partie de la nuit précédente sans en arriver à un plan définitif. Il ne pouvait s'empêcher de se sentir un peu mesquin de rencontrer son père à l'insu de Sophie. Après tout, sans son insistance, il n'aurait jamais abordé le sujet. Il tenta de se donner bonne conscience en décrétant qu'il agissait ainsi par respect pour son père. Il gara sa voiture à quelques pas du vieil hôtel sorti tout droit du *Far West*.

Le soleil s'était retiré de la vallée, mais il brillait toujours sur la plaine. Émile descendit de voiture et repéra la camionnette rouge de son père garée une dizaine de mètres plus loin. Il jeta un rapide coup d'œil à sa gauche, en direction du chemin de croix qui jalonnait la colline. Émile avait toujours été fasciné par la petite chapelle juchée tout en haut. Enfant, il se plaisait à escamoter quelques stations pour se rendre plus vite au sommet. Aurait-il encore l'énergie pour faire de même aujourd'hui ? Sûrement. Mais ce qu'il s'apprêtait à faire requérait encore plus de force. Il referma la portière et se dirigea vers l'hôtel. Après avoir ouvert toute grande la porte, il s'engouffra dans la pénombre.

Ses yeux mirent un moment à s'adapter à l'obscurité. Il aperçut bientôt son père accoudé au bar. Charles saisit sa bouteille de bière et se dirigea vers une table. Émile l'y rejoignit.

– C'est quoi tous ces mystères ? demanda Charles sans même échanger les salutations d'usage.

– Bonsoir.

– Bonsoir, bonsoir. Qu'est-ce qui se passe ?

La salle était pratiquement déserte. Un vieux succès de Hank Williams jouait pendant que deux hommes assis au bar buvaient côte à côte, en silence. À l'autre bout de la salle, un jeune couple se mangeait des yeux.

La barmaid se dirigea vers Émile, accompagnée du clic-clac de ses mules qui tapaient rythmiquement sur ses talons nus.

– Salut Émile. Qu'est-ce que je te sers ? demanda-t-elle, son plateau de service appuyé sur une hanche.

Émile connaissait Denise depuis toujours. C'était d'ailleurs l'une des premières filles qu'il avait embrassées.

– Un scotch sur glace, s'il te plaît.

– Tout de suite.

Pas la peine de demander quelle marque il désirait puisque l'hôtel ne tenait qu'un seul scotch en réserve : Johnny Walker Black Label. Denise traversa la salle, et Émile la suivit du regard comme pour se distraire de la raison de sa présence.

– Accouche ! lança Charles.

Émile reporta son attention vers son père. L'anxiété se lisait sur son visage.

– Ça ne va pas avec Sophie ?

– Rassurez-vous. Ça va très bien avec Sophie.

– Alors, c'est quoi ? Parle !

Denise revint avec un verre de scotch posé au centre du plateau. Cette fois, le clic-clac de ses mules était accompagné du tintement des glaçons dans le verre qu'elle déposa devant Émile.

– Merci, dit-il sans la regarder.

Il en but une petite gorgée et conserva son verre au creux de sa main. Charles prit une gorgée de bière et posa la bouteille sur la table d'un geste brusque.

**

Sophie aimait particulièrement cette heure du jour où les derniers rayons de soleil donnaient aux nuages cette couleur orange feu, tel un reflet d'enfer au paradis.

Elle s'était servi un verre de vin avant de monter à son bureau, comme pour nourrir l'étourdissement créé par sa rencontre avec Paméla en après-midi. Elle était toujours impressionnée par la capacité qu'avait son amie de discuter de multiples sujets à la fois. Dix minutes avec elle et on savait absolument tout ce qui se passait dans sa vie. En contrepartie, Paméla n'apprenait que bien peu de choses sur ses interlocuteurs.

Bercée par le léger ronron de son ordinateur, Sophie ouvrit le journal d'Emily.

Le 17 octobre

J'ai vingt ans à Paris et j'ai pleuré à mon réveil ce matin. C'est la première fois que je suis triste le jour de mon anniversaire. Comme il est difficile d'être loin de ma famille, même si je sais que tout le monde pense à moi ! L'autre jour, j'ai reçu un colis contenant des livres, des mouchoirs brodés par mes sœurs, des friandises et des photographies du dernier pique-nique à Fort San. Il y en avait une d'Anthony avec papa et Charles. Les trois hommes de ma vie. Ça m'a réchauffé le cœur...

J'aurais voulu rester au lit ce matin, dormir toute la journée, la tête sous l'oreiller, pour ne pas penser que j'ai vingt ans et que je suis seule à l'autre bout du monde. C'est probablement ce que j'aurais fait si je n'avais pas reçu un télégramme d'Anthony. Ma logeuse a bien vu que j'avais pleuré. « J'espère que c'est une bonne nouvelle », m'a-t-elle dit en me le remettant. Oui, c'est une bonne nouvelle. Anthony m'envoie ses meilleurs vœux et jure de m'aimer toujours.

À la maison, le jour de nos anniversaires, nous avons droit à un traitement spécial. D'abord, c'est congé de corvées, et puis les membres de la famille s'engagent à réaliser trois souhaits. Je me souviens de m'être creusé les méninges pendant des jours pour trouver ce qui me ferait vraiment plaisir.

Ces souhaits sont de divers ordres. Une année, Colette avait voulu se faire brosser les cheveux pendant une heure, et Juliette avait demandé à se faire bercer dans le hamac pendant qu'on lui lisait des histoires. Je n'ai jamais compris pourquoi, puisqu'elle était sourde. Mais on l'a fait, et elle a semblé ravie.

Pour les anniversaires de Charles, les vœux sont imman-quablement d'ordre alimentaire. Je me souviens de son dixième anniversaire. Il doit s'en souvenir lui aussi, car il a été tellement malade. Le petit glouton avait souhaité qu'on lui prépare un gâ-teau aux épices, des biscuits au chocolat et une tarte au sucre. Pauvre Charles ! Il s'est empiffré malgré les mises en garde de maman. Notre mère est très protectrice envers ce fils unique dont l'arrivée a été un baume sur la plaie laissée par son fils mort-né.

Sophie s'arrêta net de taper.

– Son fils mort-né ! ?

Elle relut la dernière phrase.

Notre mère est très protectrice envers ce fils unique dont l'arrivée a été un baume sur la plaie laissée par son fils mort-né.

– Un fils mort-né...

Sophie se cala dans sa chaise. D'abord, il y avait eu Anna, cette sœur morte de la tuberculose, et voilà que surgissait un fils mort-né dont elle n'avait jamais entendu parler.

Elle fit un rapide calcul tout en comptant sur ses doigts.

– Anna, Juliette, Aurélia, Colette, ça fait quatre. Puis Jane, Emily et Charles, ça fait sept. Plus le bébé mort-né, ça fait huit. Huit enfants.

Le compte n'était pas bon. Charles avait bien dit l'autre jour que sa mère avait eu sept enfants.

Elle consulta l'horloge posée sur son bureau. Vingt heures cinquante-cinq et Émile n'était toujours pas rentré. Elle ferma son ordinateur et alla prendre un bain pour tromper son attente.

***

– Qu'est-ce que ça te donnerait de faire ça ? demanda Charles, la voix brisée.

Émile et son père étaient maintenant seuls dans le bar avec la barmaid. Les deux buveurs solitaires étaient partis chacun de leur côté, et le jeune couple s'était loué une chambre. Émile n'avait pas retouché à son scotch, mais Charles, qui ne buvait pratiquement jamais d'alcool, terminait sa deuxième bière. Denise remplissait les réfrigérateurs de bouteilles de bière tout en ayant l'air de ne pas prêter attention à leur conversation.

– Ça me donnerait de... d'essayer au moins de réhabiliter la mémoire de grand-papa.

— Non Émile, ne fais pas ça. Ne va pas fouiller là-dedans.

Charles se tourna vers le bar.

— Hep ! fit-il, pour attirer l'attention de la barmaid.

Soucieuse de donner l'impression d'être concentrée sur son travail, Denise ne se tourna vers ses clients qu'au deuxième appel. Charles souleva sa bouteille pour indiquer qu'il désirait une autre bière.

— Ça ne vous choque pas, vous, de voir que grand-papa n'a même pas un petit monument de rien nommé en son honneur ?

Émile ne laissa pas le temps à son père de répondre.

— Moi, oui ! C'était un médecin réputé dans le monde entier, et c'est Gérald Porter qu'on célèbre partout. Si ça continue, on va rebaptiser le village Fort Porter.

Denise déposa une bouteille de bière devant Charles qui lui tendit sa bouteille vide. Il prit aussitôt une gorgée.

— Dites quelque chose !

— Émile, Émile, Émile… dit Charles en hochant la tête.

— Quoi Émile, Émile ? Pourquoi pensez-vous que rien au village ne porte son nom, qu'absolument rien ne rappelle sa mémoire, même pas une cabane à moineaux ?

Silence.

— Pourquoi ?

Charles gardait le silence.

— Peut-être un peu beaucoup à cause de cette maudite rumeur de meurtre !

Charles, qui avait porté la bouteille à ses lèvres, recracha sa gorgée de bière. Il sortit un mouchoir de sa poche et s'essuya la bouche. Les deux hommes s'observèrent en silence.

– Je t'en prie Émile. Si la mémoire de ton grand-père compte autant pour toi, laisse dormir cette histoire, ce…

– Ahhh ! On parle maintenant d'une *histoire*…

Charles se redressa sur sa chaise et s'épongea le front avec son mouchoir.

Denise avait cessé de remplir les réfrigérateurs et passait maintenant un linge sur les bouteilles de spiritueux. C'était plus silencieux comme travail. Le CD de Hank Williams était terminé depuis longtemps, et elle avait omis d'en mettre un autre.

– Racontez-moi ce que vous savez de cette *histoire*.

– Je ne sais rien.

– Je ne vous crois pas !

Charles baissa la tête.

– Tu ne m'as jamais parlé comme ça avant, balbutia-t-il, la bouche pâteuse.

Émile se rembrunit.

Le bar fut plongé dans le silence. Denise continuait d'essuyer les bouteilles lorsque la porte de l'hôtel s'ouvrit avec fracas. Une demi-douzaine d'hommes en habits de baseball accompagnés d'autant de femmes prirent la place d'assaut. L'une des compagnes des sportifs lança un « Salut Doc ! » en passant devant Émile. Il fit un signe de la tête. Les hommes rapprochèrent des tables et réclamèrent de la bière et de la musique. C'était visiblement soir de victoire.

Émile jugea qu'il valait mieux en rester là et rentrer.

– Attendez-moi ici. Je vais payer et je vous reconduis à la ferme.

– Non, non, non, j'ai mon *pick-up*.

– Il est hors de question que vous conduisiez après avoir bu trois bières.

– Je n'ai pas bu trois bières…

– Oui, vous avez bu trois bières, et je vais vous reconduire.

Charles marmonna quelque chose d'inintelligible.

Émile regrettait le ton employé. Il aurait dû s'y prendre autrement. Charles avait l'air bouleversé, et lui n'était pas plus avancé. Il s'excuserait tout à l'heure dans la voiture. Il dut attendre un moment au comptoir, le temps que Denise, qui semblait irritée par l'interruption, serve les nouveaux clients.

Quand Émile revint à la table, Charles était totalement concentré sur l'étiquette de sa bouteille de bière qu'il décollait par petits morceaux.

– On y va ?

– Hum, grogna Charles.

Le vieil homme se leva, un peu moins droit qu'à l'habitude. Émile le prit par le bras, mais Charles se dégagea.

– Il faut que j'aille faire pipi avant de partir.

Charles se dirigea sans tituber vers les toilettes au fond de la salle.

***

Une lumière bleutée enrobait la vallée. La pleine lune donnait aux collines ondulées l'aspect d'un gigantesque cratère. Au volant de sa voiture, Émile observait son père à la dérobée. Charles n'avait pas attaché sa ceinture de sécurité. Les yeux mi-clos, il laissait sa tête reposer contre la vitre de la portière.

Émile ressentit un curieux malaise. Pourquoi l'avait-il brusqué ainsi ? Et pourquoi son père refusait-il de l'appuyer dans ses recherches ?

Quand la voiture émergea de la vallée et s'engagea dans la plaine, le ciel étoilé l'enveloppa comme si elle était mise en orbite. Pas un mot n'avait été prononcé depuis le départ de l'hôtel.

Charles toussa et se redressa sur son siège. Les yeux fixés sur la route, il fut le premier à parler.

– Je pense que j'ai trop bu.

Le son de sa voix surprit Émile qui sentit les battements de son cœur s'accélérer. Il se tourna vers son père.

– C'est ma faute.

Charles soupira en faisant signe que non.

La route conduisant à la ferme était parfaitement plane et droite. À la limite, le conducteur n'avait même pas à toucher au volant. Absorbé par ses pensées, Émile conduisit sur le pilote automatique pendant quelques kilomètres jusqu'à ce qu'un nid-de-poule le ramène brusquement sur la route 10.

La voiture ralentit à l'approche de l'intersection. Quelques secondes plus tard, elle tourna vers la droite et roula en direction de la maison située à trois cents mètres de la route. Émile roulait lentement. Il fallait trouver quelque chose à dire afin de terminer la soirée sur une meilleure note.

– À ton avis, faut-il toujours absolument connaître la vérité ?

La voix de Charles avait de nouveau brisé le silence. Elle était basse et chaude. Elle s'harmonisait bien au son de la voiture qui roulait sur le gravier. Émile sourit. Il avait posé la même question à Sophie quelques jours plus tôt. Charles regardait son fils. Émile immobilisa la voiture à une certaine distance de la maison où il avait grandi. Il ne tenait pas à rencontrer son frère ni sa belle-sœur. Il coupa le contact avant de répondre à la question.

– Non. Pas à n'importe quel prix.

– Alors pourquoi tu veux déterrer cette histoire ?

– Je vous l'ai dit.

Émile passa sous silence le fait qu'il y avait également un intérêt personnel en jeu.

Charles ouvrit la portière et posa un pied sur l'allée de gravier. Il se tourna vers son fils.

– Je te demande de ne pas aller poser des questions à droite et à gauche. Si tu veux absolument savoir, viens me voir moi.

Émile resta interdit. Il ne s'attendait pas à ce revirement.

– Promets-moi.

– Je vous le promets.

Charles descendit de la voiture. Il traversa la cour et se dirigea vers la porte de côté de la maison. Il posa une main sur la poignée, se retourna et fit au revoir à Émile.

***

En rentrant à Civita, Émile trouva Sophie endormie sur la causeuse du solarium, enveloppée dans son peignoir. Le téléviseur était ouvert. Une actrice pleurait à l'écran. Une coupe à vin vide et un bol de maïs soufflé à moitié plein étaient posés sur la table à café. Il aurait bien voulu prendre Sophie dans ses bras et l'emmener dans leur chambre, mais ses longues heures à soigner des patients et la rencontre avec son père l'avaient épuisé. Et puis ce soir, il n'avait plus envie de parler. Même pas à Sophie. Il monta se coucher.

4

– Je te le dis, Pam, tu devrais le poursuivre ! s'exclama Bernard qui prenait place dans la balançoire de Civita au côté de sa femme.

Assis face à eux, sur l'autre banc, se trouvaient David et Trudy Porter tandis que Sophie et Émile s'affairaient un peu plus loin aux préparatifs du repas.

– Voyons donc, mon gros loup, répliqua Paméla, je ne peux pas poursuivre mon propre neveu !

– Poursuis l'école, alors ! Je te le dis, il y a matière à poursuite. Ça n'a pas de bon sens de martyriser le monde comme ça.

– Martyriser… Tu y vas un peu fort.

– T'appelles ça comment, toi ? Ça fait des jours que ton cuir chevelu coule, que… que tu suintes. Berk !

Cette scène typique des Goodman faisait sourire tout le monde. Même Trudy — ou « Tweety », comme l'avait surnommée Paméla — qui n'avait pas trop le sens de l'humour. Si sa compagnie était peu appréciée, celle de son mari, David, était en revanche très recherchée. « Le beau David », comme l'appelait Paméla, plaisait à l'œil et à l'esprit. Le couple Porter semblait avoir si peu en commun, outre leurs jumelles, que d'aucuns se demandaient ce qui pouvait bien les unir. « Elle doit faire de bonnes pipes », avait un jour lancé Paméla. Bernard et Émile avaient ri. Sophie avait rougi.

– Pam, je suis prêt à prendre ta cause, dit David, en levant son verre en signe d'alliance.

– C'est vrai que tu me défendrais, mon beau David ?

– Absolument. Tu pourrais poursuivre l'école en dommages et intérêts.

– Je vais y réfléchir, répondit Paméla d'un air dubitatif.

– Tu vois ce que je te disais mon p'tit loup, dit Bernard.

– Ça doit être douloureux, dit Émile en faisant la moue.

– Ah ! Mon cher docteur, je ne vous dis pas.

Sur ce, elle raconta le malheureux incident. Pour la troisième fois.

– Trente secondes après qu'il m'ait eu mis la teinture sur la tête, ça a commencé à brûler.

La mésaventure de Paméla découlait d'une bonne intention, celle d'encourager son neveu, étudiant en coiffure. Mais voilà que le jeune apprenti, tout énervé d'avoir enfin une cliente, avait omis de diluer le colorant capillaire avec de l'eau oxygénée. Résultat : la tante avait eu le cuir chevelu brûlé par le produit qui était demeuré en contact avec sa peau pendant une vingtaine de minutes, et ce, malgré ses plaintes répétées.

– Moi je lui disais : « François, ça brûle ! » Et lui, il répondait : « Ça va. Ça va. Ça va. » L'insignifiant !

C'était le professeur de coiffure qui avait décelé l'erreur, ordonnant aussitôt un rinçage à fond. Mais le mal était fait.

– Maintenant, j'ai la tête pleine de gales.

– Veux-tu que j'y jette un coup d'œil ? proposa Émile.

– Non, merci, ça va aller, répondit-elle en s'allumant une cigarette.

Trudy toussa légèrement, comme elle le faisait toujours lorsque quelqu'un allumait une cigarette en sa présence, même en plein air. Après le repas, quand Bernard allumerait un cigare, Trudy augmenterait son arsenal et feindrait la suffocation.

– Est-ce qu'ils t'ont offert un dédommagement ? demanda David.

– Ouais, répondit Paméla en expulsant une bouffée de fumée. Une teinture gratuite !

Pendant que l'auditoire riait des grimaces de Paméla, Sophie alla dans la maison pour y prendre des glaçons. Émile ne tarda pas à la suivre, en quête d'un cendrier pour Paméla. Ou plutôt *du* cendrier puisqu'ils n'en possédaient qu'un, pièce unique fabriquée et offerte par Paméla elle-même. Il retrouva Sophie dans la cuisine en train de démouler les glaçons au-dessus de l'évier.

Émile se glissa derrière elle, l'enveloppa de ses bras et l'embrassa sur le dessus de la tête.

– Ça va, ma belle ? On n'a même pas eu le temps de se parler aujourd'hui.

Émile était parti travailler à l'aube sans réveiller Sophie qui l'avait rejoint dans le lit après avoir dormi dans la causeuse une partie de la nuit. Puis, cet après-midi, les invités étaient arrivés avant qu'Émile ne revienne de l'hôpital où il avait été retenu par une urgence. Constance Dupré s'était présentée à la salle des urgences avec un œil amoché. Elle avait reçu de la terre en plein visage dans des circonstances plutôt troubles.

– J'allais te poser la même question, dit Sophie. Tu n'as pas l'air dans ton assiette.

– C'est que j'ai eu une journée difficile.

– Tu veux en parler ?

– Non.

– Moi, il y a quelque chose dont je veux te parler, mais pas maintenant.

– Quoi, ma chérie ? demanda-t-il en empoignant la poitrine de Sophie à pleines mains.

– Plus tard.

– Il vous reste de la glace ? demanda David en faisant irruption dans la cuisine. Oh pardon !

Émile desserra son étreinte et fit un clin d'œil à son ami.

– Tiens, dit Sophie, rougissante.

Elle tendit à David le seau à glace.

– Merci. En passant, Paméla voudrait un cendrier.

– Tout de suite, dit Émile en saisissant l'objet posé sur le rebord de la fenêtre.

Il ouvrit la porte-jardin et, du dehors, leur parvinrent les exclamations de joie de Paméla, lasse de jouer à l'équilibriste avec la cendre de sa cigarette.

Tout sourire, David se tenait debout en face de Sophie qui n'avait pas encore retrouvé sa couleur normale.

– Est-ce que je peux te donner un coup de main ?

– Non merci, ça va. Tu peux peut-être apporter les glaçons ? dit Sophie en repoussant une mèche de cheveux qui barrait son visage.

Elle avait très chaud malgré la climatisation.

– Oui, je suppose.

Il jeta un coup d'œil admiratif autour de lui et ajouta :

– J'aime beaucoup ce que vous avez fait avec notre maison. Vous lui avez redonné une âme.

– …

Sur ce, il retourna au jardin.

– J'aime beaucoup ce que vous avez fait avec *notre* maison, répéta Sophie en imitant David. *Notre* maison !

Cette attitude de maître des lieux qu'il adoptait parfois était la seule chose qui altérait son charme aux yeux de Sophie.

***

Une fois la fête terminée, Émile et Sophie puisèrent dans leurs dernières réserves d'énergie pour tout ranger le soir même. Il était minuit passé quand Émile rejoignit enfin Sophie au salon.

En entrant dans la pièce, il s'immobilisa pour s'imprégner de l'atmosphère. S'il avait été peintre, il aurait pu en faire un magnifique tableau. Le salon était éclairé par une lampe posée sur une console devant la grande fenêtre. Sa lumière ambrée conférait à la pièce une ineffable douceur. Un feu dans la cheminée aurait pu compléter la scène, mais la saison ne s'y prêtait pas.

Sophie était calée dans le canapé de couleur sable, la tête appuyée au dossier, les yeux clos. Ses pieds nus reposaient sur la table basse. Les pans de son peignoir retombaient de chaque côté de son corps, dévoilant de longues jambes effilées. Un nocturne de Chopin jouait.

Deux verres de cognac étaient posés sur la table. Entre eux se trouvait une feuille de papier.

Quelques secondes passèrent en musique avant que Sophie n'ouvre les yeux. Bien sûr, les craquements du parquet avaient trahi l'arrivée d'Émile. Habiter à Civita, c'était vivre entouré de délateurs. Impossible de faire un pas sans être mouchardé.

— Viens, dit-elle dans un léger souffle tout en tapotant le coussin à sa gauche.

Émile répondit à son invitation.

— Tu me passes mon cognac ? demanda Sophie.

Émile saisit un des ballons et le lui tendit. De l'autre main, il prit la feuille de papier et se cala à son tour dans le canapé.

— Qu'est-ce que c'est ?

— Ça vient du journal d'Emily.

— C'est quoi ?

— Lis, tu vas voir. C'est la dernière page que j'ai tapée hier.

Émile lut sous le regard scrutateur de Sophie. Elle admirait son profil à la chevelure fournie et mouillée par la douche qu'il venait de prendre. L'eau donnait du lustre aux boucles foncées qu'elle aimait entortiller autour de ses doigts à l'époque où il portait ses cheveux plus longs. Son œil, ourlé de cils épais et recourbés, bougeait dans un rapide mouvement de va-et-vient de gauche à droite, décodant les mots avec l'efficacité de l'intellectuel rompu aux longues lectures. Il respirait lentement. Ses traits étaient détendus. Puis, tout à coup, sa tête eut un léger mouvement de recul, le sourcil se souleva et l'œil s'agrandit.

— C'est quoi, ça ? demanda Émile en se tournant vers Sophie.

— Directement du journal d'Emily, répondit-elle en levant son verre.

Elle trempa ses lèvres dans le cognac. Émile saisit l'autre verre et fit de même. Il relut la dernière phrase, comme Sophie la veille.

— Je me demande si mon père est au courant.

— Visiblement, toi tu ne l'étais pas.

Émile fit signe que non.

— Mon père ne m'a jamais parlé d'un enfant mort-né. Ni Emily, d'ailleurs.

Il déposa la feuille sur la table et prit une autre gorgée de cognac.

— Mon père aurait pu avoir un frère, et moi j'aurais pu avoir un oncle Murray, dit-il avec un quasi-sourire.

— Tu ne trouves pas ça curieux qu'il ne t'en ait jamais parlé ?

Émile allait répondre, mais Sophie enchaîna :

— Pire que ça. L'autre jour, tu te souviens quand nous avons parlé d'Anna ? Tu lui as demandé : « Grand-maman a eu sept enfants ? » Et il a répondu oui.

Émile acquiesça.

— Eh bien, ce n'est pas sept enfants qu'elle a eus, mais huit. Alors pourquoi il a dit oui quand tu as dit sept ?

Émile réfléchit quelques secondes.

— C'est peut-être la preuve qu'il n'est pas au courant. Emily était plus vieille que lui, alors peut-être qu'elle était déjà née quand c'est arrivé. C'est arrivé quand, au fait ?

— Je ne sais pas.

— C'est tragique. Peut-être qu'ils n'en ont jamais parlé dans la famille.

Un lourd silence refroidit l'atmosphère. Tous deux savaient qu'il est de ces pertes que l'on éclipse de sa conscience parce que trop douloureuses.

La journée avait été agréable, mais longue. Sophie était éreintée. Elle aurait pu s'endormir là, maintenant. Mais comme elle ne voulait pas risquer de passer une seconde nuit sur un canapé, elle décida de monter se coucher.

— Je suis crevée. Je vais au lit.

Elle se redressa pour embrasser Émile.

– Je finis mon cognac et je monte.

– Tu peux finir le mien, dit-elle en se levant.

Émile lui sourit et la suivit des yeux alors qu'elle quittait la pièce. Ses hanches ondulaient sous le peignoir. Son chignon à moitié défait la rendait encore plus sensuelle. Demain, il lui parlerait de sa rencontre avec son père.

Quelques instants plus tard, le plafond du salon craqua légèrement au-dessus de sa tête et puis, plus rien. Émile saisit le verre de Sophie, porta un toast à l'absente et fit cul sec. L'ivresse lui procurait une exaltante sensation d'absolu. Il se rejoua le film de la rencontre de la veille avec son père.

Après avoir terminé les deux cognacs, il apporta les verres à la cuisine et monta se coucher. Sophie dormait à poings fermés quand il la rejoignit dans leur grand lit. Il posa la tête sur l'oreiller, souriant béatement à la perspective de faire la grasse matinée.

***

Au lieu de profiter du repos escompté, Émile fut tiré du lit à six heures du matin pour aller constater un décès. L'annonce de cette mort, faite par téléphone, n'était pas une surprise. Lorsqu'il raccrocha, les vapeurs d'alcool s'étaient dissipées malgré la courte nuit de sommeil. Vivianne Komar n'était plus.

Cette femme avait été l'un des nombreux bébés épargnés par la tuberculose grâce au grand-père d'Émile. Il fut un temps, à Fort San, où les patientes enceintes devaient quitter le sanatorium pour aller accoucher à la maison ou à l'hôpital. Les mères tuberculeuses se retrouvaient alors en contact direct avec leur nouveau-né, ce qui avait des conséquences catastrophiques. Le Dr Murray avait créé un préventorium à Fort San, une aile réservée strictement aux soins des nourrissons. Les patientes pouvaient dès lors accoucher au sanatorium tout en bénéficiant de mesures préventives. À leur naissance, les bébés étaient aussitôt séparés de leur maman. C'est ce qu'avait vécu Vivianne Komar qui avait dû attendre la guérison de sa mère avant de connaître sa première étreinte maternelle. Elle avait alors trois ans.

La patiente d'Émile avait reçu, six mois auparavant, un diagnostic de cancer du pancréas pour lequel il n'y avait aucun traitement. Peu de temps après, elle avait demandé à son médecin de l'aider à mourir dans la dignité. Elle n'était pas la première à adresser à Émile une telle requête. Encore une fois, il avait accepté en indiquant à sa patiente la dose de morphine nécessaire pour lui permettre de tirer sa révérence au moment qu'elle jugerait opportun.

Au cours de ses dix-huit années de pratique, jamais Émile n'avait remis en question son choix d'assister ceux pour qui il ne pouvait y avoir de meilleurs lendemains. Cette décision, il la devait à son grand-père. Ce dernier avait un jour déclaré que rien ne pouvait justifier que quelqu'un comme Percy Bridgman, prix Nobel de physique, en ait été réduit à se flamber la cervelle pour se libérer de ses souffrances. Le scientifique avait d'ailleurs laissé une note éloquente : « Il est indécent que la société oblige un homme à commettre un tel acte. Aujourd'hui est probablement le dernier jour où je serai capable de le faire moi-même. » Selon le grand-père d'Émile, refuser d'abréger l'agonie des mourants équivalait à en pousser certains à un suicide violent, leur enlevant du fait même le droit de mourir dans la dignité.

En route vers la maison des Komar, Émile songea que son grand-père avait probablement, lui aussi, fait preuve de compassion, et que c'était peut-être là l'origine de la rumeur.

Une demi-heure après avoir reçu le coup de fil, Émile arrivait chez les Komar. La porte s'ouvrit avant même qu'il ne sonne. L'apparence de l'homme qui se trouvait devant lui le surprit. Robert Komar portait un pantalon de laine qui tombait de façon impeccable sur ses souliers vernis. Les manches de sa chemise blanche étaient roulées jusqu'aux coudes. Une cravate de soie bleu clair était savamment nouée à son cou. Ses cheveux, rares et argentés, étaient lissés vers l'arrière. Il avait l'air de revenir d'une soirée. D'un mouvement gracieux, il fit un pas de côté, invitant Émile à entrer.

– Merci d'être venu si vite.

Une musique douce jouait, et une subtile odeur de vanille flottait dans le vestibule.

– Mes condoléances, dit Émile en tendant la main au nouveau veuf.

Robert Komar serra la main d'Émile en inclinant la tête.

– Où est-elle ? demanda Émile.

– Par ici.

Les deux hommes s'engagèrent dans un long corridor dont les murs étaient tapissés de photos de famille. Toute une vie en enfilade. Plus ils avançaient, plus l'odeur de vanille s'affirmait.

Robert Komar s'immobilisa devant une porte close et se tourna vers Émile. Sans rien dire, il indiqua la porte d'un léger hochement de tête signalant à Émile qu'il pouvait entrer. Surmontant une brève hésitation, Émile ouvrit la porte. Il bomba la poitrine en voyant la scène qui s'offrait à lui.

Vivianne Komar était étendue au milieu du lit recouvert d'un drap blanc dont le contour était brodé de délicates volutes. Elle portait une robe à fleurs roses et bleues qu'Émile reconnut. Ses cheveux étaient bouclés serrés, comme à l'habitude.

Tout autour de la défunte, sur les tables de nuit, la coiffeuse et la commode, des bougies et des lampions de différentes tailles étaient allumés. Ils embaumaient la vanille. La musique qui jouait au salon se rendait jusque dans la chambre par petites gerbes de notes cristallines. Paix, amour et dignité : voilà ce que ressentait Émile devant la scène qu'il contemplait.

Il pénétra dans le sanctuaire. Au même instant, un rayon de soleil matinal vint se poser sur le visage de Vivianne Komar. Cette image avait quelque chose d'onirique. La force de vie rayonnant sur cette figure décharnée à l'œil mi-clos et au sourire toujours présent lui donnait un air animé.

Émile posa sa mallette sur la table de nuit et toucha la joue de celle qui reposait. Elle était froide.

– Quand est-ce arrivé ? demanda-t-il en ouvrant sa mallette.

– Un peu après minuit, répondit Robert Komar en s'asseyant sur le lit.

Émile le regarda, l'air interrogateur.

– Comprenez-moi. Je voulais passer une dernière nuit avec elle.

En voyant la mise en scène, Émile avait deviné ce qui s'était passé.

– Tous les enfants étaient ici hier soir. Une belle réunion de famille, dit l'homme sans quitter des yeux le visage de sa femme.

Après avoir fait les gestes nécessaires, Émile confirma l'évidence.

– J'ai insisté pour lui faire l'injection, mais elle a refusé, dit le veuf, les yeux larmoyants.

– C'est mieux comme ça. C'était son choix, son geste.

Émile eut peine à cacher son émotion devant le courage de celui qui venait d'accompagner sa femme jusqu'à son dernier repos.

***

Le parvis de l'église Saint-Andrew était trop petit pour contenir la foule réunie pour assister aux funérailles de Vivianne Komar. La disparue avait enseigné à de nombreux habitants de Fort Qu'Appelle durant ses trente-deux années de carrière. De plus, comme elle était directrice de la chorale, tout le village la connaissait.

En route vers l'église, Émile et Sophie tentaient de savourer la belle journée ensoleillée, comme pour se donner du courage. Ils marchaient main dans la main en silence, en songeant à d'autres funérailles qui avaient eu lieu dans cette même église, quelques années auparavant, par une journée de printemps aussi belle que celle-ci.

Sophie était profondément attristée par le décès de celle qui avait guidé ses premiers pas dans l'enseignement. Émile lui avait expliqué ce que Robert Komar avait fait pour sa femme, la mise en scène, la dernière nuit partagée. Pour tout commentaire, Sophie avait dit : « Si je me trouvais dans une situation semblable, j'attendrais la même chose de toi. » Saisi à l'idée que sa femme puisse mourir avant lui, Émile fut incapable de faire quelque promesse que ce soit.

À leur arrivée à l'église, l'endroit était bondé. Ils s'étaient résignés à rester debout, à l'arrière, quand Sophie aperçut Munrow Porter, le père de David, assis dans l'avant-dernière rangée. Celui-ci gesticulait comme un singe pour lui faire comprendre qu'il y avait deux places libres aux côtés de lui et de sa femme, qui avait le nez plongé dans son missel. « Dieu du ciel, sauvez-moi ! » pria Sophie. Elle donna quand même un coup de coude à Émile et lui indiqua l'homme agité.

– Viens, dit-il à mi-voix.

– Pitié !

– On n'a pas le choix. Viens !

Il prit Sophie par le bras et la conduisit jusqu'au banc, au son d'un *Ave Maria* tonitruant. Sophie se sentait comme une condamnée à mort menée à l'échafaud. Arrivés au banc, politesse oblige, Émile la laissa passer la première. Le couple Porter lui souriait. Mme Porter était toujours aussi bien mise, et le juge à la retraite dégageait toujours une odeur aussi répugnante, amalgame d'hygiène corporelle déficiente et de mauvaise haleine causée par des problèmes gastriques. Sophie ne comprenait pas qu'une femme aussi soignée que Mme Porter puisse vivre avec cet homme. Elle n'osait surtout pas songer à leur intimité. L'homme était par ailleurs fort beau. David lui ressemblait trait pour trait. Sauf pour les questions d'hygiène, heureusement.

Sophie ressentit un haut-le-cœur en prenant place à côté du vieux juge.

– Comment allez-vous, Sophie ? chuchota son voisin à cinq centimètres de son visage.

Elle eut un réflexe de répulsion qu'il ne sembla pas remarquer. Puis, il tendit la main à Émile. L'odeur de transpiration était si forte que Sophie retint son souffle. « Je ne tiendrai pas jusqu'à la fin du service », se dit-elle en serrant la cuisse d'Émile.

Malgré sa prédiction, Sophie survécut à la plus longue messe de sa vie. Au sortir de l'église, elle se précipita vers la famille de la disparue pour offrir ses condoléances, ce qui lui permit de se soustraire à la présence du juge Porter.

Entouré de ses enfants, Robert Komar recevait les marques d'affection bien senties de ceux qui s'étaient déplacés pour venir rendre un dernier hommage à son épouse.

– Mes condoléances, Monsieur Komar. Votre femme va beaucoup nous manquer. Elle était une de nos meilleures bénévoles.

– Toute ma sympathie, Robert. Si on peut faire quoi que ce soit…

– Mes plus sincères condoléances, mon cher monsieur. Je ne comprends pas qu'elle soit partie si vite. Je l'ai vue encore la semaine dernière. Elle n'avait pas l'air si malade que ça.

Plus le moment d'offrir ses condoléances approchait, plus la gorge de Sophie se serrait. Elle déchira le mouchoir humide qu'elle tenait entre ses mains. Elle observait Robert Komar, songeant qu'il devrait maintenant affronter la déchirante épreuve du survivant. Tous les jours, à chaque instant, faire face à l'absence, revivre l'amputation du cœur chaque fois que le malheureux se retournerait pour partager une pensée, poser une question, lancer un appel et devoir irrémédiablement se heurter au vide, au non-être, au trou béant laissé par la mort. Il n'y avait pas, à ses yeux, de pire épreuve.

C'est en voyant luire cette tragique perspective dans le regard de Robert Komar que Sophie éclata en sanglots sous le soleil de midi. Touché par sa peine, le veuf la serra très fort contre son cœur en chuchotant à son oreille :

– Ça va aller, Sophie. Shuuuut. Ça va aller.

Émile avait rejoint Sophie. Il savait, lui, que ça n'irait pas. Il avait reçu, la veille, les résultats de tests qui confirmaient un cancer de la prostate chez M. Komar. Ce dernier ignorait encore le terrible verdict, Émile ayant jugé que la nouvelle pouvait bien attendre quelques jours. De toute façon, il se doutait bien que son patient refuserait tout traitement.

***

Le pommier qui trônait dans la cour de Civita était en pleine floraison. C'est à l'ombre de ses pétales rose tendre que Sophie et Émile s'étaient installés pour manger. Non loin de là, un oiseau appelait inlassablement : « Où es-tu, Frédéric, Frédéric ? » alors qu'un autre lui répondait, avec la même insistance : « Ici. Ici. Ici. » Le dialogue entre le bruant et la paruline était le seul à se tenir dans la cour. Les époux observaient un silence recueilli, typique d'un après-funérailles.

Sitôt le repas terminé, Émile partit pour l'hôpital et Sophie reprit la transcription du journal d'Emily qu'elle avait interrompue depuis quelques jours. Le couple n'avait pas rediscuté de la récente découverte d'un bébé mort-né dans la famille, et Sophie se faisait violence pour ne pas presser Émile d'en parler à son père. Puis, elle se souvint qu'il y avait bien deux semaines que Charles ne leur avait pas rendu visite. Émile ne lui avait pas soufflé mot de leur rencontre à l'hôtel de Lebret.

Quelques instants plus tard, Sophie était dans la cuisine en train de composer le numéro de téléphone de Charles. Contrairement à son habitude, son beau-père se montra un tantinet hésitant lorsque Sophie l'invita à venir manger le dimanche suivant, ce qui étonna la jeune femme sans toutefois l'inquiéter. Après avoir raccroché, elle retourna au jardin pour poursuivre son travail de transcription, ignorant qu'elle allait bientôt faire une découverte qui éclipserait toutes les précédentes.

***

Deux heures après son arrivée à l'hôpital, Émile reçut un appel de Sophie lui demandant de rentrer. Puisqu'elle ne l'appelait au travail qu'en cas d'urgence, comme la fois où un ouvrier avait mis le feu dans la cuisine pendant les grandes rénovations, il comprit que c'était important et rentra sans poser de questions.

À son arrivée à Civita, Émile trouva Sophie dans la balançoire. Le souffle court, il la regarda puis jeta un coup d'œil au journal d'Emily posé sur la table, entre l'ordinateur et une pelure de banane. Il hésita un instant entre Sophie et le journal avant de se diriger vers la balançoire.

Le soleil avait abandonné la cour. Seules les fenêtres du dernier étage étaient encore baignées de lumière. L'air était frais. Émile prit place à côté de Sophie et la serra contre lui.

– Qu'est-ce qu'il y a ?

Sophie mit du temps à répondre. Elle regarda Émile, notant au passage de nouveaux cheveux gris. Puis elle dirigea son regard vers la table.

– Lis toi-même.

– C'est encore Emily qui fait des siennes ? lança Émile sur un ton faussement détaché.

Sophie resta silencieuse. Émile desserra son étreinte et prit un air sérieux.

– C'est grave ?

– À toi de juger.

Sophie se leva et prit Émile par la main. Ensemble, ils traversèrent la cour en direction de la table pendant que deux merles s'ébattaient dans le bain d'oiseaux.

Arrivé devant l'ordinateur, Émile demanda :

– À l'écran ou dans le cahier ?

– Dans le cahier. J'ai arrêté de transcrire quand j'ai lu.

Sans prendre la peine de s'asseoir, Émile saisit le journal avec précaution, comme s'il s'agissait d'un objet dangereux. Sophie lui indiqua où commencer. Elle resta debout à l'observer en se posant de nouveau la question qui la hantait : « Est-ce qu'il sait ? »

Je n'avais que trois ans quand Charles est arrivé chez nous. C'était par une glaciale journée d'hiver. Je m'en souviens très bien. Est-ce parce qu'un autre enfant venait prendre ma place de bébé de la famille que j'en ai conservé un si vif souvenir ? Ou est-ce parce que c'était un garçon, le premier, le seul ? Ou bien est-ce à cause de l'attitude de papa qui changea à compter de ce jour ? Je ne saurais dire.

Mes parents avaient enfin un fils. Mes sœurs et moi avions un frère, un petit frère à câliner et à gâter. Je ne comprenais pas comment un bébé pouvait surgir, comme ça. Je me souviens d'avoir posé la question à maman. Pour m'expliquer, elle fit une analogie avec le pain. « Il y a deux façons d'obtenir du pain, m'a-t-elle dit. On peut en faire soi-même ou en acheter du boulanger. Toi et tes sœurs, je vous ai fabriquées moi-même. Charles, c'est le boulanger.

À la lecture de ces mots, Émile sursauta.

Charles, c'est le boulanger.

– Mais qu'est-ce que c'est ça ! ?

Sophie conclut qu'Émile n'était pas au courant. Elle tira une chaise sur laquelle il s'effondra. Il lut et relut les trois dernières phrases.

– Elle déconne complètement ! dit-il, l'air bouleversé.

Il resta silencieux quelques secondes, le souffle coupé, le regard perdu.

– Mon père n'a pas été adopté. Dis-moi qu'elle fabule !

Pour toute réponse, Sophie posa une main sur l'épaule d'Émile et la caressa doucement.

– C'est une pure invention… ne crois-tu pas ?

– Je n'en sais rien, murmura Sophie.

Émile reposa son regard embrouillé sur le petit cahier marron et poursuivit sa lecture. Sophie songea qu'il avait sûrement besoin d'un remontant et se dirigea vers la maison pour lui en préparer un.

Qu'on le fasse soi-même ou qu'on l'achète du boulanger, avait continué maman, le pain est aussi bon. Mets les petits pains ensemble dans une corbeille et tu ne verras pas la différence. »
Mais pour Charles, on voyait la différence. Et quelle différence !
« Qu'est-ce qu'il a entre les jambes ? » ai-je demandé au premier changement de couche.

Et puis ce qui m'a aussi marquée avec l'arrivée de Charles, c'est d'avoir perdu Juliette. Elle qui jusque-là n'avait d'attention que pour moi passait maintenant tout son temps libre à s'occuper de lui. J'ai essayé de me consoler en me disant qu'elle était peut-être plus à l'aise avec lui parce qu'il ne parlait pas. Moi, à l'âge de trois ans, il paraît que j'étais très bavarde et que je posais beaucoup de questions. Juliette a bien essayé de m'enseigner son langage, mais j'étais trop jeune pour porter attention. J'avais perdu Juliette, mais j'y avais gagné au change. Comme cette dernière prenait beaucoup soin de Charles, maman avait du temps pour moi dorénavant. Quand mes sœurs étaient occupées à se pâmer devant le petit homme, je me retrouvais seule avec elle. Je me sentais encore comme son bébé.

Dans mon souvenir, papa ne passait pas beaucoup de temps avec Charles quand il était tout petit. Je suppose que c'était normal. Quoi qu'il en soit, j'ai toujours eu l'impression d'être restée son chouchou. Est-ce parce que Charles est un garçon que papa n'est pas aussi proche de lui ? Ou est-ce parce qu'il est le fils du boulanger, comme je disais quand j'étais petite ? C'est peut-être à cause de cette distance d'avec papa que Charles est devenu si proche de maman au fil des ans.

Je vais au lit maintenant, car je dois me lever très tôt demain matin. Mon amie Annette, d'autres camarades et moi allons passer la journée à la campagne. Nous allons pique-niquer, nous balader dans les bois, nous promener en chaloupe et Dieu sait quoi d'autre. J'ai très hâte.

Lorsque Sophie revint dans la cour avec le remontant, Émile tenait toujours le cahier entre ses mains. Dès qu'elle déposa le verre de scotch sur la table, il le saisit et le vida d'un trait.

5

Monsieur Jules faisait des provisions. Suspendu à une branche du pommier par les pattes de derrière, l'écureuil plongeait la tête dans le panier pour cueillir des arachides. Sophie observait son manège en remettant du sirop d'érable sur sa crêpe froide. Elle saisit cette occasion pour tenter à nouveau d'entamer la conversation avec Émile, muet depuis la veille.

– Tu en veux ? demanda-t-elle en lui présentant la carafe de sirop.

Il fit signe que non et resserra la ceinture de sa robe de chambre.

Il était à peine sept heures. Sophie avait été bien téméraire de vouloir prendre le petit-déjeuner sur la terrasse à une heure aussi matinale en plein mois de mai. Mais elle était prête à tout, même à souffrir d'hypothermie, pour sortir son mari de sa torpeur. Elle avait cru que la vue de la nature qui renaissait lui remonterait le moral.

– Aurais-tu préféré que je garde ça pour moi ?

La réponse d'Émile fut immédiate.

– Non.

Il s'essuya la bouche avec sa serviette et prit une gorgée de jus de pamplemousse. Sophie l'observait en silence. Elle remarqua de petites rides aux coins extérieurs de ses yeux qu'elle n'avait jamais vues auparavant. Étaient-elles apparues durant la nuit ? En avait-elle, elle aussi ? Elle fit taire l'angoisse du vieillissement qu'elle sentait sourdre en elle pour reporter son attention sur la préoccupation la plus pressante.

– Qu'est-ce que tu comptes faire maintenant que tu sais ?

– Je sais, je sais... c'est vite dit.

Émile n'avait pas fermé l'œil de la nuit. Il s'étira comme un ours au sortir de sa tanière.

– Ce qui m'embête le plus, vois-tu, c'est que je suis perdant, que cette histoire d'adoption soit vraie ou pas, se plaignit-il.

– Perdant ?

– Oui. Parce que si c'est vrai que mon père a été adopté, ça veut dire que je ne suis pas le véritable petit-fils d'Andrew Murray. Et si ce n'est pas vrai, ça veut dire que ma marraine était une mythomane. D'un côté comme de l'autre, j'y perds.

Il leva les yeux vers le ciel, exaspéré d'être aux prises avec une telle aberration.

– Je vois. Quelle option te ferait le plus de peine ?

– Les deux. C'est que je ne veux perdre ni l'un ni l'autre, dit-il en posant son regard sur Sophie.

L'éclat de ses yeux rougis par sa nuit sans sommeil s'intensifia un peu plus.

Sophie se leva et vint l'enlacer.

– Mon chéri, mais il n'est pas question de perdre qui que ce soit.

Émile la saisit par les hanches et la serra comme une bouée de secours tout en hochant la tête de haut en bas.

– Bien sûr que si ! Peut-être même mon père. Si je parle.

— Pourquoi perdrais-tu ton père ?

— Admettons que c'est vrai, qu'il a effectivement été adopté. Est-ce qu'il le sait ? Si oui, pourquoi il ne nous l'a jamais dit ? Et s'il ne le sait pas, tu imagines le choc ? Je suis supposé faire quoi maintenant ?

Sophie commençait à percevoir les ramifications de sa découverte. Elle demeurait toutefois persuadée que la vérité était la meilleure voie à suivre.

— Maintenant que tu sais, tu dois lui en parler. Tu n'as pas le choix.

— Si mon père a vécu jusqu'à aujourd'hui sans savoir qu'il a été adopté, pourquoi je lui en parlerais ?

— Tu préfères perpétuer l'ignorance ?

— Sophie, il n'est plus jeune. Il a fait sa vie. Il a élevé ses enfants. Apprendre une nouvelle comme ça à son âge… Ça n'a aucun sens.

— Et s'il l'avait toujours su ? Tu ne voudrais pas savoir pourquoi il vous l'a caché ?

— Si c'est le cas, il avait sûrement ses raisons.

— Alors tu préfères vivre dans le mensonge ?

Leur discussion fut interrompue par des « couac, couac » évoquant les cris d'un canard hystérique. Ils se tournèrent vers le pommier et aperçurent un Monsieur Jules furieux, juché à deux mètres du sol, qui tentait d'effrayer le chat des voisins se livrant à sa toilette au pied de l'arbre. L'indifférence du félin ne faisait qu'exacerber la colère du rongeur qui donnait de rapides secousses de la queue. Irrité par les cris de son ami, Émile ramena le chat chez lui. Le calme revenu, il dit à Sophie :

– Je vais appeler l'hôpital pour leur dire que je n'irai pas travailler aujourd'hui.

L'air abattu, il se dirigea vers la maison. Sophie regrettait maintenant d'avoir invité Charles à se joindre à eux le dimanche suivant.

***

En fin de matinée, la sonnette de la porte d'entrée retentit. Émile alla se réfugier dans la chambre en emportant avec lui le journal d'Emily tandis que Sophie s'empressait d'ouvrir.

– Je ne fais qu'arrêter te dire bonjour en passant. Alors bonjour ! lança Paméla.

– Mais entre. Tu veux manger avec moi ?

Question superflue dont Sophie connaissait la réponse.

– Tu es toute seule ?

– Non, Émile est là, mais… il n'a pas faim.

Paméla avait ce sens de l'à-propos qui la faisait toujours s'arrêter pour dire bonjour peu avant midi. Sophie ne s'en formalisait aucunement. Elle savait que son amie éprouvait de la difficulté à rester seule avec elle-même plusieurs heures d'affilée dans son atelier-boutique. C'était l'un des paradoxes de Paméla. L'artiste en elle avait besoin de solitude pour créer, mais la femme était d'instinct grégaire. Lorsqu'elle se présentait à Civita à l'heure du lunch, c'était signe que l'avant-midi avait été tranquille.

En un rien de temps, Sophie improvisa un repas composé de salades variées et d'une *frittata* aux champignons. Paméla s'exclamait de bonheur devant les mets aussi simples que savoureux. Son expressivité faisait plaisir à voir. C'était d'ailleurs cette exubérance qui avait séduit Sophie.

– Que c'est bon, c'est bon, c'est bon ! ne cessait-elle de répéter.

– Souvenirs d'Italie.

– Ah ! Comme j'aimerais visiter ce pays-là.

– Il n'en tient qu'à toi, ma chère. On y retourne à la fin de l'été si ça t'intéresse. Je sais que Bernard, lui, adorerait venir avec nous.

– Moi aussi, mais tu sais bien que je ne peux pas.

– Je sais bien que tu ne veux pas.

– Oui je le veux, insista Paméla en appuyant ses mains sur la table. Le jour où on pourra y aller en auto ou en train, j'irai !

– Aussi bien dire que tu n'iras jamais si tu ne surmontes pas ta peur de l'avion.

– Hum… je sais. C'est plus fort que moi. Juste à l'idée de prendre l'avion, j'ai des palpitations, je deviens toute molle.

– Je n'arrive pas à comprendre pourquoi une femme qui a autant de force de caractère que toi ne fait rien pour vaincre sa phobie.

– J'ai vécu cinquante ans sans prendre l'avion ; je peux bien en vivre cinquante autres de la même façon.

– C'est ça. Reste chez toi et continue de rêver, dit Sophie en roulant les yeux.

– C'est peut-être mieux comme ça. Ça m'évite des déceptions. C'est comme avec les hommes. Il y en a qui te mettent en émoi tout habillés, mais tu déchantes une fois rendue au lit.

– Ça t'est arrivé souvent ?

– Quoi ? fit Paméla, l'air de ne pas comprendre.

Sophie attendait une réponse. Paméla haussa les épaules en disant :

– Ne t'inquiète pas. Les hommes, c'est comme les voyages : je me contente de rêver. Dis donc, c'est moi qui fais fuir Émile ?

– Non. Disons que... il n'est pas dans son assiette aujourd'hui. Et moi non plus, d'ailleurs.

Paméla déposa le bol de salade de haricots dont elle allait se resservir.

– Tu veux en parler ?

– Je t'ai dit que j'ai commencé à transcrire le journal d'Emily.

– Oui. Ça doit être très intéressant. Cette femme a eu une vie tellement palpitante. Quand j'étais jeune, elle était mon idole. Je me voyais faire comme elle, partir dans des pays lointains, écrire, être libre... Ah ! J'espère qu'elle parle d'Anthony dans son journal. Cet homme-là me donnait des chaleurs. J'ai fantasmé sur lui pendant des années. Ça, c'était mon genre d'homme !

Sophie jeta à son amie un regard sans équivoque.

– Oh ! Je t'ai interrompue ! Excuse-moi. Vas-y, je t'écoute.

Sophie attendit quelques secondes avant de reprendre la parole, question de s'assurer que Paméla avait bien terminé son envolée. La voie semblait libre.

– Donc, comme je disais, je transcris le journal d'Emily à l'ordinateur. J'en suis encore au début, alors qu'elle étudiait à Paris...

– Paris ! dit Paméla, en se mordant aussitôt les lèvres.

– ... et hier, je suis tombée sur quelque chose qui a bouleversé Émile.

– Quoi ?

– Si ce qu'Emily a écrit est vrai, le père d'Émile a été adopté.

– Et alors ?

– Eh bien..., il a été adopté, répéta Sophie sans comprendre l'absence de surprise chez son amie.

– Excuse-moi, là, mais je ne vois pas...

– Voyons Pam ! Émile apprend à l'âge de quarante-trois ans que son père a été adopté !

Puis, en chuchotant presque, elle ajouta :

– C'est bien assez pour être bouleversé, non ?

Paméla haussa les épaules.

– Je ne vois pas pourquoi. Enfant naturel ou adopté, un enfant c'est un enfant.

– Un enfant, c'est un enfant !

Sophie s'était attendue à des « oh ! » et des « ah ! » d'étonnement et de compassion de la part de son amie.

– Excuse-moi Sophie…

– Arrête de t'excuser !

– Oh ! Je te demande pardon…

– Pam !

– Bon, bon, bon, dit Paméla en levant les bras. Je ne vois pas pourquoi ça le bouleverse parce que moi je viens d'un milieu où les enfants appartiennent à toute la communauté. N'importe quel enfant qu'on nourrit et qu'on élève est tout autant le sien qu'un enfant naturel. Tu sais, dans ma culture, tout le monde est responsable de l'éducation des enfants. Ma tante est ma mère autant que ma mère. Tu comprends ?

Oui, Sophie comprenait. Elle avait tout bonnement oublié ce trait culturel. Au fond, il n'y aurait aucun problème si Charles et Émile étaient Amérindiens ou Métis, comme Paméla.

À cet instant, elles entendirent du bruit à l'étage. Elles retinrent leur souffle. Émile s'était levé. Le plancher craqua sous son poids le temps de quelques pas, puis plus rien. Quelques secondes plus tard, le bruit de la chasse d'eau leur permit de se détendre alors qu'Émile refaisait le trajet en sens inverse.

– C'est pas un drame d'avoir été adopté, chuchota Paméla.

– Non, c'est pas un drame. Mais de l'avoir caché à ses enfants, c'est autre chose. Te rends-tu compte qu'il a vécu dans le mensonge toute sa vie ? Ah, et puis, on ne sait même pas si c'est vrai.

– Pourquoi elle aurait écrit ça si ce n'était pas vrai ?

Sophie se contenta de hausser les épaules avant de dire :

– Jure-moi que tu vas garder ça pour toi, que tu ne le diras à personne, même pas à Bernard. Si Émile veut lui en parler, il le fera.

Paméla hocha vigoureusement la tête de haut en bas.

– Jure ! insista Sophie.

– Je le jure.

Sur ce, Paméla regarda sa montre.

– Doux Jésus ! Il faut que je retourne à la boutique.

Elle bondit sur ses pieds. Sophie se leva à son tour.

– Merci pour le lunch. C'était délicieux.

Paméla fit la bise à son amie et s'éclipsa.

***

Après le départ de Paméla, Sophie monta rejoindre Émile.

– Qu'est-ce qu'elle raconte, notre chère Emily ? demanda-t-elle en entrant dans la chambre.

Émile, étendu sur le lit, déposa le cahier à côté de lui et croisa les mains derrière la tête.

– Paméla est partie ?

– Oui.

– Tu m'excuseras, mais je n'avais pas l'énergie pour la voir aujourd'hui.

– Tu es tout excusé. Alors, qu'est-ce qu'elle raconte ? demanda Sophie en s'allongeant près d'Émile.

– Elle revient de Vincennes avec des amis. J'ai relu depuis le début. Tu ne m'avais pas parlé de Martha Bloom.

Sophie était maintenant calée contre Émile qui l'enlaça d'un bras ferme.

– Martha Bloom ?

– Oui, tante Martha, la patiente d'origine russe qui était si populaire à Fort San.

– Ah oui, elle. Pourquoi ? Tu la connaissais ?

– Non, mais j'en ai beaucoup entendu parler, répondit Émile en caressant l'épaule de Sophie. Quand j'ai commencé l'école, des fois je me décourageais parce que je trouvais ça difficile. Pour nous distraire pendant les devoirs, mon grand-père imitait Mme Bloom en nous racontant des histoires invraisemblables. Qu'est-ce qu'on riait !

Émile fit une pause avant de continuer.

– Je ne savais pas qu'elle avait vraiment existé. Mes frères et moi, on pensait que grand-papa faisait simplement le clown avec ses légendes et son accent bizarre. Peut-être que les récits étaient vrais eux aussi.

Il se tut, le regard concentré sur le visage de sa femme dont il dessinait le contour du bout des doigts.

– Elle me manque beaucoup.

– Mme Bloom ?

– Non, Emily.

Sophie saisit la main qui caressait son visage.

– Moi aussi, elle me manque.

– Parfois, j'ai l'impression de ne pas assez profiter de la vie.

– Qu'est-ce que tu pourrais faire de plus ? Tu as une profession que tu adores, une femme qui t'idolâtre, tu travailles au mieux-être de ta communauté, tu voyages…

– Mais qu'est-ce que je vais léguer quand je vais mourir ? Je n'ai rien accompli de significatif, pas d'œuvre, pas d'exploit… C'est peut-être pour ça que je voudrais faire de la politique, pour servir mon pays, essayer de changer quelque chose… laisser ma marque quoi.

Voilà donc ce qui le tourmentait. Face à la mort, aux départs ou aux échecs, l'être humain ramenait immanquablement tout à soi.

– Mais tu changes quelque chose : tu as marqué la vie de beaucoup de gens en tant que médecin.

– Oui, mais quand ces gens-là auront disparu à leur tour, il ne restera rien de moi.

– Personne n'est immortel.

– Mozart, Galilée, Einstein, Balzac, Picasso. Ils ne sont pas immortels peut-être ?

– Ben là ! Tu parles de génies…

– Et moi, je croyais que j'étais le petit-fils d'un grand homme…

– Mais tu l'es ! Tu es le petit-fils du grand Dr Andrew Murray. Personne ne peut t'enlever ça.

Émile semblait ne pas l'écouter, occupé qu'il était à jouer avec une mèche de cheveux qui tombait sur l'épaule de Sophie.

– Je me sens comme un parfait raté.

– Je trouve tes standards bien élevés. Des immortels, il y en a une poignée par siècle.

Et il continuait de tourner la mèche de cheveux autour de son index.

– Et tu m'as, moi, dit tendrement Sophie. Tu es mon héros à moi. Ça ne compte pas, ça ?

Le héros ne répondit rien.

***

Comme l'humeur d'Émile n'était pas des plus sereines, Sophie attendit au samedi pour lui annoncer qu'elle avait invité Charles à venir dîner le lendemain. Elle proposa de reporter l'invitation, mais son mari la surprit en lui disant de n'en rien faire. Il lui confia alors avoir rencontré son père à Lebret, sans avoir réussi à tirer grand-chose au clair. Sophie ne s'étonnait plus que son beau-père ait manqué d'enthousiasme lorsqu'elle l'avait invité.

– Je devrais l'emmener à la pêche à La Ronge pour quelques jours, dit Émile.

– Bonne idée. Je suis certaine que ça lui ferait plaisir.

– Ouais. On pourrait y aller en juillet.

– Oui, mais n'oublie pas que ta tante Colette arrive au début juillet.

– Merde, j'avais oublié.

Colette était l'unique sœur de Charles, les autres étant toutes décédées. Il n'avait que dix ans quand elle avait quitté la Saskatchewan pour aller s'installer à Macamic, au Québec, avec son mari le Dr Paul Richard. Le couple s'était rencontré à Fort San où le jeune médecin était venu faire un stage.

En février, Émile avait téléphoné à sa tante, qui vivait toujours à Macamic, pour lui souhaiter un bon anniversaire. Elle célébrait ce jour-là ses quatre-vingts ans. Au cours de la conversation, elle avait mentionné son désir de revoir le pays de son enfance. Elle gardait un triste souvenir de sa dernière visite et ne voulait pas qu'il soit le dernier.

Ce souvenir remontait à quatre ans auparavant. C'était en octobre. Émile avait organisé une fête pour commémorer l'ouverture de Fort San. Les membres de la famille Murray, d'ex-patients et employés du sanatorium, de même que quelques dignitaires et journalistes s'étaient réunis pour l'occasion. Discours de circonstance, fleurs, présentations, buffet : la célébration avait été parfaite. Jusqu'à ce qu'Emily décide de monter au sommet d'une colline pour admirer encore une fois sa chère vallée. Ce fut son dernier exploit, car arrivée au terme de sa montée, elle s'effondra, terrassée par une crise cardiaque.

Colette avait confié à son neveu qu'elle songeait à retourner à Fort San une dernière fois pour exorciser ce douloureux souvenir. Émile lui avait répondu qu'il serait heureux de l'accueillir à Civita. Colette avait accepté. Elle viendrait en compagnie de sa fille Lucie chez qui elle habitait. Bien sûr, Lucie serait également la bienvenue. Début juillet ? Oui, ça irait. Elle avait bien hâte de revoir Charles. Elle rappellerait pour confirmer la date de leur arrivée.

La confirmation était venue quelques jours plus tard. Colette et Lucie arriveraient à Civita le huit juillet, pour un séjour de deux semaines. Émile avait promis de prendre congé pour l'occasion. Il fallait donc remettre la partie de pêche avec son père à plus tard.

***

Ce soir-là, Émile ressentit l'envie irrésistible de se replonger dans le passé, de revivre de nouveau l'insouciance de son enfance, de retrouver ce grand-père au visage jovial. Ce besoin de reprendre contact avec ses racines fut satisfait par une séance de projection de films de famille.

Bien sûr, il y avait de nouveaux supports technologiques, plus commodes à utiliser que le film super-huit, mais Émile refusait d'abandonner ce rituel qu'il affectionnait. Il fallait d'abord monter chercher le matériel au grenier, puis installer le projecteur, préparer les bobines, placer l'écran, éteindre les lumières, démarrer le projecteur et faire les ajustements nécessaires. Ce n'est qu'au terme de tous ces préparatifs que la séance pouvait commencer. Le projectionniste se doublait alors d'un narrateur qui, soutenu par le tic, tic, tic, tic de la machine, réinventait les histoires au gré de ses humeurs. Ce laborieux rituel créait la rareté des séances, et c'est cette rareté qui les rendait si précieuses.

Le vieil écran perlé ayant perdu le combat contre la sécheresse du climat des Prairies, Émile en improvisa un autre à l'aide d'un drap blanc qui ne gardait aucune trace des ébats fougueux dont il avait été le terrain. Émile y projeta l'intégrale de sa collection, en y allant de sa narration ponctuée d'anecdotes colorées et de quelques jurons lorsque la pellicule restait coincée dans l'appareil.

L'un des films s'ouvrait sur le profil d'un enfant assis sur un pot à l'extérieur. La tête baissée, tout comme ses culottes, il tenait à la main un petit bâton avec lequel il gribouillait dans le sol desséché. Zoom arrière du cinéaste amateur, probablement un fier parent qui, on le devine, interpellait l'enfant, lequel leva la tête en direction de l'objectif tout en offrant à la postérité son plus beau sourire édenté.

– Le roi des Prairies assis sur son trône, commenta Émile.

– Tu faisais ça devant un auditoire, comme au Moyen Âge, se moqua Sophie.

Quelques secondes plus tard, un chien au pelage clair entra dans le champ de la caméra en sautillant de gauche à droite avant d'aller lécher le visage de l'enfant. Bien que la bête soit de bonne taille, on devinait qu'il s'agissait d'un chiot.

– Roxy ! Mon beau Roxy. On venait juste de l'avoir. Le seul chien que j'aie jamais eu.

Le chiot couvrait le visage du bambin de grands coups de langue, ce que les deux protagonistes semblaient apprécier. Au bout d'un moment, le chiot s'éloigna, s'arrêta, mima un aboiement, se rapprocha, s'arrêta et aboya de nouveau avant de s'éloigner en courant, pour revenir aussitôt. L'enfant décoda rapidement l'invitation au jeu.

– Regarde bien ce que va faire le roi des idiots, prévint Émile, en pointant du doigt vers l'écran.

Quelques secondes encore de danse du jeu et le chien sortit à nouveau du champ de la caméra. L'enfant, toujours souriant, s'élança à la suite de son compagnon pour se retrouver aussitôt face contre terre. Sophie éclata de rire.

– Ça ne court pas vite, les culottes baissées. Et ça cogne en maudit ! dit Émile.

Sophie était pliée en deux. À l'écran, l'enfant était maintenant en pleurs, et un grand frère s'était précipité pour l'aider à se relever. Il lui essuya le visage avec sa queue de chemise, ce qui sembla faire plus de mal que de bien. Fin de la scène. Le cinéaste d'un jour avait dû aller consoler son fiston.

Émile éteignit le projecteur.

– Pause pipi ! annonça-t-il.

– Cours pas trop vite ! le taquina Sophie.

***

Il était plus de minuit quand la séance prit fin. Émile avait les yeux pleins d'étoiles et le cœur léger. Bien sûr, il y avait les émotions, mais les quelques bières qu'il avait bues contribuaient aussi à son état. Narrer des films pendant toute une soirée, ça donnait soif.

Sophie l'avait aidé à ranger le matériel qui resterait au grenier jusqu'à la prochaine crise existentielle. Une fois couché, Émile se blottit contre sa femme et la surprit lorsqu'il marmonna :

– On devrait adopter un chien.

– Un chien ?

– Oui. Un beau pitou comme Roxy.

– Je n'aime pas les chiens.

– Dis oui. Il te protégerait quand je ne suis pas là, nous tiendrait chaud en hiver, nous donnerait une excuse pour sortir tous les jours…

– …même à moins quarante, enchaîna Sophie. Ça nous servirait aussi de prétexte pour ne plus voyager, je suppose ?

– Main non. On l'enverrait à l'hôtel des pitous. Comme ça, il aurait des vacances lui aussi.

– On en reparlera, dit Sophie en posant un baiser sur le front de son mari.

– Bonne nuit. Je t'aime mon pitou, soupira Émile avant de laisser échapper un premier ronflement.

« Un chien ! se dit Sophie. Je n'en veux pas de chien, moi. Ça jappe, ça bave, ça pue… Berk. »

Elle tourna le dos à Émile dont l'haleine de bière n'avait rien à envier à celle d'aucun chien, mort ou vivant.

***

Le vent qui chamboule tout et décoiffe les arbres s'était à peine calmé. Toute la journée durant, déchaîné, il avait charrié des graines d'ormes, tels des flocons de neige pris dans la tempête. Émile avait balayé la terrasse et nettoyé les meubles de patio avant l'arrivée de son père. Après le repas, il avait dû nettoyer de nouveau avant de s'y installer avec lui, car tout était recouvert de confettis.

Sophie était restée à l'intérieur pour ranger. C'était entendu ainsi. Elle laisserait les deux hommes seul à seul pendant un moment pour donner la chance à Émile d'aborder le sujet de l'adoption. Elle lui avait promis de bien prendre son temps pour nettoyer la cuisine et la salle à manger.

Le début de la soirée s'était déroulé dans une relative gaieté. Sophie avait cuisiné les mets préférés de son beau-père : soupe aux légumes, pâté au poulet et tarte à la rhubarbe. Charles s'était délecté. Tout au long du repas, Sophie l'avait traité aux petits oignons, affichant une affabilité un peu affectée. Émile lui avait d'ailleurs jeté quelques œillades lui faisant clairement comprendre qu'elle en mettait trop.

La discussion avait tourné autour des semailles, qui étaient presque terminées malgré la terre trop sèche, et de la visite prochaine de Colette, que Charles se disait impatient de revoir.

Assis côte à côte sur la terrasse, Émile et Charles n'étaient guère plus bavards qu'ils ne l'avaient été à table. Émile contemplait le pommier que le vent avait débarrassé de tous ses pétales printaniers. C'est finalement Charles qui brisa la glace.

– J'ai trop mangé.

– Moi aussi, dit Émile.

– Tu as quelque chose à me dire ? demanda Charles en retirant une graine d'orme qui avait atterri dans sa tasse de thé.

Émile prit une grande inspiration pour se donner du courage.

– Oui.

Puis, regardant son père droit dans les yeux, il dit :

– C'est vrai que vous avez été adopté ?

La question eut l'effet d'un obus. Les mains de Charles se mirent à trembler, à tel point qu'il dut poser sa tasse pour éviter de s'ébouillanter.

– Vous ne répondez pas ?

– C'est quoi cette idée de fou ?

– Juste à voir votre réaction, je suis sûr que ce n'est pas une idée de fou.

Pendant ce temps, à l'intérieur, Sophie n'en pouvait plus de ranger et d'astiquer. Émile lui avait demandé vingt minutes. Elle voulait savoir ce qu'ils se disaient. Elle ne tiendrait jamais le coup. Que faire ? Elle passait et repassait devant la porte-jardin, faisant la navette entre la salle à manger et la cuisine, emportant un couvert à la fois juste pour pouvoir jeter un rapide coup d'œil à travers les carreaux de la porte et la fenêtre de la cuisine.

À son ixième voyage, elle décida d'entrouvrir la porte-jardin dans l'espoir d'attraper au vol des bribes de conversation. Les deux hommes étant assis dos à la maison, elle ne risquait pas de se faire surprendre. Peine perdue, elle n'entendit rien. Elle retourna à la cuisine avec le beurrier et, au retour, elle s'arrêta net à la vue du tas de confettis qui avaient immigré à l'intérieur.

– Merde ! lança-t-elle en refermant la porte.

Elle ramassa ensuite une fourchette et la corbeille à pain et retourna à la cuisine. Debout devant l'évier, elle épia les deux hommes. Si au moins ils étaient de face, elle pourrait essayer de lire sur leurs lèvres.

De retour dans la salle à manger, elle prit la bouteille de vinaigrette et l'apporta à la cuisine. Elle ouvrit le réfrigérateur et déposa le contenant de verre dans l'un des bacs de la porte. Au même instant, elle entendit des cris venant de la cour. Son cœur s'emballa. Elle se rua vers la fenêtre en se disant que les deux hommes en étaient venus aux coups. Elle poussa un petit cri étranglé en voyant la scène qui s'offrait à elle.

Les Goodman avaient fait irruption dans la cour. Bernard tenait une bouteille de champagne et poussait de grands « hip, hip, hip ! » devant Charles et Émile, tandis que Paméla sautillait à ses côtés comme une véritable groupie.

– Qu'est-ce qu'ils font ici ceux-là ? s'écria Sophie en frappant le comptoir du plat de la main.

Paméla, qui tenait aussi une bouteille de champagne, aperçut Sophie à la fenêtre. Elle agita frénétiquement sa main libre pour saluer son amie avant d'accourir la rejoindre. Elle n'avait pas vu la grimace de déplaisir sur le visage de Sophie.

– Allô ma belle ! s'écria Paméla en entrant dans la cuisine. Devine quoi !

Sophie était tellement furieuse de cette intrusion qu'elle ne dit mot.

– Tu n'y arriveras jamais ! enchaîna Paméla, sans tenir compte du langage non verbal de Sophie.

Elle agita la bouteille en disant :

– Tu veux du champagne ?

Sophie, la mâchoire serrée, fit signe que non.

– Je peux t'emprunter une flûte ?

D'un mouvement sec de la tête, Sophie indiqua le buffet contenant la verrerie. Paméla se servit elle-même. Elle emplit son verre et déposa la bouteille sur la table.

– Tu es certaine ? demanda-t-elle en soulevant sa flûte.

– Non merci, sans façon, répondit sèchement Sophie. Qu'est-ce qui se passe ?

– Eh bien, figure-toi que Bernard vient de faire la plus grosse transaction de sa carrière ! La vente du siècle ! répondit Paméla en prenant soin d'étirer les syllabes pour donner le maximum d'effet à sa nouvelle. Le couvent des sœurs de la Charité est vendu. Deux millions et demi de dollars ! Deux millions et demi ! Te rends-tu compte ?

Puis elle se tut, semblant soudain s'apercevoir que, côté humeur, son amie avait connu des jours meilleurs.

– Est-ce que ça va ?

– Non, ça ne va pas. Ça ne va pas du tout, martela Sophie.

– Qu'est-ce qu'il y a ? Vous vous êtes encore chicanés ?

– Comment ça, « encore » ?

– Choque-toi pas ! J'ai dit ça comme ça. Viens t'asseoir.

Les deux femmes s'assirent face à face.

– Pourquoi vous êtes-vous disputés ?

– On ne s'est pas disputés.

– Ah ! fit Paméla, l'air presque déçu. C'est quoi alors ?

– C'est vous autres !

– Quoi, nous autres ?

– Qu'est-ce que vous faites ici ? Émile allait…

– Excusez-moi, Madame la Marquise ! interrompit Paméla en se levant, son verre de champagne à la main. S'il faut envoyer un faire-part maintenant pour venir célébrer un événement heureux avec nos meilleurs amis, dites-le-nous !

Sophie se rendit compte que sa réaction était démesurée. Elle saisit la main de Paméla et s'excusa.

– Tu es tout excusée, dit Paméla en se rasseyant.

– C'est qu'Émile était en train de parler à son père au sujet de…

– Ah, doux Jésus ! Il était en train de lui parler de son adoption, et on est venus foutre le bordel ! Deux beaux *twits* dans un jeu de quilles.

Les yeux fermés, Sophie hocha la tête affirmativement.

– Pardon ! On s'en va, on s'en va, ma belle. J'accroche mon Bernard et *out we go* !

Elle se leva au moment même où Bernard entrait dans la cuisine.

– Allô Sophie ! Pam t'a annoncé la bonne nouvelle ? Je viens chercher des verres pour…

– Non Bernard, on s'en va !

Paméla l'empoigna par le bras, mais il se dégagea vigoureusement.

– Attends une minute ! On est venus célé…

– Viens-t'en à la maison, je t'expliquerai.

– Mais non, intervint Sophie. Ce n'est pas la peine de partir. Restez. Ils reprendront leur conversation plus tard.

Quelque chose échappait à Bernard, et il ne se gêna pas pour le placarder sur son visage.

– Je t'expliquerai, dit encore Paméla.

– Ils reprendront leur conversation plus tard... Tu parles d'Émile et de son père ? demanda Bernard.

– Ouais, dit Sophie.

– C'est que M. Murray vient de partir. Émile m'a envoyé chercher des verres pour le champagne.

Le silence se fit dans la cuisine. Bernard regarda les deux femmes en alternance, ne comprenant toujours pas ce qui se passait. Au bout de quelques secondes, il s'adressa à Sophie :

– On a interrompu quelque chose d'important, c'est ça ?

Elle haussa les épaules pour signifier qu'en définitive non, ce n'était pas si important.

– Je t'expliquerai, murmura Paméla à l'intention de Bernard.

– Pam ! dit sèchement Sophie pour rappeler à son amie qu'elle avait juré de se taire.

Puis, elle se tourna vers Bernard pour le féliciter.

Mortifiée de se voir ainsi réduite au silence, Paméla vida son verre et s'en servit un autre.

6

Depuis deux jours, la pluie n'en finissait plus de tomber, triste conclusion d'un printemps trop sec qui avait rendu les semailles difficiles. Le père et le frère d'Émile étaient de ces gens braves qui, année après année, remettaient leur destin entre les mains de la nature. Il n'y a pas métier plus aléatoire que celui de fermier.

Longtemps Émile avait hésité entre la médecine et l'agriculture. L'année de ses quinze ans, le sud de la Saskatchewan avait connu un printemps et un été magnifiques, avec des conditions climatiques dignes du jardin d'Éden. Les champs de lin et de moutarde vibraient au même rythme sous le soleil, s'étirant jusqu'à la courbure de la terre en deux hémisphères colorés, violet et jaune.

À la veille du début des moissons, Charles et ses amis agriculteurs avaient eu envie de célébrer cette excellente année. Fermiers d'expérience, ils avaient toutefois résisté à la tentation, sachant bien que le pire pouvait encore arriver. Et il arriva. Au premier jour des moissons, en moins de dix minutes, une tempête de grêle anéantit le merveilleux tableau.

Cet été-là, Émile opta pour la médecine. Son frère aîné deviendrait professeur. Et le cadet, qui s'était réjoui à la vue des balles de ping-pong qui tombaient du ciel, trop jeune pour en mesurer les conséquences, prendrait la relève de son père.

Cette pluie, si elle cessait bientôt, donnerait un bon coup de pouce à la germination. Si elle continuait, par contre, les graines pourriraient en terre. Émile admirait la capacité qu'avait son père de tolérer cette constante incertitude. À voir les mouvements lents et calculés du fermier, un citadin aurait pu croire l'heureux homme libre de toute pression, alors qu'en vérité, cette apparente nonchalance relevait plutôt d'une quasi-paralysie, fruit du stress causé par le pouvoir absolu de la nature sur son travail et par sa totale impuissance face à elle.

En cette soirée du début juin, assis avec son père dans le salon de Civita, Émile sentait la fébrilité du fermier qui semblait retenir son souffle en priant pour que la pluie cesse bientôt. Le maître de maison avait allumé un feu dans la cheminée, car avec les précipitations était revenu un temps plus frais, d'autant moins agréable qu'encore ce soir, Sophie ne serait pas là pour le réchauffer. Sa douce se trouvait au Montana, pour son périple annuel avec Paméla. Elles étaient parties la veille et ne reviendraient que le surlendemain. Le mauvais temps faisait figure, pour Émile, d'intermède lugubre pendant son absence.

L'arrivée impromptue des Goodman, l'autre soir, avait interrompu la conversation qui s'amorçait entre les deux hommes, laissant Émile en plan avec ses questions. Avide de réponses, il avait profité de son célibat provisoire pour inviter son père à passer la soirée avec lui.

Quand Charles était arrivé, Émile se trouvait dans la cuisine, où il finissait d'avaler une soupe en conserve tout en lisant un magazine de golf. Il avait préparé du thé avant d'inviter son père à passer au salon.

Au début, la conversation tourna autour de la pluie, des semailles et du voyage de Sophie, puis elle s'essouffla. Assis côte à côte dans les fauteuils de cuir capitonnés, les deux hommes observaient les flammes dans la cheminée, chacun attendant que l'autre entame la vraie conversation. Les crépitements du feu faisaient concurrence à la pluie qui tambourinait sur les carreaux des fenêtres du salon. Le regard d'Émile quitta les flammes et se posa sur son père. En un éclair douloureux, il se vit veuf, comme lui. Puis, il eut une pensée pour Robert Komar à qui il venait d'annoncer qu'il était atteint d'un cancer. Ce dernier avait confirmé l'intuition d'Émile en refusant tout traitement, son seul désir étant d'aller rejoindre sa Vivianne au plus vite.

Charles se tourna vers Émile, et leurs regards se croisèrent.

– Est-ce que maman vous manque encore beaucoup ?

Le visage de Charles afficha la surprise causée par cette question inattendue.

– Je ne m'habitue pas à son absence.

– Même après cinq ans ?

Charles fit non de la tête, puis il ajouta :

– En plus de l'absence, il y a la jalousie.

– La jalousie ? Comment ça?

– C'est dur de voir des couples heureux quand tu as perdu ta compagne.

– Je peux comprendre.

– On était encore des enfants quand on s'est connus. Je l'ai aimée pendant cinquante-cinq ans…

– Vous vous êtes connus grâce à la tuberculose, dit Émile, d'un air pensif.

Des sept enfants Murray, quatre avaient trouvé l'amour à Fort San : Juliette et Colette auprès de médecins, et Emily et Charles auprès de patients. De nombreux autres couples s'étaient formés en ce lieu où la mort côtoyait l'éveil à soi-même.

– Est-ce que maman savait que vous aviez été adopté ?

– Ta mère savait tout de moi.

– Vos enfants ne peuvent pas en dire autant…

Charles encaissa le coup.

– C'est pour ça que je suis venu.

– Elle savait, elle, que vous auriez pu avoir un frère ?

– Hein ! ? fit Charles, interloqué.

– Grand-maman a perdu un bébé, un garçon, avant de vous adopter.

– Ah ! fit Charles, comme sous l'effet d'une illumination. J'avais complètement oublié ça. Bonté divine, tu m'en rappelles des affaires. Où es-tu allé chercher ça ?

– Dans le journal d'Emily. C'est là aussi que j'ai appris pour l'adoption.

Charles eut l'air à moitié soulagé.

– Je peux le voir, son journal ?

– Bien sûr. Je vais le chercher, dit Émile en se levant prestement.

Une minute plus tard, Charles avait entre les mains le journal de sa défunte sœur. Le cahier semblait bien petit entre ses grosses mains qui avaient travaillé la terre toute leur vie. Il le feuilleta gauchement, dérouté par la fine écriture qui défiait sa vue faiblissante. Il plongea une main dans la poche de sa chemise à carreaux.

– Je n'ai jamais vu ce cahier, dit-il en mettant ses lunettes.

– Lisez ici, dit Émile en montrant du doigt un paragraphe.

C'était celui où Emily racontait l'arrivée de Charles dans leur famille. Il lut lentement et eut un petit rire.

– Ah ! C'est pour ça qu'elle m'appelait son « p'tit pain de fesses ». Le fils du boulanger, c'est moi, dit Charles en retirant ses lunettes pour se frotter les yeux.

– Oui, c'est vous. Et moi, je suis le petit-fils du boulanger. Au fait, c'était qui, le boulanger ? Avez-vous fait des recherches pour retrouver vos parents naturels ?

Sans attendre la réponse, il enchaîna du même souffle :

– Non. Dites-moi d'abord pourquoi vous nous l'avez caché.

Charles poussa un long soupir en fermant le cahier et leva les yeux au plafond.

– Pourquoi ? Parce que, comme disait ma mère, un pain maison ou un pain du boulanger, il n'y a pas de différence.

– Vous auriez dû nous le dire, répondit sèchement Émile.

Charles haussa les épaules. Le reflet des flammes creusait de profonds sillons sur son visage.

– Je trouve que vous avez été pas mal secret sur votre famille.

– Tu trouves ? fit Charles, l'air faussement surpris.

– Oui, je trouve ! D'abord votre sœur Anna, puis votre frère mort-né et maintenant votre adoption. Y a-t-il autre chose que j'aurais intérêt à savoir ?

– Intérêt ? Non. Et puis d'abord, ma sœur et le bébé, c'est arrivé avant que je vienne au monde, alors…

– Et si Emily ne m'avait pas légué son journal, je ne l'aurais probablement jamais su. Même chose pour votre adoption.

Charles tourna son regard vers le feu sans répondre.

– Est-ce qu'Andrew et Julien le savent ?

— Non, tes frères ne le savent pas.

— Allez-vous le leur dire ?

Le vieil homme, mal à l'aise, haussa de nouveau les épaules.

— Moi, je crois que vous devriez leur en parler.

Comme son père ne disait mot, et que la conversation menaçait de se dérouler à sens unique, Émile décida de changer d'approche.

— Vous avez souffert d'avoir été adopté ?

— Oh non ! se récria Charles. Je n'en ai pas souffert une seule minute. J'ai été traité comme un prince. Tu t'imagines, cinq sœurs pour prendre soin de moi en plus de mes parents. Non, je n'en ai pas souffert du tout.

— Alors, pourquoi nous l'avoir caché ?

— Peut-être parce que j'avais peur que vous, les enfants, en souffriez.

Le silence revint s'installer dans la pièce, entrecoupé par les crépitements du feu. Émile se leva pour mettre une autre bûche dans le foyer. Le tapotement de la pluie contre les fenêtres avait diminué d'intensité. Peut-être ferait-il beau demain.

— Est-ce que je pourrais le lire, le journal d'Emily ? demanda Charles.

— Bien sûr. Sophie est en train de le retaper à l'ordinateur. On va vous en donner une copie. Ce sera plus facile à lire que les cahiers.

En revenant vers son fauteuil, Émile aperçut les deux tasses de thé, intactes et refroidies. Il les prit en disant :

— Je vais refaire du thé.

De la cuisine, où il attendait que l'eau bouille, Émile pouvait voir le profil songeur de son père qui avait repris le cahier d'Emily. Il fut soudain frappé de constater à quel point il connaissait peu cet homme. Charles avait toujours été affectueux et attentionné envers sa femme et ses enfants, mais jamais bavard. Dans les soirées, ce n'était pas lui qui monopolisait la conversation, chantait ou racontait des histoires. Il était plutôt du côté du public, offrant soutien et encouragements. Sur ce point, Émile lui ressemblait beaucoup.

Lorsqu'il revint au salon, la pluie avait repris de plus belle, et la pénombre s'était installée dans la vaste pièce aux murs lambrissés d'une boiserie de chêne. Émile consulta l'horloge posée sur le manteau de la cheminée. Vingt heures vingt-cinq. Après avoir déposé les tasses sur la table à café, il alluma la lampe près de la grande fenêtre.

– Ça vous dirait qu'on aille à la pêche vous et moi ? demanda-t-il en reprenant sa place.

– Oh oui ! répondit Charles avec enthousiasme. Ça fait deux ans qu'on n'est pas allés !

– Ça fait si longtemps que ça ?

– Oui. La dernière fois, c'était avec Munrow et David, juste après la fin de vos rénovations.

– C'est vrai.

Émile s'en souvenait, bien sûr. Après une longue année de travaux à Civita, durant laquelle les moments de détente avaient été rares, David les avait invités au lac Waskesiu. Ils avaient eu du bon temps tous ensemble.

– J'aime aller à la pêche avec toi, dit Charles. Tu es de loin le pêcheur le plus patient que je connaisse.

– Ah oui ? dit Émile en prenant une gorgée de thé brûlant.

– Certainement. Tes frères, par exemple, ne peuvent pas rester tranquilles dans la chaloupe plus de cinq minutes sans commencer à se tortiller. Munrow et David, eux autres, la gueule ne leur arrête pas. Toi, tu restes immobile et silencieux.

– Je tiens ça de vous.

L'ambiance paisible du salon fut soudain rompue par la sonnerie du téléphone qui fit l'effet d'un coup de tonnerre. Émile bondit sur ses pieds, se dirigea vers le solarium et décrocha à la troisième sonnerie.

– Allô ? Ah, salut Bernard. Non, ça va, je bavardais avec mon père. Oui, c'est vrai. Oui, je pense que tu as raison. O.K., c'est ça, on se reprendra. Oui, si tu veux. Comme ça, on se voit dans deux jours. Bye. Pardon ? Oui, elle a appelé avant le souper. Apparemment, il fait beau là-bas. Oui. Il va encore falloir trouver de la place pour leurs nouvelles vieilleries. D'accord. À vendredi.

Après avoir raccroché, Émile retourna s'asseoir près de son père.

– C'était Bernard. On devait aller jouer au golf demain matin, mais comme il dit, même si la pluie cessait maintenant, le terrain serait trop détrempé, alors on va remettre ça.

– On pourrait peut-être aller à la pêche s'il arrête de pleuvoir ? dit Charles avec une excitation non dissimulée.

– Pourquoi pas ? Mais il faudrait y aller tôt parce que je dois être à l'hôpital à onze heures.

– Pas de problème. On peut aller au lac Écho. Je suis certain que Grant nous prêterait sa chaloupe.

– D'accord.

– Dans ce cas-là, on devrait aller se coucher, dit Charles en se levant.

Il semblait avoir rajeuni de vingt ans.

– Vous avez raison. On pourra reprendre notre conversation demain, dit Émile en se levant à son tour.

– Ouais, répondit Charles, un peu moins enthousiaste.

– Vous m'avez dit que si j'avais des questions au sujet de la rumeur sur grand-papa, c'est à vous que je devrais les poser. J'espère que votre offre tient toujours.

Charles fit signe que oui.

Confiants qu'ils pourraient aller pêcher, les deux hommes se donnèrent rendez-vous au chalet de Grant Morrison à six heures le lendemain matin. Dès le départ de son père, Émile éteignit tout et monta se coucher. Il écouterait le bulletin de nouvelles au lit. Il regardait toujours la télévision au lit quand Sophie n'était pas là.

***

Lorsqu'elles partaient toutes les deux à bord de la jeep de Paméla pour leur périple annuel, Sophie et son amie redevenaient des adolescentes. La chasse aux antiquités les excitait, certes, mais de se retrouver entre copines à bavarder jusqu'à tard dans la nuit, même dans une chambre de motel miteux, les enthousiasmait encore davantage.

Il était plus de vingt-trois heures quand elles regagnèrent leur chambre du *Edgewater Inn*, à Malta, au Montana.

– Je suis vannée ! s'exclama Paméla en se laissant tomber lourdement sur son lit.

– Moi aussi ! répliqua Sophie en faisant de même sur le sien.

– J'ai besoin d'un sommeil réparateur pour oublier que je viens de perdre une fortune au casino, dit Paméla en grimaçant.

– Qu'est-ce que tu ferais si tu gagnais gros ?

– Moi, si je gagnais un million, je descendrais la rue principale toute nue.

Sophie sourit, et Paméla ajouta :

– Chanceuse comme je suis, je gagnerais sûrement au mois de janvier.

Les deux femmes éclatèrent d'un fou rire hystérique, de ceux nourris par l'épuisement.

La fortune dont Paméla voulait oublier la perte consistait en vingt dollars américains, dilapidés à coups de pièces de vingt-cinq cents dans les machines à sous du *Roger's Saloon Chuckwagon & Casino*. C'était son rituel. Lorsqu'elle entrait dans un casino, elle y flambait vingt dollars. Elle gagnait souvent, mais « réinvestissait » immédiatement ses gains dans une autre machine, et ce, jusqu'à la dernière pièce. Elle pouvait ainsi jouer pendant quinze minutes ou pendant des heures, selon que le hasard la favorisait ou non. Ce soir, il lui avait permis de jouer pendant une heure et demie, sous l'œil gourmand d'un jeune homme aux allures de *cow-boy*. Après qu'elle eut joué sa dernière pièce, il lui avait offert de partager ses *quarters* avec elle. Flattée, Paméla avait néanmoins poliment refusé.

– Ce *cow-boy* qui te reluquait avait bien vingt ans de moins que toi, dit Sophie, un peu envieuse.

– Tu penses ?

– Ouais.

– Bof ! Ça compense pour le taux de change.

Elles firent leur toilette et enfilèrent leurs vêtements de nuit. Sophie passa un large *t-shirt* blanc sur lequel on pouvait lire « 1 Trou d'1 Coup », inscrit en grosses lettres rouges au-dessus d'un petit golfeur à l'air comique qui sautait de joie. Quant à

Paméla, elle enfila un haut de pyjama à rayures bleues et grises. N'importe qui les voyant accoutrées de la sorte aurait deviné que ces vêtements appartenaient à leur mari.

Elles se servirent chacune un verre d'eau avant de se glisser dans leur lit respectif. Bien qu'éreintées par leur deuxième journée passée sur la route à écumer les boutiques d'antiquités, les braderies et les ventes-débarras, ni l'une ni l'autre n'éteignit la lampe posée sur la table de nuit qui séparait les deux lits. Du dehors leur parvenait le vrombissement des semi-remorques qui roulaient sur la Route 2. À chaque passage, l'eau dansait dans les verres. Étendue sur le dos, Sophie fixait les tuiles du plafond, jaunies par la fumée de cigarette. Ce détail lui fit remarquer que Paméla n'avait pas fumé depuis le souper.

– Tu peux fumer, dit Sophie. Je ne ferai pas ma Tweety.

– Torture-moi pas ! Je n'ai plus de cigarettes. J'ai oublié d'en apporter et les américaines me tombent sur le cœur. Elles goûtent comme les cigares de Bernard, ça fait que… C'est pas grave. Je suis tellement contente du vieux portrait de la *squaw* que j'ai trouvé. On jurerait que c'est ma grand-mère, dit-elle en se redressant sur un coude pour voir Sophie qui, autrement, était cachée par la lampe.

– Ça t'a réellement frappée, hein?

– Il faut que je le montre à mon père. Il n'en reviendra pas. C'était une très belle femme, même à un âge avancé. Mais maudit qu'elle était effacée et soumise !

– Tout ton portrait, quoi.

– En plein ça. Ma grand-mère, c'était le genre de femme qui n'a jamais eu une opinion ou un désir à elle et qui n'a jamais pris une décision de sa vie. Elle a élevé dix enfants en se fondant dans les fleurs de la tapisserie. Quand mon grand-père est mort, elle est venue vivre chez nous. Papa a bien essayé de l'encourager à s'exprimer, à prendre des décisions par elle-même, selon ses goûts, mais elle n'a jamais été capable. Ah, que je fumerais donc une cigarette, conclut Paméla en tendant un bras pour prendre son verre d'eau.

– On aurait dû apporter du vin, dit Sophie.

Paméla déposa son verre sur la table branlante et reprit son monologue.

– Quand maman essayait de savoir ce qu'elle voulait manger, ma grand-mère était incapable de choisir. Elle lui demandait : « Madame Racette, voulez-vous des p'tits pois ou des carottes avec votre steak haché ? » Et ma grand-mère répondait : « Ah oui, c'est beau. » « C'est beau, quoi ? Les p'tits pois ou les carottes ? » « Oui, oui », que l'autre répondait. Là, mon père disait à ma mère : « Donne-lui donc un peu des deux. » Ça me démoralisait de la voir faire. Une vraie coquille vide. Je me suis juré que, moi, je saurais ce que je veux dans la vie. Qu'il s'agisse de carrières, d'hommes ou de p'tits pois, il n'y a pas de décisions insignifiantes. Il faut choisir son camp et foncer.

– Comme pour ta peur de l'avion…

– Dans un sens, oui. J'ai choisi mon camp. J'ai décidé de vivre avec. C'est tout.

– Une décision qui t'empêche de vivre des expériences magnifiques, dit Sophie.

– Parle-moi de l'Italie.

Sophie ne se faisait jamais prier pour lui parler de ses voyages. De Sienne, Naples et Venise, Paméla connaissait maintenant toutes les beautés grâce à elle. Ce soir-là, Sophie lui décrivit en détail les jardins de Boboli construits à Florence pour les Médicis durant la Renaissance. Elle lui dépeignit les magnifiques sentiers tout en hauteur, bordés de cyprès, les innombrables statues et l'impressionnant belvédère qui surplombe la campagne toscane.

Paméla écoutait, étendue sur son flanc, le regard dans le vague, le récit que lui faisait son amie quand, soudain, un grondement sourd leur parvint à travers la mince cloison. Sophie se tut. Les deux femmes se consultèrent du regard. Au grognement vinrent s'ajouter les craquements d'un lit qui trahissait sa longue expérience. Puis, une voix haut perchée s'éleva dans une succession de petits cris.

Paméla se tourna sur le dos en disant :

– Pas les voisins qui s'envoient en l'air !

– Ouais.

– Et j'ai même pas de cigarettes. Si au moins Bernard était là.

– Si au moins on avait du vin, dit Sophie.

– On fait dur !

– Veux-tu retourner au casino chercher ton *cow-boy* ? blagua Sophie. Je pourrais dormir dans la jeep.

– Bonne idée ! dit Paméla en s'asseyant dans son lit.

Son ton fut si convaincant que Sophie tressaillit à l'idée que son amie avait pris sa suggestion au sérieux. Mais cette crainte ne dura qu'une seconde, car aussitôt, le rire sonore de Paméla chassa toutes les ombres de la pièce.

***

Le lendemain matin, la pluie avait cessé dans la vallée Qu'Appelle, mais le soleil n'était pas revenu pour autant. Sophie dormait profondément à quelque six cents kilomètres de chez elle quand Émile quitta Civita avec son attirail de pêche pour se rendre au chalet des Morrison. À son arrivée, il trouva son père en grande conversation avec son ami Grant.

Grant Morrison était le personnage le plus coloré des environs de Fort Qu'Appelle. L'homme à la frêle stature et à la tête blanche n'avait rien perdu de son air juvénile malgré ses quatre-vingt-trois ans. Il attribuait sa bonne forme à ses longues promenades quotidiennes et au verre de rhum qu'il buvait chaque soir avant le dîner. Le chalet que Grant partageait avec l'aîné de ses fils et sa famille était l'un des premiers à avoir été construits au lac Écho, à la même époque que la construction de Fort San, situé tout près. Enfant, Grant passait ses étés dans la vallée et était rapidement devenu un visage familier à Fort San, où il avait d'ailleurs rencontré celle qui était devenue sa femme. Veuf depuis une trentaine d'années, cet homme dynamique voyageait encore de par le monde en compagnie de son amie Dorothy, une riche veuve du village.

– Hé, Émile ! Bonjour ! lança Grant en faisant de grands signes de la main. Comme ça, vous allez pêcher, mes chanceux.

– Oui. Ça fait longtemps qu'on n'a pas pêché ensemble.

– Allez-y. Prenez ma chaloupe. Moi, je pars faire du camping sauvage avec Dorothy et mon garçon. On va être partis cinq jours, alors si vous voulez retourner pêcher, ne vous gênez surtout pas.

– Merci, dirent le père et le fils de concert.

Au lieu de les laisser filer sur l'eau, Grant entreprit de leur raconter son plus récent voyage. Trois jours de marche dans les

Rocheuses, en compagnie de son fils cadet et de trois de ses petits-enfants. Charles et Émile, impatients de quitter la rive, eurent droit à un récit détaillé de l'expédition. Vingt minutes plus tard, ils étaient enfin sur l'eau, leur canne à pêche à la main.

– Même si ça ne mord pas, c'est pas grave, dit Charles. Une mauvaise journée de pêche vaudra toujours mieux qu'une bonne journée de travail.

Émile était bien d'accord. Ils avaient la matinée devant eux et c'est tout ce qui comptait. Ça lui serait bien égal de ne rien prendre. Il troquerait volontiers tous les poissons du lac contre des informations sur son grand-père.

Le ciel de la vallée était tapissé d'un fin drap blanc et uniforme, derrière lequel le soleil se laissait deviner. La brise qui descendait des collines formait sur l'eau d'un bleu profond des vaguelettes régulières. Il n'y avait pas d'autres embarcations en vue. Le lac leur appartenait. Comme toujours, Charles avait refusé d'enfiler une veste de sauvetage, prétextant qu'elle restreignait ses mouvements.

Dès que sa ligne fut à l'eau, Émile entra dans le vif du sujet.

– Vous allez me raconter votre histoire, maintenant ?

– Je vais te dire ce que je sais. Et tu vas voir que je n'en sais pas beaucoup plus que toi.

– Ce sera toujours ça, dit Émile pour l'encourager.

Puis il attendit. Charles ne tarda pas à parler.

– La fameuse rumeur, elle remonte aux années 30.

Charles laissa écouler quelques secondes avant de continuer. Cette révélation confirmait le pressentiment d'Émile que la rumeur était liée à la naissance de son père.

– Moi aussi je l'ai apprise à huit, neuf ans, comme toi. C'est Munrow qui a été le premier à m'en parler.

– Munrow Porter ?

– Oui. C'était pendant une excursion avec nos deux écoles. Lui et moi, on s'était cachés pour fumer. Il ramassait les bouts de cigarettes de sa mère, et on se faisait des *taponneuses* avec.

Immobile et silencieux, Émile ne pêchait plus, tandis que Charles rythmait son récit d'amples lancers.

– C'est là, cachés dans le bois, en train de se brûler les doigts et de s'étouffer avec du vieux tabac, que Munrow m'a demandé si c'était vrai que mon père avait tué une malade.

Charles continuait de lancer sa ligne à l'eau et de la ramener vers lui, comme s'il draguait ses souvenirs des profondeurs du lac.

– Il m'a dit qu'il avait entendu quelqu'un dire à sa mère que mon père s'était débarrassé d'une patiente.

Puis Charles se tut, comme si la source aux souvenirs était déjà tarie.

– Qu'est-ce que vous avez fait ?

– Rien. En fait…, je lui ai sauté dessus, et je l'ai tapoché en le traitant de maudit menteur. Quand son professeur nous a trouvés, le pauvre Munrow avait les babines fendues.

Charles rit en lançant de nouveau sa ligne. Émile était toujours aussi immobile. Le voile blanc qui recouvrait le ciel commençait à se retirer.

– C'est la seule fois de ma vie où je me suis battu. Le professeur nous a lui-même ramenés chez nous et a raconté à nos parents ce qu'on avait fait pour être certain qu'on se fasse punir. Pfft… ! Face de rat.

– Est-ce que vos parents vous ont puni ?

— Jamais de la vie ! Quand je leur ai dit pourquoi je m'étais battu, mon père m'a serré dans ses bras, et ma mère s'est mise à pleurer.

À cet instant, le visage de Charles se crispa. Puis il prit un air résolu.

— En fait, ce que je veux te dire, Émile, c'est que…

Il prit le temps de ramener sa ligne et de déposer sa canne à pêche au fond du bateau avant de poursuivre sa phrase.

— … je suis le fils de mon père. Je veux dire, je suis le fils d'Andrew Murray.

— …

— Je suis son vrai fils. Son fils naturel.

— Je ne comprends pas, risqua Émile.

— Je suis son fils et celui de… d'une patiente.

Les mots résonnèrent dans la tête d'Émile : « …son fils et celui d'une patiente. » D'une patiente ! ?

— Elle est morte pas longtemps après ma naissance.

— Dites-moi que ce n'est pas vrai.

— Désolé, mais c'est la vérité. Difficile à croire, hein ?

Une confusion totale s'installa dans la tête d'Émile, comme si une tempête venait de se lever au milieu du lac. Son grand-père, son héros, n'était donc qu'un homme au sang chaud et à l'éthique plus que douteuse ? Non, pas lui. Il ne pouvait pas l'avoir berné ainsi. Pourtant…

— Tu vois, c'est pour ça que je ne vous ai jamais parlé de mon adoption. Je suis vraiment son fils. Parler de l'adoption m'aurait obligé à parler de l'adultère parce que je n'aurais surtout pas voulu que vous pensiez que je n'étais pas son vrai fils. Son sang coule dans vos veines. C'est ça qui compte, non ?

– Et grand-maman a accepté de vous adopter ?

– Une femme admirable.

– Est-ce que c'est cette patiente-là que, selon la rumeur, grand-papa aurait fait disparaître ?

– Je pense que oui, mais ce n'est pas vrai. Elle est morte des suites de l'accouchement.

– Vous êtes né où ?

– À Fort San.

La couche nuageuse finit par capituler sous la force du vent, et le soleil prit possession de la vallée. La matinée était encore jeune, mais au milieu du lac miroitant, les pêcheurs devinrent rapidement la proie d'une chaleur accablante.

– Je pense que j'en ai assez pour aujourd'hui, dit Émile d'une voix rocailleuse.

– Je lance ma ligne une dernière fois et on rentre, d'accord ?

Charles s'exécuta. Ce dernier lancer s'avéra être le seul fructueux.

***

Émile fit le chemin du retour dans un brouillard encombré d'idées désagréables. Seul dans sa voiture, il se parlait à voix haute, essayant de mettre de l'ordre dans tout cela.

– Un : papa a été adopté. Deux : il est le fils naturel de grand-papa. Trois : grand-maman a accepté de l'élever. Pourquoi ? Au fait, sa mère naturelle, c'était qui ?

Il avait oublié de poser la question.

Rentré à Civita, il ressentit un besoin impérieux de parler à Sophie. Il monta dans leur chambre, lieu sécurisant entre tous, décrocha le combiné et composa le numéro du portable de son épouse. Le téléphone sonna une fois, deux fois, et elle répondit.

– Allô.

D'après la résonance de sa voix, Émile déduisit que Sophie était à bord de la jeep.

– Allô, c'est moi. Tu me manques, dit-il.

– Oh ! Ça fait plaisir à entendre, ça.

– Où es-tu ?

– On est sur une route de campagne, quelque part entre Malta et Havre. Et toi, comment vas-tu ?

Émile entendit, en arrière-plan, Paméla qui lui disait bonjour.

– Ça va. Dis bonjour à Pam pour moi. Quand est-ce que vous rentrez ?

– Demain en fin de journée, comme prévu. Pourquoi ?

– Tu me manques, c'est tout.

– Toi aussi tu me manques. Qu'est-ce que tu fais aujourd'hui ?

– Je vais à l'hôpital tantôt. Je suis allé à la pêche avec mon père ce matin.

– Oh ! Et tu as appris des choses ?

– Ouais.

– Et ça ne va pas ?

– Non.

– Écoute, on peut rentrer plus tôt si tu veux. Je suis certaine que… ahhhhhhhhhhh !

Émile entendit un grand bruit dans le récepteur, puis plus rien.

– Sophie ! Sophie ! Sophiie ! Soophiiiiiie !

7

– Elle avait bu, vous savez. Ils boivent tous ces gens-là, dit Constance Dupré.

– Quelles gens ? demanda Robert Komar sur un ton faussement innocent.

Constance Dupré fit mine de ne pas l'avoir entendu, tout occupée qu'elle était à farfouiller dans son sac à main à la recherche des quelques sous manquants pour payer son pain. Il s'agissait d'une tactique qui fonctionnait avec certains commerçants. Cette pauvre vieille dame qui devait râteler le fond de son sac pour payer ses menues emplettes, c'était attendrissant tout de même ! Du moins pour ceux qui ne connaissaient pas bien Constance, car les autres, comme Gloria, la pulpeuse boulangère, attendaient, la main tendue, jusqu'au dernier sou noir. À ses yeux, la vieille femme ne méritait pas la charité. Pas plus qu'elle n'en avait besoin, d'ailleurs.

– C'est faux, ce que vous dites là ! s'exclama David Porter qui faisait la file derrière la Dupré.

Piquée au vif, elle se tourna vers l'avocat.

– J'ai pas l'habitude de parler à travers mon chapeau, Monsieur.

Les clients présents dans la boulangerie échangèrent des regards ahuris.

– Vous ne parlez pas à travers votre chapeau, vous mentez carrément ! rétorqua David.

– Qu'est-ce que vous en savez ? Moi, je vous dis qu'à huit heures du matin elle était soûle, renchérit la Dupré en rapprochant son visage de celui de David.

– Et moi, je vous dis d'aller vous faire f…

David s'interrompit. Insulter une octogénaire en public, même la plus malveillante d'entre toutes, serait indéfendable. Il prit une seconde pour se calmer, puis demanda d'une voix contrôlée :

– Vous ne pourriez pas vous abstenir de calomnier pour une fois ? Ne serait-ce que par respect pour ceux qui ont perdu la vie dans l'accident ?

– Me Porter a raison, intervint Robert Komar.

Ce dernier tenait d'une main une petite boîte blanche entourée d'un ruban bleu sur laquelle était inscrit « Batifol » en lettres d'or stylisées. Juste en dessous, en caractères plus petits, on pouvait lire le slogan de la maison : « Le goût du paradis ».

– C'est très grave ce que vous affirmez là, Madame Dupré, déclara David. Et puisque c'est faux, ça s'appelle de la diffamation. Il y a des gens qui se retrouvent devant les tribunaux pour moins que ça, vous savez.

– En tout cas. Je sais ce que je sais, conclut sèchement la Dupré en plaquant son sac à main sous son bras.

La vieille femme releva la tête et se dirigea vers la sortie d'un pas ferme et rythmé. Elle poussa la porte, ce qui fit tinter la clochette, et, sans se retourner, partit à la recherche d'un auditoire moins hostile.

– Vieux chameau ! siffla Gloria.

– Ne la croyez surtout pas, lança David à la ronde.

– Mais bien sûr que non, dit immédiatement une cliente.

– On la connaît trop pour ça, ajouta une autre.

– On sait bien que Paméla n'aurait jamais fait ça, dit une troisième.

– Ça me dépasse de voir à quel point elle peut être raciste et méchante, constata M. Komar.

– Mon père dit que sa mère était pareille, déclara David en se tournant vers la boulangère. Une baguette et un pain de blé entier, s'il te plaît.

– Comment va Mme Goodman ? demanda M. Komar.

– Elle est toujours dans le coma, répondit David en posant un billet de dix dollars sur le comptoir.

– C'est terrible, dit la boulangère. Je ne peux pas m'imaginer qu'elle ne viendra peut-être plus me raconter sa vie en buvant une demi-douzaine de cafés.

Batifol, la boulangerie-pâtisserie fondée par Gloria et son mari Marc, était située juste en face de L'Anse. Le couple gourmand se complétait à merveille, elle étant boulangère et lui pâtissier. Chez Batifol, les clients pouvaient déguster les délices de la maison sur place, en savourant le meilleur café des environs. Des clients fidèles se déplaçaient même de Regina pour se procurer le pain aux olives de Gloria et les éclairs au chocolat de Marc qui avaient fait la renommée de la maison.

Paméla était une habituée de chez Batifol. Elle venait régulièrement confier ses états d'âme à Gloria qui fredonnait toujours en travaillant, sans rien perdre de sa qualité d'écoute. Souvent, Paméla interrompait son monologue pour lancer un : « M'écoutes-tu ? » et reprendre aussitôt la chronique de sa vie palpitante.

— Pourquoi s'imaginer le pire ? reprit David. J'ai parlé à Émile hier, et il dit que ses chances sont excellentes. Elle va revenir te raconter sa vie, mais pas avant un bon bout de temps. La convalescence risque d'être longue.

— Vous croyez ? fit Gloria.

— Il semble que son genou gauche est sérieusement amoché.

— Le Dr Murray et sa femme sont toujours là-bas ? demanda M. Komar en déposant sa boîte d'éclairs au chocolat sur le comptoir.

— Oui, ils sont toujours au Montana.

— C'est un vrai miracle que Sophie n'ait rien eu, commenta Gloria.

— Ça, c'est certain. Elle a eu de la chance de s'en sortir indemne, renchérit David.

— Les deux personnes qui sont mortes, est-ce qu'on connaît leur identité ? demanda une cliente.

— Des jeunes du coin. De Malta, je veux dire. Il paraît qu'ils devaient se marier en fin de semaine.

— C'est affreux, murmura Gloria en portant une main à sa bouche.

— Oui c'est triste, mais il faut être stupide pour essayer de dépasser sur une ligne double, ajouta David.

— Les jeunes à moto… Ils pensent qu'ils sont invincibles, remarqua M. Komar.

— Bon, je dois y aller, moi, dit David. Trudy et les filles m'attendent au chalet pour manger. Au revoir. Portez-vous bien.

— Au revoir, de répondre tout le monde en chœur.

– Moi aussi, j'y vais, dit M. Komar. À demain ma belle, ajouta-t-il à l'adresse de Gloria en prenant sa boîte de douceurs.

– À demain, papa.

***

Les premières heures suivant l'accident avaient été terriblement angoissantes pour Sophie. Le sang glacé dans les veines, elle était restée étendue sur une civière à l'urgence de l'hôpital du Havre. Les examens n'avaient révélé aucune blessure. Les yeux de la jeune femme n'avaient pas quitté l'horloge fixée au mur jusqu'à l'arrivée d'Émile. Elle s'était précipitée dans les bras de son mari sans même saluer Bernard et Carla, la benjamine des Goodman, qui l'accompagnaient. Ce dernier était fou d'inquiétude. Il voulait voir Paméla. Tout de suite.

Le médecin lui expliqua d'abord que sa femme était toujours inconsciente, mais que son état s'était stabilisé, et qu'elle allait s'en tirer. Il tenta ensuite de le préparer à la vision qui l'attendait. Le visage de Paméla était tuméfié, sa jambe gauche était sous traction, et ses doigts fracturés portaient des bandages. Même s'il savait à quoi s'attendre, Bernard eut un choc en voyant Pamela, gisante, méconnaissable.

Après de longues heures passées au chevet de sa femme, le mari éploré retourna dans la salle d'attente. Il s'assit à côté d'Émile sur une chaise droite, le corps penché vers l'avant, le visage enfoui dans ses mains. Dans un murmure presque inaudible, il s'adressa à Paméla, l'implorant de ne pas le quitter, puis apostropha Dieu, le sommant de lui laisser sa femme, et revint de nouveau à Paméla pour lui exprimer encore une fois son amour. Au terme de maints allers et retours entre sa femme et son Créateur, il fit une promesse à ce dernier :

– Mon Dieu, si vous me la laissez, je jure de ne plus jamais la tromper.

Sophie, qui marchait de long en large, figea sur place. Elle regarda Bernard, la tête penchée vers le sol, puis se tourna vers Émile qui baissa les yeux. Sur ce, elle quitta sans un mot les deux hommes et alla rejoindre Carla au chevet de son amie.

En apprenant l'accident de leur mère, les deux autres filles des Goodman, qui habitaient Ottawa, avaient immédiatement pris la route pour se rendre à Havre où elles arrivèrent deux jours plus tard. Toutes deux avaient plusieurs traits communs avec leur mère, dont la phobie de l'avion.

Après leur arrivée, voyant Bernard aussi bien entouré, Émile avait jugé que sa présence et celle de Sophie n'étaient plus requises. Il eut du mal à convaincre sa femme de rentrer à la maison avec lui. Sophie refusait d'abandonner son amie dans un moment aussi critique. Bernard tenta de lui faire comprendre qu'elle devait aussi prendre soin d'elle. Elle protesta, disant qu'elle allait bien. Émile savait que ce n'était pas le cas, et qu'elle pouvait craquer à tout moment. Elle devait rentrer à la maison et se reposer le temps d'absorber le choc. C'était l'ordre de son médecin personnel. Bernard promit de les prévenir au moindre changement.

***

Émile avait installé Sophie sur une chaise longue dans le jardin en prenant soin de bien la couvrir, car le temps était anormalement frais pour cette période de l'année. Il n'avait pas eu à la cacher du soleil puisque, ce jour-là, c'était le soleil qui se cachait. Sur la petite table placée à côté d'elle était posé un roman de Thomas H. Cook, *Les Instruments de la nuit*, qu'Émile lui avait acheté. Trop obsédée par la réalité pour s'abandonner à la fiction, Sophie n'en avait lu que trois pages en cinq jours.

Elle restait là, inerte, à respirer sans le sentir le lourd parfum qui stagnait dans la cour. Les lilas de Civita s'épanouissaient tardivement. Comme à chaque année, ils arboraient encore de gros nuages touffus alors que tous ceux des environs étaient redevenus de simples arbustes feuillus.

L'esprit de Sophie errait, tendu et fébrile. Elle repensait à ce qu'Émile lui avait appris au sujet des origines de Charles. Quelle importance ! Il y avait des choses beaucoup plus graves dans la vie. Muette et immobile, elle revoyait sans cesse le film de l'accident dont l'horrible trame sonore la hantait. Tout son être était habité par les gémissements de Paméla avant qu'elle ne perde conscience et par ceux, encore plus déchirants, de la jeune fille désarticulée, gisant sur le pavé. Elle se mettait dans la peau des parents de ces jeunes décédés tragiquement. Elle vivait leur douleur dans tous les recoins de son corps et de son cœur, une douleur terrible qui la paralysait.

— Je viens d'avoir Bernard au téléphone, dit Émile en venant la rejoindre dans la cour.

Sophie sursauta. Émile s'assit à côté de sa femme.

— Pardon chérie, dit-il en posant une main sur son épaule.

— Alors ? demanda-t-elle avec empressement.

— Alors rien. Pas de changement.

Tel un ballon qui se dégonfle, Sophie replongea dans sa torpeur.

— Est-ce que je peux t'apporter quelque chose ? As-tu faim ?

Il n'obtint que des réponses négatives.

Se sentant glacée, Sophie décida de rentrer et d'aller au lit. Une fois dans la chambre, elle ouvrit la télé, mais ne mit pas le son. Émile, qui l'avait suivie, lui offrit de lui masser le dos. Elle accepta, machinalement, sans y prendre plaisir.

***

Paméla reprit conscience au matin du sixième jour. Elle posa de nombreuses questions entrecoupées de gémissements. Où était-elle ? Qu'est-ce qu'elle faisait là ? Pourquoi ses filles étaient-elles à ses côtés ? Qu'est-ce qu'elle avait aux doigts ? Qu'avait-on fait à son genou ? Puis, le souvenir de l'accident refit surface. Où était Sophie ? Comment allaient les motocyclistes ? La réponse à cette dernière question lui arracha le plus long des gémissements.

La nouvelle arriva à Civita en milieu de matinée.

– Bernard dit que Paméla va sortir de l'hôpital d'ici quelques jours, annonça Émile d'un air réjoui en rejoignant Sophie dans la cour.

Le son de sa voix réveilla Sophie qui s'était assoupie dans la chaise longue.

– Hein ?

– Paméla a repris conscience.

– Elle est réveillée ? demanda Sophie en s'assoyant.

– Oui, depuis quelques minutes. Tout va bien aller, ma chérie.

– C'est une bonne nouvelle, dit-elle lentement, sans avoir l'air d'y croire.

Elle se laissa retomber. Fin de la conversation. Elle s'assoupit de nouveau.

À son réveil, Émile était toujours assis près d'elle, poursuivant la lecture du journal d'Emily. Depuis leur retour à Civita, il avait entrepris de lire le journal de sa tante sans attendre que Sophie le tape à l'ordinateur. S'il contenait d'autres révélations sur sa famille, il serait le premier à le savoir. Sophie se sentait un peu dépossédée mais, après tout, c'était sa tante à lui.

***

Ce soir-là, épuisée par sa léthargie, Sophie alla se coucher peu après vingt heures sans avoir dîné. Émile ne s'inquiétait pas outre mesure de son état, mais la vraie Sophie lui manquait. Il restait auprès d'elle, même s'il avait l'impression qu'elle ne le voyait pas. Les jours étaient longs, les soirées ennuyeuses, et les nuits chastes. Il se rendait douloureusement compte à quel point son bonheur dépendait de celui de sa femme.

Le téléphone sonna dès que Sophie fut montée se coucher. Émile s'empressa de répondre. C'était son père.

– Je voulais prendre des nouvelles de Sophie.

– Toujours pareil. Elle est dans sa bulle, et laissez-moi vous dire que j'ai hâte qu'elle éclate.

Charles dit qu'il lui enverrait des fleurs. Émile profita de l'occasion pour poser à son père la question qui le rongeait depuis leur partie de pêche.

– C'était qui, la patiente ?

Charles resta silencieux au bout du fil.

– Allô ?

– Je ne sais pas, finit-il par dire. Et ça n'a pas d'importance.

Émile rétorqua qu'il étudierait la possibilité de faire des recherches pour découvrir son identité. Charles lui répondit que ce n'était pas la peine. Émile insista. Charles raccrocha sans le saluer.

Émile monta dans son bureau avec l'intention de commencer la rédaction de son discours de remerciement en prévision du congrès médical de Turin, en septembre. Il y était invité pour recevoir un hommage posthume décerné à son grand-père. Un autre hommage rendu à l'étranger, avait-il songé avec amertume. Le congrès portait sur la tuberculose. Bien des gens croyaient à tort que cette maladie avait été éradiquée alors que la médecine faisait face à une nouvelle souche résistante aux antibiotiques. De deux à trois millions de morts par année, c'était bien plus qu'il n'en fallait pour remettre la tuberculose à l'ordre du jour.

Il posa son verre de scotch sur un sous-verre pour ne pas abîmer davantage le vieux bureau de chêne qui avait appartenu à son grand-père. Il repensa à son père et aux circonstances entourant sa naissance. Il s'était habitué à l'idée, même s'il était incapable d'imaginer son grand-père en relation intime avec une patiente. Chassant cette pensée, il mit ses lunettes, ouvrit le premier tiroir de son bureau, en sortit le journal d'Emily et reprit sa lecture. Il s'arrêta au bout de quelques lignes pour allumer la lampe placée à sa droite. Un jet de lumière blanche balaya le bureau au milieu duquel était posé le petit cahier.

Bien sûr, Juliette ne pouvait pas entendre les cris de Dorian. C'est pour ça qu'il s'est jeté à la mer dans une tentative déses- pérée pour la sauver. Et la vague les a emportés tous les deux.

« La vague… Quelle vague ? » se demanda Émile en prenant une gorgée de scotch. « Où sont les requins ? »

Ils ont retrouvé le corps de Dorian le lendemain, mais celui de Juliette, jamais.

La noyade de ma sœur et de mon beau-frère à l'île de Bahia Honda est passée quasi inaperçue là-bas. C'est qu'au moment de la tragédie, l'attention des journaux de la Floride était tournée vers une sordide histoire, celle du comte Carl von Cosel, technicien en rayons X au Marine Hospital de Key West, le même hôpital où travaillait Dorian. Ils devaient se connaître. L'homme était accusé d'avoir momifié la femme dont il était amoureux, Elena quelque chose, une jeune femme d'origine hispanique ou cubaine, morte de la tuberculose (eh oui !). Il paraît qu'il a vécu avec cette momie pendant sept ans. Ça me donne froid dans le dos rien que d'y penser. Je ne sais pas comment l'affaire s'est terminée.

Le frère de Dorian nous a envoyé, avec la malle contenant les effets de Juliette, une partie du journal qui parlait de la noyade des nouveaux mariés survenue il y a maintenant sept ans. Le Miami Herald titrait quelque chose comme : « Le pilleur de tombe devra faire face à la justice ». Il y avait à peine six lignes, en page 3, décrivant la fin tragique de Juliette et de Dorian. Maman a pleuré. Deux petites vies sans importance résumées en quelques lignes. Allez, on n'en parle plus, bonsoir. Elle n'a même pas la consolation de pouvoir aller pleurer sur la tombe de sa fille disparue.

Je ne devrais peut-être pas écrire ça, mais Juliette était ma sœur préférée. Elle était belle, douce, toujours souriante et très bavarde avec ses jolies mains qui dansaient constamment dans les airs, décrivant le monde, l'amour, la vie. Sa mort a laissé un vide immense dans notre famille. Je tente de me consoler en me disant qu'elle est morte heureuse, qu'elle a connu l'amour. L'amour physique qu'elle ne redoutait pas, contrairement à moi. Anthony est très patient. Il me dit qu'il attendra le temps qu'il faut. Je sais qu'il...

Par respect ou par pudeur, Émile sauta au paragraphe suivant.

Mes parents ouvrirent la malle de Juliette et la refermèrent aussitôt, incapables de faire face à la douleur amplifiée par les souvenirs. Malgré tout, j'avais eu le temps d'apercevoir la jolie boîte de produits Evening in Paris. Je l'ai tout de suite reconnue. C'était le tout premier cadeau que Dorian avait offert à Juliette. Elle contenait des flacons d'eau de Cologne, de parfum et de talc qui m'avaient rendue envieuse. J'ai demandé à mes parents si je pouvais la garder en souvenir de Juliette. Ils m'ont accordé cette faveur.

Je me souviens d'être aussitôt retournée dans le bureau de papa et d'avoir fermé la porte derrière moi. J'étais excitée à l'idée que dorénavant cette jolie boîte m'appartenait. J'ai ouvert la grande malle et pris possession de mon trésor. La boîte d'un bleu argenté était en parfait état. Je me suis empressée de l'ouvrir et, déception, les flacons avaient disparu. La boîte ne contenait que des lettres. N'empêche, la fragrance qui s'en dégageait me réconforta. Peut-être qu'au fond tout ce que je voulais, c'était retrouver la fraîche odeur de Juliette.

Les lettres contenues dans la boîte étaient de toute évidence des lettres d'amour puisqu'elles n'étaient pas adressées. Des bil-

lets doux remis de main à main. Je ne les ai jamais lus. C'est trop intime. J'ai attaché les enveloppes avec un de mes rubans et les ai mises en lieu sûr pour préserver l'intimité de Juliette et de Dorian. La boîte, je l'ai ici avec moi. J'y range mes bijoux. C'est bête, mais je ne voulais pas m'en séparer.

Émile entendit de l'eau couler. Cela dura plusieurs minutes. Puis, le bruit sourd du moteur de la baignoire à jets parvint jusqu'à son bureau. Il remit le cahier dans le tiroir, enleva ses lunettes, prit son verre et éteignit la lampe avant d'aller rejoindre Sophie dans la salle de bains. Il rédigerait son discours une autre fois.

***

La torpeur dans laquelle Sophie était plongée depuis une semaine se dissipa un matin grâce à une pitrerie d'Émile qu'elle provoqua sans le vouloir.

S'étant levée pour aller à la salle de bains alors que son homme était sous la douche, elle remarqua, posé sur le rebord de la baignoire, un caleçon si usé qu'il était troué sur l'une des fesses. Elle eut une idée. Elle retourna dans la chambre pendant qu'Émile se savonnait de la tête aux pieds et revint dans la minute avec un feuillet autoadhésif qu'elle fixa au caleçon, juste à côté du trou. Sur le papier était inscrit : « Ceci est un trou », et une flèche pointait vers la partie usée par le temps et le portefeuille de son mari. Elle retourna rapidement dans la chambre, sauta dans le lit, remonta la couette jusqu'au menton et attendit de voir la réaction d'Émile.

Deux minutes plus tard, il entra dans la chambre, propre, séché et nu.

— Bonjour toi, dit-il en allant vers Sophie pour l'embrasser.

— Bonjour, répondit-elle d'une petite voix ensommeillée.

— Tu as bien dormi ?

— Hum, hum.

À en juger par l'absence de réaction de son mari, elle crut que le papier était tombé.

— Moi aussi, merci, susurra Émile, répondant à une question imaginaire. Qu'est-ce que tu fais aujourd'hui ?

Sophie haussa les épaules sous la couette sans retourner la question.

— Puisque tu me le demandes, fit Émile, je vais rédiger mon petit discours pour Turin.

Turin. L'Italie en septembre. Elle avait presque oublié.

Émile se tenait devant elle, le torse bombé, les muscles saillants. Puis, il se retourna, se pencha et ouvrit un tiroir de la commode. C'est à ce moment que le papier jaune sauta aux yeux de Sophie. Son mari, plus malin qu'elle, l'avait collé sur sa fesse droite, la flèche pointant vers un endroit stratégique.

Sophie éclata d'un fou rire qui la plia en deux. Bientôt, les larmes ruisselèrent sur ses joues empourprées. À celles du rire vinrent se mêler les larmes qu'elle n'avait pas versées depuis l'accident. Émile se jeta sur le lit, riant lui aussi, heureux de la voir enfin émerger de sa prostration.

***

Le soleil revint après avoir boudé la vallée pendant plus d'une semaine, ce qui était rarissime. Dans quelques jours ce serait l'été, et la lumière avait changé.

Tout était fin prêt pour célébrer le retour de Paméla. Quelques amis avaient été conviés chez les Goodman pour une fête surprise. Trudy Porter avait offert de faire répéter un compliment aux jumelles, proposition que Sophie avait poliment mais fermement rejetée, sachant très bien que Paméla ne voulait plus revoir chez elle les « petites guenons », comme elle les appelait. C'est qu'à leur dernière visite, en moins d'une heure, les petites avaient agrippé le chat par la queue, mangé la nourriture du chat en question, brisé le store de la fenêtre de la cuisine en s'y pendant pour regarder dehors, rayé la table de la salle à manger avec une fourchette, renversé deux coupes de vin, rouge bien sûr, sur la moquette du salon en prenant des croustilles dans le bol qui se trouvait sur la table à café, et vidé par terre le contenu du fameux bol après que Trudy le leur eut passé dans le but d'éviter qu'elles ne renversent une autre coupe de vin. Ouf !

Sophie avait passé la matinée chez les Goodman à préparer la réception. Carla, qui était rentrée à Fort Qu'Appelle quelques jours plus tôt, s'était chargée de décorer la cour pour l'occasion. Elle était anxieuse à l'approche du retour de ses parents et avait passé la veille à effacer les traces des parties organisées en leur absence. Elle n'avait pas oublié de laver les draps de leur lit, ni de se débarrasser de toutes les ordures, incluant les bouteilles de bière vides. La seule trace qu'elle n'avait pu faire disparaître était celle d'une brûlure de cigarette sur la table de la salle à manger. Elle trouverait bien une explication. Mais il y avait plus épineux : le mystère Shelley. La vache en fonte de Joe Fafard, sculpture préférée de sa mère, avait disparu. Carla avait fait appel à ses amis dans le but de convaincre le ou la coupable de restituer l'œuvre d'art. Elle avait même offert une récompense de cent dollars à qui lui donnerait des renseignements. Peine perdue. La vache restait introuvable.

Il était midi, et Émile et Sophie roulaient sur la route 10 en direction de Regina, où ils allaient prendre livraison de la nouvelle jeep que Bernard avait achetée pour Paméla.

Depuis cinq ans, Paméla déambulait chaque automne dans les salles de démonstration des concessionnaires en exprimant aux vendeurs empressés son désir de remplacer sa vieille jeep par un modèle de l'année. Mais elle n'était jamais parvenue à s'en défaire. L'accident la forcerait au renouveau.

Sophie n'était montée en voiture qu'une seule fois depuis l'accident, pour rentrer du Montana, et la perspective de conduire au retour cet après-midi-là ne l'enchantait guère. Aussi avait-elle peine à cacher sa nervosité. Quoi qu'il en soit, elle savait qu'il valait mieux pour elle d'affronter sa peur le plus tôt possible. Émile lui avait offert de rentrer à la maison avec la jeep, mais elle avait refusé, jugeant qu'elle serait moins nerveuse au volant de sa propre voiture. Elle se doutait bien aussi que son mari ne serait pas fâché de devoir conduire la rutilante jeep neuve dont Paméla aurait la surprise en rentrant à la maison.

Le trajet vers Regina s'effectuait en silence. La radio était fermée, et le bruit du climatiseur constituait tout l'environnement sonore. Sophie était perdue dans ses pensées, le regard effleurant la plaine. Il lui tardait que la vie reprenne son cours normal, que Paméla se rétablisse surtout pour effacer cet épisode de leur vie. Que tout redevienne comme avant. Tout ? Elle repensa à cette promesse faite au ciel par Bernard. Paméla n'avait jamais mentionné quoi que ce soit qui puisse laisser croire que Bernard lui avait été infidèle. Était-elle au courant ? Émile, lui, savait. Sophie l'avait lu dans son regard cette nuit-là, à l'hôpital.

– Tu savais que Bernard trompait Paméla ? demanda-t-elle à brûle-pourpoint.

– Pardon ?

S'agissait-il d'une feinte pour gagner du temps ?

– Tu savais que Bernard trompait Paméla ?

Émile dodelina de la tête en soupirant.

– Oui, je le savais.

– Pourquoi ne m'as-tu rien dit ?

– Pourquoi t'en aurais-je parlé ?

– Parce que Pam est mon amie.

– Et Bernard est le mien.

– Ce n'est pas une raison.

– Même chose pour toi.

– Tu aurais dû me le dire, ne serait-ce que par loyauté.

Émile pouffa de rire.

– Pardonne-moi, ma belle, mais si la loyauté a quelque chose à voir là-dedans, c'est à Bernard que je la devais.

– Tu accordes ta loyauté à un ami avant ta propre femme ?

– Oui. Mais non ! dit-il en donnant une tape sur le volant. Je veux dire que… ça dépend. Si je te l'avais dit, tu serais allée le répéter à Pam. Est-ce qu'on serait plus avancés ?

– Alors Pam ne le sait pas ?

Il haussa les épaules sans quitter la route des yeux.

– En tout cas, pas d'après Bernard.

– C'est dégueulasse !

– Sophie !

– Ne viens pas me dire que ce qu'on ne sait pas ne fait pas mal !

Émile lui jeta un regard oblique. Elle en était pourtant venue à penser ainsi, quelques années auparavant, après qu'Émile lui eut avoué avoir eu une « rechute » avec son ancienne compagne.

– C'est qui ? demanda-t-elle

– Personne en particulier.

– Pas des putes, quand même !

– Mais non, pas des putes.

– Qui, alors ?

– Je ne sais pas, moi.

– Oui, tu sais !

– Sophie ! lança-t-il irrité. Tout ce qu'il m'a dit c'est… que ça lui est arrivé, parfois… dans des congrès, des conférences à l'extérieur.

Émile augmenta l'intensité du climatiseur.

– Et puis ?

– Et puis rien ! Ce n'était que des aventures d'un soir. Il m'a dit qu'il n'a jamais sauté une femme à moins de cent kilomètres de Fort Qu'Appelle.

– Par respect pour sa tendre épouse, je suppose ? railla Sophie.

– Sophie, je n'ai pas envie de me disputer. Surtout pas à propos de choses qui ne nous regardent pas.

– Moi non plus, je n'ai pas envie de me disputer, mais…

– Bon ! dit-il. Bernard est un salaud. Qu'est-ce qu'on fait à partir de là ? Que proposez-vous, Madame ?

– Ah ! Lâche-moi le Madame !

Sur ce, Sophie croisa les bras et tourna la tête vers l'extérieur.

– Tu ne vas quand même pas me bouder, dit Émile.

Silence.

– Sophie, dit-il en étirant le « i ».

Il posa une main sur la cuisse de sa femme et la caressa en silence pendant quelques secondes.

– J'aurais préféré ne pas savoir, laissa-t-elle échapper. Maintenant, je ne le regarderai plus de la même façon.

– Ah bon? Il me semblait que la vérité n'avait pas de prix…

– Émile, ne mélange pas tout !

– Très bien, je n'ai rien dit, dit-il en retirant sa main.

Ils arrivaient à Regina. Sophie ouvrit la radio, et le lecteur de nouvelles prit le relais de la conversation.

***

Le temps tourna subitement, et la pluie se mit à tomber, drue et froide. Les proches de Paméla et de Bernard qui attendaient leur arrivée dans le jardin durent se replier à l'intérieur, emportant qui un bouquet de ballons, qui le bol à punch. Carla se chargea personnellement de rentrer la banderole de sa fabrication, sur laquelle elle avait inscrit en lettres rouges : « Bienvenue à la maison ». Devant la force de l'averse, ils abandonnèrent dehors quelques ballons et autres objets heureusement non indispensables à la fête.

Trudy Porter s'autoproclama guetteuse. Postée à la fenêtre de la cuisine qui donnait sur l'abri d'auto, elle faisait rapport à chaque minute, criant de façon à ce que les autres l'entendent bien du salon :

– Ils ne sont pas encore arrivés !

La tension commençait à monter parmi le petit groupe d'amis. Après quelques minutes de ce manège, Émile fit signe à David d'aller dire à Trudy qu'elle n'avait pas à en faire autant.

– Qu'elle se contente de nous prévenir quand ils arriveront.

– Bien sûr, dit David en se levant de son fauteuil.

Sophie le suivit du regard en se disant que l'expression « donner des perles aux cochons » prenait tout son sens avec ce couple.

À peine David était-il revenu au salon que Trudy fit irruption dans la pièce en s'écriant :

– Ils sont là ! Ils sont là ! Ils sont là !

– Les nerfs ! lança Carla dont l'adolescence excusait la franchise déségantée.

L'air déconfit, Trudy retourna à la cuisine où tous la suivirent. Le petit groupe se massa devant la porte et la guetteuse reprit son poste.

– Bernard sort de la voiture, commenta Trudy. Il fait le tour. Il ouvre la porte de Paméla. Il l'aide à descendre. Ah ! Elle lui saute au cou. Ils s'embrassent… mon doux… O.K., ils ont fini de s'embrasser. Ils s'en viennent ! Ils s'en viennent ! Oh ! Non. Ils vont vers le *jip* (c'était sa façon de dire Jeep). Bernard ouvre la porte du côté du chauffeur…

– On n'a pas besoin de tant de détails, Tweety… euh…, Trudy, ronchonna Sophie.

Trudy poursuivit son rapport comme si elle n'avait rien entendu.

– Il aide Paméla à monter dans le *jip*. Paméla est assise dans le *jip*. Elle fait semblant de conduire. Elle ajuste le rétroviseur avec deux doigts parce que les autres sont bandés. Elle passe la main sur le tableau de bord…

Les membres du groupe échangèrent des œillades qui trahissaient leur exaspération.

– Elle se penche… Ah, là je ne vois pas ce qu'elle fait…

– C'est assez ! s'écria Carla. Dis-nous juste quand ils vont être prêts à rentrer dans la maison.

– Carla ! lança Émile, pour la forme.

Décontenancée par l'attitude abrupte de la jeune fille, Trudy jeta un regard à David qui lui adressa un clin d'œil. À partir de ce moment, elle se contenta de regarder la suite de la scène sans la commenter. Au bout d'un laps de temps qui parut interminable, les autres — qui commençaient à regretter d'avoir fait taire Trudy — purent enfin lire sur son visage que le moment tant attendu approchait. Elle retint son souffle, ouvrit la bouche et dit :

– Les voilà ! Sur quoi, elle alla prestement rejoindre les autres.

Quelques secondes plus tard, la porte s'ouvrait. Ils étaient là, Bernard portant Paméla dans ses bras.

L'apparence de Paméla fut un choc pour ses amis réunis, mais ils lancèrent tous en chœur :

– Bienvenue à la maison !

Les voyant ainsi rassemblés, Paméla se prit d'un grand rire qui fit beaucoup de bien à tous. Au bout de quelques secondes, elle s'écria du haut des bras de Bernard :

– Merciii ! J'ai une belle jeep toute neuve ! Vous avez vu ?

Bernard déposa sa femme et, tour à tour, les amis la serrèrent dans leurs bras. Paméla aurait eu besoin d'une canne pour marcher en raison de son genou blessé, mais ses multiples doigts fracturés l'empêchaient d'en utiliser une.

La dernière personne à l'accueillir fut Carla. Dès qu'elle se retrouva dans les bras de sa mère, l'adolescente éclata en sanglots. Paméla fut très touchée.

— Je t'ai manqué tant que ça, ma belle ?

La jeune fille fit signe que oui.

— Pauvre cocotte, dit Paméla en la serrant très fort.

Oui, Carla s'était ennuyée de sa mère, mais la table abîmée et l'œuvre d'art envolée avaient aussi quelque chose à voir avec l'intensité de son émotion.

Tous étaient tellement affairés autour de Paméla qu'ils en oublièrent Bernard. Émile se détacha du groupe et alla vers lui.

— Toi aussi tu reviens de loin, hein ? dit-il en passant un bras autour des épaules de son ami.

— Oui mon homme, répondit Bernard, la voix rauque, en se frottant les yeux.

— Que dirais-tu d'une bonne bière ?

— Je dirais que c'est une fameuse de bonne idée.

Émile s'occupa des rafraîchissements, et les deux hommes allèrent s'asseoir au salon. Pendant ce temps, Sophie contemplait Paméla. Le visage de cette dernière avait de quoi surprendre. Les ecchymoses, d'abord presque noires au lendemain de l'accident, avaient pris des tons de violet au pourtour jauni que Paméla avait tenté de camoufler avec un fond de teint trop pâle pour sa carnation. Deux semaines s'étaient écoulées depuis l'accident, et Paméla avait maigri. La robe qu'elle portait était trop grande pour elle. Son large décolleté laissait voir des clavicules saillantes que son corps n'avait pas révélées depuis plus d'une décennie. Son double menton avait disparu, mais le fantôme en était encore inscrit dans sa chair ramollie.

Curieusement, elle avait l'air plus jeune et plus vieille à la fois.

La reine du jour et son cortège se déplacèrent lentement vers le salon où Émile avait eu le temps de prévenir Bernard qu'il avait eu droit à un interrogatoire sur ses infidélités. De la promesse qu'il avait faite de ne plus tromper sa femme, Bernard ne conservait aucun souvenir. Quoi qu'il en soit, Sophie savait maintenant. C'était embêtant. Émile devrait s'assurer de son silence.

Soutenue par David et par Marc, l'avocat et le pâtissier, Paméla prit place dans le fauteuil le plus confortable de la pièce, habituellement réservé à Bernard. En s'asseyant, elle aperçut, accroché au mur du fond, le portrait de la femme autochtone acheté au Montana. Sophie l'avait rescapé de la jeep accidentée et fait encadrer.

— Ma belle Indienne ! s'exclama Paméla. Elle a survécu, elle aussi.

Elle jeta ensuite un regard circulaire autour de la pièce.

— C'est gentil à vous de m'accueillir comme ça.

— On est tellement contents de te revoir, dit Gloria.

— On a eu très peur pour toi, ajouta Marc.

— Tu as maigri, ça te va bien, dit Trudy.

— Cinq jours dans le coma et dix jours de nourriture d'hôpital, c'est un régime miracle. Tu devrais l'essayer, Tweety.

Tous pouffèrent de rire, sauf Trudy.

— Je te le dis, un vrai miracle, enchaîna Paméla. J'ai arrêté de fumer et réussi à maigrir quand même.

En effet, elle n'avait pas fumé depuis cette soirée au casino de Malte où le jeune *cow-boy* l'avait dévorée du regard. Malheureusement, à sa deuxième gorgée de vin, sa vieille habitude la rattrapa. Elle demanda à Carla d'aller lui chercher un paquet de cigarettes dans l'armoire de la cuisine. Heureusement, la jeune fille n'avait pas oublié de remplacer celles fumées par ses amis. Émile adressa à Paméla un regard réprobateur qu'elle décida d'ignorer. Trudy se mit à tousser.

La pluie cessa aussi subitement qu'elle avait commencé, et le soleil revint. Le groupe décida malgré tout de manger à l'intérieur. Le modeste festin était composé de salades, d'une énorme assiette de viandes froides et de fromages que Sophie avait achetés à l'*Italian Star Deli* de Regina. Émile s'était occupé des vins : Frascati et Chianti. Tel qu'il l'avait prévu, les femmes optèrent pour le premier, blanc et léger, et les hommes pour le second, rouge et costaud.

Paméla se retira assez tôt dans la soirée, mais non sans avoir exhorté ses amis à poursuivre la fête sans elle. C'est ce qu'ils firent pendant une heure au cours de laquelle l'ambiance devint plus feutrée, et le ton moins hilare, comme pour se préparer au sommeil qui viendrait facilement après avoir bien mangé, bien bu et bien ri.

8

Les mains gantées, Sophie remuait la terre sans rien perdre des riches effluves qui s'en dégageaient. Elle s'affairait à planter un troisième lit de glaïeuls tout en chantonnant. La floraison serait magnifique, elle en était certaine. Civita se ferait belle et accueillante pour la visite de tante Colette et de la cousine Lucie.

C'était officiellement le dernier jour du printemps, et Sophie se sentait portée par le beau temps et par la chance. Elle venait de décrocher un contrat avec un hebdomadaire pour une série de huit articles sur l'histoire de Fort Qu'Appelle. Le sujet l'enchantait, car l'endroit recelait un riche passé, et elle-même en avait encore beaucoup à apprendre sur son village, qui était à l'origine un poste de traite de la Compagnie de la Baie d'Hudson établi dans les années 1860. Certains sujets s'imposaient, tels la traite des fourrures, la signature du Traité 4 avec les bandes indiennes et l'arrivée de la Police à cheval du Nord-Ouest au 19e siècle, devenue la Gendarmerie royale du Canada, et Fort San, évidemment. Pour les autres, elle verrait. Des gens des quatre coins de la province collaboraient à ces cahiers spéciaux qui seraient encartés dans les numéros de juillet et d'août. La nouvelle pigiste s'enorgueillissait de ce premier contrat.

Accroupie dans sa platebande, elle avait les mains dans la terre noire et l'esprit occupé par ses articles lorsqu'une voix retentit derrière elle.

– C'est vrai qu'elle est revenue ?

Sophie laissa échapper un hoquet de surprise.

– Mon doux, vous êtes bien nerveuse, commenta Constance Dupré qui se tenait derrière Sophie, son sac à main sous le bras.

– Je ne suis pas nerveuse, j'étais concentrée.

– C'est vrai qu'elle est revenue ? répéta la vieille femme.

Sophie savait très bien à qui elle faisait allusion mais, irritée par le manque de manières de la Dupré, elle n'avait aucune envie de lui faciliter la tâche.

– Qui ça ? demanda-t-elle en repoussant une mèche de cheveux qui lui chatouillait l'œil. Ce faisant, son gant couvert de terre imprima une marque noire sur son front. Constance ne prit pas la peine de le lui signaler.

– Vous savez bien qui. La Goodman !

– Ah ! vous voulez dire Mme Goodman.

– *Pis*, c'est vrai ou pas ?

– Oui, elle est revenue, dit Sophie en retournant à ses bulbes.

Quelques secondes passèrent et Constance Dupré, qui était restée plantée là, finit par dire :

– Y a des gens qui disent qu'elle avait bu quand elle a eu son acci…

– Quoi ! ? s'écria Sophie en se retournant.

– C'est comme je vous dis, répliqua Constance, les lèvres pincées.

– Eh bien, vous direz à « ces gens » que c'est faux !

— Moi, vous savez, je ne les crois pas, mais ça jase…

— C'est faux, point à la ligne ! J'étais avec Paméla dans l'accident. Nous étions ensemble depuis deux jours quand c'est arrivé, et je sais qu'elle n'avait pas bu !

— Pourtant, il y a des gens bien informés qui disent qu'elle…

— C'est pas vrai !

— … qu'elle était soûle…

— Vieille menteuse ! dit Sophie en bondissant sur ses pieds. Elle n'avait rien bu !

— Il n'y a pas de fum…

— Elle n'avait pas bu !

— Pourtant…

— Elle n'avait pas bu ! Je le jure sur la tête de…

Sophie resta la bouche ouverte. Elle avait failli laisser échapper le mot effacé de son vocabulaire, le mot qui ne s'appliquait plus à elle, le mot qui faisait si mal : « mon fils ». Happée par la surprise de la douleur subitement ravivée, ses paupières se crispèrent, tentant vainement d'opposer une barrière aux larmes. Lentement, dans un mouvement de haut-le-cœur, Sophie se détourna de l'intruse. La voix de la Dupré se perdait au loin alors que résonnait en elle ce mot qui lacérait ses entrailles : « mon fils, mon fils, mon fils ! » Renversant la tête en arrière pour combattre un étourdissement, elle sentit le soleil de midi lui enflammer les joues. Elle serra les lèvres pour ne pas hurler tandis que la vieille femme continuait de jacasser.

— Elle était encore soûle de la veille, à ce qu'il paraît.

Sans se retourner, Sophie dit tout bas :

— Allez-vous-en.

L'indésirable ne bougea pas.

– Allez-vous-en ! Sortez de ma cour !

Elle ne perçut pas le mouvement qui l'aurait soulagée.

– Allez-vous-en. Sortez de ma cour, sinon...

Constance se décida enfin à quitter les lieux, non sans ajouter une dernière remarque.

– Pas besoin de me menacer. J'en parlerai pas à la police.

En un éclair, Sophie se retourna, le visage rougi et les yeux exorbités.

– Dehors ! hurla-t-elle en indiquant la sortie.

Constance finit par déguerpir.

Sophie se laissa choir sur le gazon.

– Mon fils, gémit-elle en se recroquevillant.

Un pique-nique en famille. Le premier de la saison. C'était arrivé six ans auparavant. Un repas léger. Puis on se laisse engourdir par le sommeil à l'ombre d'un saule, au bord d'un ruisseau. Un bambin soustrait à l'attention de ses parents. Et enfin, le réveil. Le réveil qui tue. Philippe était trop petit pour dominer la force du courant d'un ruisseau au printemps. Il n'avait pas trois ans.

Cette image du petit corps submergé revenait à nouveau la torturer. Dans les semaines qui avaient suivi la mort de leur enfant, Sophie et Émile avaient ployé un peu plus chaque jour sous l'atroce douleur et la culpabilité. Ils s'étaient accrochés l'un à l'autre, comme deux vaisseaux en pleine tempête se préservant mutuellement du naufrage par la seule force de l'inertie. La tragédie aurait pu disloquer leur couple. Elle l'avait au contraire soudé. Ils s'en étaient sortis à deux. Et deux ils avaient décidé de rester. Plus jamais ils ne seraient trois.

Les larmes coulaient sur le visage de Sophie telle l'eau du ruisseau qui lui avait ravi son enfant. Comment pouvait-elle n'avoir eu aucune pensée pour lui depuis tant de jours ? *Black-out* depuis les funérailles de Vivianne Komar. Elle fouilla sa mémoire et n'y trouva aucun souvenir d'une pensée pour Philippe depuis… Ah, si ! Après l'accident. Alors qu'elle déambulait en travers de la route, hagarde, entre Paméla et les corps des motocyclistes. Elle avait eu une pensée pour son Philippe et pour les parents des jeunes étendus, morts, sur l'asphalte. Ses sanglots entrecoupés de hoquets redoublèrent.

Ce soir-là, Sophie alla se coucher sans même attendre le retour d'Émile qui s'était rendu directement de l'hôpital à l'assemblée du conseil municipal. Elle n'avait aucune intention de lui raconter l'incident de la Dupré et, son visage trahissant sa crise de larmes, elle préférait éviter son regard.

***

Le lendemain, à l'aube, le village fut réveillé par un coup de tonnerre qui annonçait avec fracas l'arrivée de l'été. La saison estivale s'installait en grande pompe. Les arbres affichaient des feuilles matures auxquelles se frottait le vent incessant de la vallée. Les fleurs du pommier avaient fait place à de minuscules fruits pleins de promesses. Un parfum de lilas persistait dans la cour, même si seules quelques rares grappes subsistaient.

Sophie monta dans son bureau dès le départ d'Émile pour l'hôpital en début de matinée. Sa détresse de la veille avait fait place à l'excitation quand son mari lui avait rendu la boîte contenant les cahiers d'Emily, forcé d'admettre qu'il n'avait pas le temps de les lire. Son coffre aux trésors lui était redonné. Alors qu'elle sortait les cahiers un à un pour s'assurer qu'il n'en manquait aucun, deux photographies glissèrent de l'un d'eux et atterrirent sur ses genoux. Sophie les reconnut pour en avoir vu des reproductions dans différents ouvrages publiés sur le grand-père d'Émile et sur Fort San. Voilà qu'elle découvrait les photos originales.

La première représentait un jeune homme séduisant aux yeux vifs et rieurs que l'on devinait être bruns sur le cliché en noir et blanc. D'épais sourcils arqués intensifiaient l'assurance de son regard. Le nez était droit, parfait. La bouche était magnifiquement dessinée, avec une lèvre supérieure bien charnue qui invitait les baisers. « Comme celle d'Émile », se dit Sophie. Le sujet portait une chemise dont le col haut et droit semblait bien empesé. La cravate de couleur claire ressemblait à de la soie. Sur les épaules de sa veste sombre, une bande de fourrure témoignait du caractère solennel de l'occasion.

– Appelez-moi Dr Murray, dit Sophie en retournant la photo.

Au verso se trouvait une inscription manuscrite, à l'encre brunie :

Dr A. Murray, mai 1912.

Elle remit la photographie dans le cahier et saisit l'autre cliché. Celui-là portait une inscription au recto :

Chef Muskeke-O-Kemacan. Le grand médecin blanc.

Andrew Murray avait été fait chef indien honoraire par les représentants des bandes autochtones de la vallée Qu'Appelle en reconnaissance de l'aide apportée à leurs peuples. Sur cette photo, le médecin affichait une joue plus basse et des lèvres amincies par le temps. Coiffé d'une magnifique parure de guerre, il était entouré des chefs des trois tribus qui l'avaient honoré en 1935 : les Pasqua, les Piapot et les Muscowpetung.

Sophie ouvrit le cahier au hasard pour y glisser la photo lorsqu'un paragraphe attira son attention.

On n'oublie pas sa première crise de jalousie. La mienne s'est produite quand j'ai été exclue du lit de Juliette. Cet été-là, je ne pouvais plus aller la rejoindre au milieu de la nuit parce que Katherine dormait avec elle.

– C'est qui ça, Katherine ?

Sophie tourna la page pour remonter au début de l'entrée qui n'était pas datée.

Je sais peu de choses sur Katherine Willie, si ce n'est qu'elle était très amie avec Juliette. Elle a passé un été chez nous quand j'étais petite, et je ne l'ai jamais revue par la suite.

Elle avait abouti à Fort San parce que son père, un ministre, était parti faire une tournée de conférences aux États-Unis pour parler de la lutte contre la tuberculose en Saskatchewan. Sa femme l'avait accompagné, et mes parents avaient accepté de garder Katherine. Je ne sais pas qui en avait eu l'idée, mais Katherine a passé l'été à Fort San. Je me souviens fort bien de cet été-là.

On n'oublie pas sa première crise de jalousie...

Sophie sauta au paragraphe suivant.

Elle m'avait volé ma grande sœur. Katherine et Juliette étaient toujours ensemble, et moi j'étais laissée-pour-compte. J'étais devenue une petite sœur encombrante. Pour me venger, j'ai avalé une pièce du grand casse-tête qu'elles faisaient le soir sur la table de la salle à manger. Je jubilais lorsqu'elles sont arrivées à la fin pour constater que leur Madone était borgne. Ce que j'ai pu être mesquine !

— Sacrée Emily ! dit Sophie en refermant le cahier.

Il était plus que temps qu'elle se mette au travail. Pourtant, elle resta immobile un instant puis rouvrit le cahier.

C'est ainsi qu'elle apprit que de nombreux pilotes européens de la *Royal Air Force* avaient été admis à Fort San durant la Seconde Guerre mondiale. Ces jeunes hommes venaient principalement de Grande-Bretagne pour suivre leur entraînement à différents endroits de la province, dont Swift Current, Weyburn et Moose Jaw. Anthony, le compagnon d'Emily, avait été l'un d'eux. Comme il était décédé vingt-cinq ans auparavant, Sophie ne l'avait pas connu. Emily racontait qu'Anthony et plusieurs de ses camarades d'infortune admis au sanatorium écrivaient à leur famille et à leur fiancée qu'ils étaient « en mission » à Fort San, dissimulant leur maladie pour ne pas les inquiéter.

Au fil des pages, Sophie apprit également que Fort San avait sa propre station de radio dirigée par les malades.

La sonnerie du téléphone l'arracha au passé. C'était Paméla qui appelait pour se plaindre que Sophie la négligeait. Sa convalescence se passait bien, mais elle s'ennuyait. Elle avait rendez-vous avec l'orthopédiste à l'hôpital Pasqua à la fin de la semaine. Carla s'occupait de la boutique. Bernard craignait qu'elle ne puisse plus faire de poterie à cause de ses fractures aux doigts, mais elle n'avait aucune inquiétude. Si elle ne faisait plus de poterie, elle ferait autre chose.

Au terme de la conversation téléphonique, Sophie referma le journal d'Emily et se mit au travail. Elle ressortait vivifiée de sa visite à Fort San, en passant par Paris, et se sentait d'attaque pour entreprendre sa série d'articles sur l'histoire de Fort Qu'Appelle.

***

Trois couples de libellules volaient au milieu de la cour, formant tantôt un cercle, tantôt un rectangle, tantôt une étoile, tel un véritable tableau vivant. Ce ballet aérien, qui se déroulait dans la cour des Goodman, égayait le ciel d'été en ce milieu de soirée.

Depuis plusieurs minutes, Paméla et Sophie, étendues sur des chaises longues, observaient ce gracieux spectacle qui soulignait le premier juillet pendant que Bernard et Émile s'affairaient à ranger la cuisine. Sophie manquait d'entrain malgré le beau temps, la bonne compagnie et le délicieux repas qu'ils venaient de prendre. Elle était triste, car elle se remémorait une certaine célébration du premier juillet avec le petit Philippe. Une voix lointaine la tira de sa rêverie qui l'avait ramenée devant un grand feu de joie sur la plage du lac Écho, sept ans plus tôt.

— Tu ne trouves pas ?

– Hein ? fit Sophie.

– Tu ne m'écoutes pas ! se lamenta Paméla dont le visage ressemblait de moins en moins à celui d'un boxeur après un combat.

– Pardon. Je rêvassais.

– À quoi ?

– Oh, rien…

– Pendant que Madame rêvassait, je lui disais que je trouvais ça dommage qu'on ne puisse pas voler.

– Prends l'avion, si tu veux voler.

– Ah, Sophie ! Je ne parle pas de voler avec une machine, je parle de voler comme les libellules, comme les oiseaux. La mécanique, ça me fait peur. J'aurais plus confiance en une bonne paire d'ailes accrochées dans le dos. As-tu déjà vu un oiseau *crasher*, toi ? demanda-t-elle en allumant une cigarette.

Question rhétorique. Paméla poursuivit.

– Pas de feu dans le câblage, pas d'incendie dans les moteurs…

– Non, juste toi, l'oiseau, dans le moteur de l'avion, dit Sophie.

– … pas de détournement par des pirates de l'air armés et dangereux, pas d'obligation d'être cordés comme des sardines à respirer le même air vicié, pas de malchance d'être à la merci d'un pilote qui s'est peut-être soûlé la veille, pas de turbulence…

– De quoi vous parlez ? demanda Bernard en sortant de la maison en compagnie d'Émile.

– Je veux voler !

– Qu'est-ce que tu veux voler, mon bizou ?

– Pas voler des choses, nono, voler dans les airs.

– Et pourquoi voudrais-tu voler ? demanda Émile.

– Je pourrais aller en Italie.

– Pour ça, il faut prendre l'avion, ma cocotte, dit Bernard.

– Ça, elle le sait, glissa Sophie.

– Fichez-moi la paix avec vos avions. Si je pouvais voler…

– Tu aurais de la misère au décollage et à l'atterrissage avec ton genou en compote, l'interrompit Bernard en bifurquant derrière la remise pour aller chercher du bois.

Émile allait le suivre pour lui donner un coup de main, mais il demanda d'abord :

– Au fait, que dit l'orthopédiste ?

– Il recommande une reconstruction du genou avec garantie de récupération quasi totale, mais j'ai refusé.

Émile fut surpris de sa décision, mais n'en souffla mot. Il alla rejoindre Bernard.

– Tu es certaine que tu ne veux pas la chirurgie ? demanda Sophie.

– Tu vois Sophie, c'est la nouvelle Paméla. Avant je marchais droit, maintenant je boite. Mais je suis en vie, tu comprends ? Je suis vi-van-te ! Alors, je m'en fous de boiter. D'accord, je ne pourrai plus courir après les jeunes artistes dans les expos et les festivals. Et puis après ? Je les laisserai venir à moi. Laissez venir à moi les jeunes artistes, dit-elle en tendant les bras vers le ciel.

Cette dernière remarque laissa Sophie perplexe. Son amie était-elle en train de lui dire qu'elle était une croqueuse de jeunes hommes à ses heures ? Elle lui posa directement la question.

– Tu cours après d'autres hommes ?

– Des artistes, ma chère, que des artistes, répondit candidement Paméla.

Sophie resta bouche bée.

– Je n'ai jamais fait de vélo et aucunement l'intention de m'y mettre, enchaîna Paméla. Je ne marche pas pour aller au magasin du coin, je travaille avec un tour électrique, alors qu'est-ce que ça peut bien faire ?

– Quoi ? demanda Bernard en revenant les bras chargés de bûches qu'il déposa à côté du foyer.

– Que je boite. Qu'est-ce que ça peut bien faire que je boite ?

– C'est ton choix mon trésor, répondit Bernard en faisant une boule de papier journal pour allumer le feu.

– C'est ton choix, mais si tu ne fais rien, ça risque d'empirer avec le temps, dit Émile en revenant, lui aussi, les bras chargés de bûches.

– Merci pour votre avis, docteur.

– L'orthopédiste lui a dit tout ça, Émile, intervint Bernard.

– J'accepte ma condition en reconnaissance d'être encore en vie. C'est un bien petit prix à payer.

– C'est une façon de voir les choses, dit Émile.

Il se tourna vers Sophie, muette, qui fixait Paméla.

– Tu es bien tranquille, toi, dit-il.

Sophie était perdue dans ses pensées, regardant alternativement Paméla et Bernard.

– Bernard, sors ta guitare et chante-nous quelque chose, lança Paméla.

– Voyons Pam. Je n'ai pas de guitare ! ?

– Tu devrais en avoir une.

– Même si j'en avais une, je ne saurais pas en jouer.

– Tu devrais apprendre.

– Mais qu'est-ce qui te prend ? demanda-t-il en se tournant vers sa femme. Veux-tu que j'apprenne à danser aussi ?

– Ce n'est pas nécessaire parce qu'avec mon genou, je ne pourrais pas te suivre. Mais je pourrais t'écouter chanter, faire ton *back vocal*.

– Je ne sais même pas chanter. C'est un nouveau mari que ça te prendrait.

– Non mon bijou, jamais je ne t'échangerais. Pour moi le bonheur, c'est de désirer encore ce qu'on a et, toi, ça fait longtemps que je t'ai et je continue de te désirer. Viens ici, viens m'embrasser, dit-elle en tendant les bras.

Sophie n'avait rien manqué de l'échange. Ce mélange d'amour et de duplicité la rendait inconfortable. « Au fond, se dit-elle, à chacun son bonheur. » Elle posa sur Émile un regard empreint de désarroi qui incita ce dernier à venir s'allonger contre elle sur la chaise longue. Bernard fit de même à côté de Paméla. Tous les regards étaient maintenant tournés vers le feu qui prenait de plus en plus de vigueur.

À défaut de chanter, Bernard raconta un fait cocasse, véridique selon ses dires, qui s'était produit la journée même.

– On a attendu vingt minutes avant que la serveuse vienne nous voir, et une demi-heure de plus avant qu'elle nous apporte nos plats et nos ustensiles. Carla avait commandé un croque-monsieur avec une soupe, mais la serveuse lui a apporté une salade à la place de la soupe. La petite lui a mentionné qu'il y avait une erreur, mais que c'était correct, qu'elle mangerait la salade. La serveuse a dit : « Non, non, je vais vous apporter une soupe. » Carla a répété : « Non, je vais garder la salade. » Et l'autre de répliquer : « Non, je vais vous la changer pour une soupe. » « Non, ça va. » Là, la serveuse lui a garroché ses ustensiles en criant : « Mangez-la votre maudite salade ! » Vous auriez dû lui voir la face. Elle avait les nerfs du cou sortis. Carla s'est levée, et moi je l'ai suivie. On a traversé la rue et on est allés manger un sous-marin en face. Non mais, il faut le faire, travailler avec le public et avoir des réactions pareilles ! Elle n'a pas dû baiser depuis un bon bout de temps celle-là !

— Ou peut-être qu'elle venait d'apprendre que son enfant a la leucémie, laissa tomber Paméla.

Silence dans la cour. D'où venait cette remarque ? Avant l'accident, Paméla aurait ri en entendant la conclusion de Bernard. Elle aurait même probablement ajouté quelque chose du genre : « Toi qui es si serviable, tu aurais dû lui offrir tes services. »

— Pam a raison, dit Sophie, tout bas.

— Il y a toujours une explication aux comportements des gens, ajouta Émile.

— C'est exactement ça que je voulais dire, se défendit Bernard, le regard plongé dans les flammes. Je sais que la serveuse n'avait rien contre Carla, même si c'est elle qui a pris la merde.

— La vie nous fait parfois réagir de drôles de façons, renchérit Paméla. Et bien souvent, on se fait de la bile pour pas grand-chose.

Bernard ajouta une bûche dans le foyer. La chaleur du feu était bonne et éloignait les moustiques, nombreux et voraces.

— C'est comme pour toi, Émile. Ça change quoi à ta vie que ton père ait été adopté ? demanda Paméla.

La surprise s'imprima sur le visage d'Émile qui n'avait pas souvenir de lui avoir divulgué cette information.

— Oups ! ma remarque était mal à propos, se reprit Paméla. Désolée.

Une fois ressaisi, Émile répondit :

— Ça ne change rien à ma vie puisque mon père est bien le fils de mon grand-père.

— Explique-toi, dit Bernard.

— Mes chers amis, mon père est le fruit d'un adultère, lança-t-il allègrement.

— Bon, répliqua Paméla. Ça, ça fait une belle histoire à raconter à ses petits-enfants.

Émile serra Sophie un peu plus fort, et Bernard jeta un regard oblique à sa femme.

— Oups ! Moi et ma grande trappe. Je dois apprendre à me taire des fois. Je m'excuse.

— Qu'est-ce que tu veux dire ? demanda Bernard à l'intention d'Émile.

— Ça dit ce que ça veut dire. Mon père est né d'un adultère. Il paraît que mon grand-père aurait eu une aventure avec une patiente...

— Ah oui ? Sais-tu qui c'était ?

— Non. Mon père ne le sait pas. Comme il dit, dans ce temps-là, on ne parlait pas de ces choses-là. Sa mère est morte de complications après l'accouchement, et mes grands-parents l'ont adopté.

— On peut dire que ta grand-mère était plutôt bonasse d'accepter ça..., dit Bernard.

— Ou on pourrait dire qu'elle a fait preuve de beaucoup de grandeur d'âme, de rétorquer Paméla.

— Moi, je pense comme Paméla, renchérit Émile.

— Je ne crois pas que j'aurais été capable d'en faire autant, intervint Sophie.

— Moi, sincèrement, je crois que oui, dit Paméla.

– J'aurais bien voulu te voir arriver enceinte d'un autre homme, lança Bernard, à la blague.

– C'est peut-être arrivé et tu ne le sais pas, mon beau Bernard...

Il resta bouche bée alors que Sophie et Émile pouffèrent de rire.

Émile se leva en disant :

– Je crois que nous allons vous laisser débattre de la légitimité de vos enfants entre vous.

– Oui, conclut Sophie en se levant à son tour. N'oublie pas, mon Bernard, que la paternité est un acte de foi.

– Ne partez pas tout de suite, s'écria Paméla. Elles sont légitimes. Elles sont toutes légitimes nos filles, Bernard... sauf peut-être...

Bernard la toisa.

– Je blague, mon bijou. Elles sont toutes de toi, Goodman à cent pour cent.

– Allez, on rentre. Bonne nuit les amoureux, dit Émile en se penchant pour embrasser Paméla.

Il se redressa et serra la main de Bernard. Les deux femmes se firent la bise.

– Hé ! en passant, vous ne sauriez pas ce qui est arrivé à Shelley, par hasard ? demanda Paméla.

– Shelley qui ? s'enquit machinalement Émile.

– Shelley, ma vache. Ma sculpture de Joe Fafard.

– Non. Pourquoi nous demandes-tu ça ? interrogea Sophie.

– Elle a disparu.

– Ah oui ? fit Émile.

– Je te l'ai dit Pam, intervint Bernard. Elle s'ennuyait trop de toi et elle est partie te rejoindre au Montana.

Au même instant, une forte détonation attira tous les regards en direction du lac où de fiers Canadiens célébraient le premier juillet au moyen d'un feu d'artifice.

9

Sophie se hâtait de transcrire quelques pages du journal d'Emily avant d'aller accueillir les parentes d'Émile à l'aérogare de Regina.

Au début, on habitait la maison sur la colline, derrière le sanatorium. C'est là que la plupart de mes sœurs et moi sommes nées.

« La maison sur la colline », songea tristement Sophie en faisant une pause. Abandonnée depuis des années, l'ancienne résidence du Dr Murray avait été la cible de vandales qui en avaient cassé les fenêtres, défoncé les portes, arraché les boiseries et avaient même tenté d'y mettre le feu. Émile avait bien essayé d'obtenir des fonds pour préserver l'immeuble, mais ses requêtes étaient restées lettre morte.

À cette époque, mes parents nous faisaient dormir sur la véranda, beau temps, mauvais temps. Cette grande galerie toute vitrée donnait plein sud, offrant une vue spectaculaire du lac Écho. Mes parents nous rentraient à l'intérieur seulement lorsque le froid devenait sibérien. Papa avait emprunté cette pratique au traitement des tuberculeux.

« Si des parents s'avisaient de faire ça de nos jours, ils seraient dénoncés aux autorités », se dit Sophie en tournant la page.

Pour nous garder au chaud, mes parents utilisaient des bouillottes en terre cuite qu'ils plaçaient au pied des lits, comme au sanatorium. Aussi, nos lits étaient hivernisés avec du papier goudronné, comme celui dont on recouvre les murs extérieurs des maisons. Je ne me souviens pas avoir eu froid. Il faut dire que j'étais bien jeune. Tout ce dont je me rappelle, c'est d'avoir été emmaillotée dans d'épaisses couvertures de laine de la Compagnie de la Baie d'Hudson.

C'est au début des années 30 que nous avons déménagé dans une maison plus spacieuse, de l'autre côté de Fort San, une grande demeure de style Tudor que ma famille habite toujours.

Sophie avait visité cette maison qui abritait maintenant le carré des officiers responsables du corps des cadets de la marine canadienne, principal locataire de l'ancien sanatorium.

Elle consulta sa montre. Il était temps pour elle d'aller réveiller Émile s'ils ne voulaient pas rater l'arrivée de Colette et de Lucie.

***

— J'vous avais dit de pas apporter vos bâtons de golf ! dit aigrement Lucie, appuyée contre la voiture, une cigarette accrochée aux lèvres.

— Veux-tu bien te mêler de tes affaires ? Émile va trouver de la place, répondit Colette à sa fille.

Depuis cinq minutes, Émile se débattait avec les bagages pour tenter de loger le sac de golf de sa tante dans le coffre de la voiture.

– Quelle idée aussi d'apporter ses bâtons de golf, railla Lucie.

– On va trouver de la place, affirma Émile, qui commençait à s'impatienter.

– Ça fait trente ans que je joue au golf tous les mardis, et c'est pas maintenant que je vais m'arrêter, dit fermement Colette.

– Peut-être, mais vous aviez pas besoin d'apporter vos bâtons ! Vous auriez pu en *emprêter*, rétorqua Lucie en pompant sur sa cigarette.

– Louer des bâtons… pfft ! On voit bien que tu n'es pas une golfeuse. Des bâtons de golf, c'est comme un homme : ça ne s'emprunte pas !

Témoin de cette scène, Sophie avait des sentiments partagés : à la fois amusée de voir la mère et la fille s'asticoter, et découragée à l'idée qu'elle devrait les supporter pendant deux semaines.

Colette et Lucie n'avaient aucun air de famille. La mère, droite et robuste, était dotée d'une chevelure blonde coiffée avec soin et de grands yeux bleus rieurs. Son teint rosé semblait remarquablement lisse pour son âge. Quant à Lucie, elle présentait une tête aux cheveux droits d'une couleur rougeâtre qui rappelait celle du thé. Son visage osseux au teint basané était percé de deux petits yeux bruns et de minces lèvres entourées de profonds sillons.

Après de longs efforts, Émile parvint à caser le sac de golf rose gomme de sa tante et se déclara prêt à partir.

– Bon. Tu vois ? Il n'y avait pas de quoi s'énerver, dit Colette à l'intention de sa fille.

– Ben oui. Vous l'avez juste fait forcer pendant une demi-heure.

– Il faut toujours que tu exagères, rétorqua Colette en se dirigeant vers Émile qui tenait la portière ouverte pour elle.

Au passage, elle lui souffla à l'oreille :

– C'est elle qu'on aurait dû mettre dans la valise.

Émile sourit, heureux de constater que l'âge n'avait pas altéré le sens de l'humour de sa tante. Il prit place derrière le volant, attacha sa ceinture de sécurité et remarqua le regard oblique que lui jetait Sophie, assise à côté de lui. Ses yeux criaient au secours.

– Avez-vous mangé ? demanda Émile aux passagères assises à l'arrière.

– Oui, répondit Colette. Ils nous ont servi le petit-déjeuner dans l'avion. C'était bon.

– C'était bon, pouffa Lucie. Pfft ! Un p'tit pain congelé, une omelette en *rubber, pis* du café pas buvable.

– Moi, j'ai trouvé ça bon.

– Ben oui. Vous, vous mangeriez n'importe quoi.

Voulant mettre un terme au duel culinaire qui s'annonçait, Sophie tenta de changer de sujet.

– Êtes-vous déjà venue en Saskatchewan, Lucie ?

– Dis-moi « tu ». Ma *mére* dit que oui, mais moi, j'm'en souviens pas.

– Tu es déjà venue Lucie, reprit sa mère. Tu avais dix ans. On était…

– J'm'en souviens pas ! Qu'est-ce que vous voulez que je vous dise ?

Colette tourna la tête vers la fenêtre pour contempler le paysage de son enfance. Il y avait près de soixante ans qu'elle avait quitté les Prairies pour suivre son mari dans le nord-ouest du Québec.

– Est-ce qu'on peut s'arrêter au cimetière en arrivant à Fort Qu'Appelle ? demanda Colette en posant une main aux ongles manucurés sur l'épaule d'Émile.

– Certainement, ma tante. C'est vous le chef. Vous me dites ce que vous voulez faire et…

– Dis-y pas ça, elle va charrier ! interrompit Lucie. Ça vous dérange pas si je fume ? demanda-t-elle en sortant son paquet de cigarettes de son sac à main.

– Pas dans la voiture ! dirent en chœur Émile et Sophie.

– Ce serait le bon temps pour arrêter, Lucie, suggéra Colette.

– Déjà que j'ai pas pu fumer dans l'avion… grogna Lucie en remettant le paquet dans son sac.

Durant tout le trajet jusqu'à Fort Qu'Appelle, dès que Colette ou Lucie ouvrait la bouche, l'autre la rabrouait, tel un vieux couple mal assorti. La visite au cimetière offrit un moment de répit.

Le cimetière Lakeview portait bien son nom. Juché en bordure de la vallée, il offrait le plus beau panorama du lac Écho et de Fort Qu'Appelle. Ses occupants n'auraient pu être plus près du ciel. Le petit Philippe était l'un d'eux. Sophie s'était rendue sur sa tombe quelques jours auparavant et en avait profité pour chercher celles d'Anna et du bébé mort-né des Murray. Elle avait trouvé une petite sépulture dans la partie la plus ancienne du cimetière. Il s'agissait de celle d'Anna, à laquelle deux inscriptions avaient été ajoutées : Andrew 1929 et Juliette 1915-1940, bien que de Juliette il n'y eut pas de dépouille.

Comme le retour à ses racines la ramenait inévitablement vers ses disparus, Colette saluait les siens, encadrée de Sophie et d'Émile, alors que Lucie suivait de loin en exhalant de longues traînées de fumée. Au détour d'une allée, Émile remarqua des fleurs sur la tombe de Philippe. Sophie ne lui avait pas mentionné sa visite. Le pèlerinage se termina devant la sépulture du jeune enfant.

Avant de remonter dans la voiture, Colette se rendit au bord de la falaise, là où la terre s'ouvrait pour faire place à la vallée. Elle s'immobilisa au pied de la tombe du capitaine French, tué à Batoche durant la rébellion des Métis en 1885. De là, elle contempla le berceau de son enfance.

***

Colette se dit ravie de s'installer dans le solarium transformé en chambre d'invitée pour l'occasion. Ses hôtes avaient voulu lui éviter d'avoir à monter le grand escalier, bien que cela ne l'eût nullement gênée. Par contre, Lucie ne cacha pas son mécontentement de se voir attribuer la chambre du troisième niveau.

– Ça fait combien de marches ?

– Trente-quatre, dit Sophie.

– Cibole, c'est ben grand chez vous ! Vous avez pas peur de vous perdre ?

– Avez-vous des chats, des chiens ? demanda Colette.

– J'ai bien peur que non, répondit Émile comme s'il devait s'en excuser.

– C'est dommage parce que j'aime bien dormir avec un animal.

– Ça lui rappelle mon *pére*, dit Lucie.

– Tu as raison. Ton père, c'était une vraie bête au lit.

Et vlan !

– Bon, ben. J'vas monter mes bagages dans mon perchoir.

– Je vais t'aider, dit Émile.

Lucie s'empara prestement de sa valise.

– C'est correct. Chus pas invalide.

Comme tout hôte qui se respecte, Émile ou Sophie aurait dû conduire leur invitée à sa chambre, mais ni l'un ni l'autre n'en avait le désir, ni le courage. Émile se contenta de dire :

– Tu ne peux pas te tromper, c'est la première porte à gauche.

Tous trois regardèrent Lucie gravir l'escalier dans son pantalon fuseau qui soulignait toute sa maigreur. Ils pouvaient voir les petits muscles tendus de ses longs bras décharnés que son chemisier sans manches révélait sans pudeur. Lorsqu'elle disparut au tournant du premier étage, Émile dit :

– Ce n'est pas sain d'être aussi maigre. Est-ce qu'elle est malade ?

– Ne t'inquiète pas pour elle. Le bonheur, c'est mauvais pour la ligne, alors elle s'en tient loin.

– Mais pas vous ma tante, de répondre Émile avec un sourire, pour se rendre compte aussitôt que ce qu'il venait de dire pouvait être mal interprété.

– C'est ça ! Traite-moi donc de grosse ! rétorqua Colette d'un air faussement offusqué.

– Non, non, non ! Je veux dire que vous avez l'air bien.

– Allez, pédale mon Émile, le taquina Sophie. Ne vous en faites pas tante Colette. L'autre jour, il est arrivé dans la cuisine, il m'a prise dans ses bras, m'a embrassée…

– Sophie !

– Il m'a embrassée, dis-je, et m'a déclaré : « Tu es très belle. » Ensuite il s'est retourné…

– Sophie ! beugla Émile.

– Il s'est retourné, continua-t-elle impitoyable, et a dit : « J'ai besoin de mes lunettes. As-tu vu mes lunettes ? »

Colette rit de bon cœur et conclut, en prenant la main de son neveu entre les siennes :

– Tu n'es pas doué pour faire des compliments.

– Au moins, j'essaie, répliqua-t-il, l'air penaud.

***

Les voyageuses déclinèrent l'offre d'un repas, préférant se restaurer en faisant la sieste. Émile décida de faire de même, question de reprendre un peu de sommeil perdu. Finalement, il ne reprit rien du tout, car Sophie l'ayant rejoint, il ne put résister à son corps souple et chaud blotti contre le sien.

Lorsqu'ils descendirent, une heure plus tard, ils trouvèrent Lucie assise à la table de la cuisine au milieu d'un nuage de fumée. Une cigarette coincée entre les lèvres, elle avait devant elle une canette de cola, un paquet de cigarettes et une soucoupe de porcelaine fine en guise de cendrier. Deux mégots s'y trouvaient déjà.

– J'ai pas trouvé le café, se plaignit la cousine en exhalant une bouffée de cigarette.

– Tu peux fumer dans ta chambre, dit Émile, mais on te demande de ne pas fumer dans le reste de la maison.

Sophie substitua le cendrier à la soucoupe de porcelaine.

– C'est un cendrier, ça ? s'enquit Lucie en voyant la pièce de poterie fabriquée par Paméla.

– Oui, fit sèchement Sophie.

– Tu peux l'apporter dans ta chambre, réitéra Émile.

– J'vas pas passer deux semaines dans ma chambre, c'est certain ! Y a même pas de *tévé*.

– Tu peux toujours fumer dehors. C'est l'été, dit Émile.

– Ouach ! Les bebites, les maringouins…

Sophie fulminait.

– Où est ma tante ? demanda Émile.

– Partie prendre une marche.

Lucie prit une longue bouffée de cigarette puis répéta :

– J'ai pas trouvé le café.

– Il est ici, dit Émile en sortant un bocal de café en grains du garde-manger.

– Je bois pas ça.

– Ce n'est pas ta marque ? questionna Émile.

– Je bois juste de *l'instant*. Avec du lait *Carnation*

Sophie n'en pouvait plus. Elle lança :

– Éteignez votre cigarette ou allez fumer dehors.

– J't'ai dit de m'dire « tu », rétorqua Lucie.

Sophie sortit rageusement de la cuisine. Émile s'approcha de Lucie et dit avec fermeté :

– Tu peux fumer dans ta chambre ou dehors. Point à la ligne. Compris ?

Il se sentit comme un père en train de gronder une adolescente. C'était ridicule.

Lucie éteignit sa cigarette, ramassa son attirail et monta dans sa chambre. Sophie revint immédiatement dans la cuisine et ouvrit portes et fenêtres pour aérer la pièce.

Colette arriva sur l'entrefaite.

– Si elle pouvait se décider à arrêter de fumer celle-là, soupira-t-elle, essoufflée par sa marche rapide.

L'octogénaire portait un survêtement de sport rose et blanc. Le vent l'avait décoiffée, mais elle conservait tout son charme.

– De tous mes enfants, c'est la seule qui fume, dit Colette en s'asseyant sur la chaise qu'occupait sa fille une minute plus tôt.

Émile s'assit en face d'elle.

– C'est aussi la seule qui est insupportable, poursuivit Colette. Je ne sais pas ce qu'on avait mangé quand on l'a faite...

– Comment pouvez-vous vivre avec elle ? demanda Sophie.

– Franchement, je me le demande. Des fois, je me dis que je devrais partir, m'acheter un condo et vivre toute seule. Je serais bien mieux.

– Pourquoi vous ne le faites pas ? questionna Émile à son tour.

– Je ne sais pas. Je pense que je reste pour elle plus que pour moi. Si je partais, elle serait complètement seule.

– Mais elle a un mari, des enfants, dit Émile.

– Oui, mais les enfants sont partis de la maison et ne viennent pas souvent. Son mari, lui, il s'arrange pour être là le moins souvent possible.

– Ça ne marche pas entre eux ? interrogea Sophie.

– Tu lui as vu l'air ? rétorqua Colette. Est-ce qu'elle a l'air d'une femme heureuse en ménage ? Non. Ils partagent la même maison, le même compte de banque, les mêmes enfants, mais ça s'arrête là.

– Comment faites-vous pour l'endurer ? demanda Émile.

– Oh ! Moi, tu sais, j'ai ma vie. J'ai mon golf, je fais encore du bénévolat à l'hôpital, je m'occupe du jardin, je lis, je fais de la broderie, je voyage, je sors beaucoup.

– Parlant de sortir, il faudrait qu'on se prépare, dit Sophie. Ils nous attendent à la ferme à quatre heures.

Colette bondit sur ses pieds en s'exclamant :

– J'ai hâte de revoir mon p'tit frère !

***

Les croassements des corneilles perchées dans le boisé derrière Civita réveillèrent Sophie. Il était six heures quinze. Elle écouta la respiration d'Émile, profonde et régulière.

Tout doucement, sans faire bouger le lit, elle se leva. Le plancher froid craqua sous ses pieds nus. Elle enfila un long *t-shirt* et fouilla dans le tiroir de la commode pour trouver un slip qu'elle mit en se tenant en équilibre sur une jambe, puis sur l'autre, tel un grand échassier. Une fois habillée, elle fit quelques pas vers la fenêtre de la tourelle et écarta les rideaux. Le temps était maussade.

Aujourd'hui Émile devait emmener Colette et Lucie visiter le musée de la GRC, « la police montée », comme disait Lucie. Ensuite, ils iraient faire un tour dans les magasins avant d'aller tenter leur chance au casino. Un souper était prévu à l'hôtel Saskatchewan. Sophie les y rejoindrait en compagnie de son beau-père et de Grant Morrison. Demain, ils iraient jouer une ronde de golf.

Sophie descendit sur la pointe des pieds. Elle s'était exclue des activités de la journée, car elle devait livrer son premier article dans deux jours et elle était loin d'avoir terminé. Elle prendrait tout de même le temps de rendre visite à Paméla qui lui avait téléphoné la veille pour se plaindre encore une fois qu'elle la négligeait.

Un magazine sous le bras et une tasse de café à la main, elle ouvrit la porte de la cuisine donnant sur la cour. La douce odeur du gazon mouillé lui remplit les narines, et le volume du concert des corneilles augmenta. Elle prit une grande inspiration en levant le visage vers le ciel, les yeux fermés, et s'imprégna de la fraîcheur du matin. Un moment béni de solitude. Treize jours encore avant de retrouver la paix et l'intimité. Treize jours qui seraient bien remplis. Sophie appréciait la compagnie de Colette qui lui rappelait tant Emily. Par contre, elle se serait bien passée de Lucie. Pourvu que cette dernière ne se lève pas trop tôt.

Elle tira une chaise, s'assit et déposa son magazine sur la table. Elle s'apprêtait à prendre une gorgée de café quand un retentissant « Bonjour ! » la fit sursauter. Elle renversa du café brûlant sur ses cuisses nues, regrettant du même coup de ne pas s'être vêtue décemment.

– J'espère que je ne t'ai pas fait peur, dit Colette qui rentrait de sa promenade matinale.

Elle s'assit en face de Sophie.

– Non, mentit Sophie qui tentait d'essuyer le café avec son *t-shirt*, tout en rapprochant sa chaise de la table afin de dissimuler ses jambes nues.

– Tu es bien matinale pour une jeune.

– Ça m'arrive, répondit Sophie en savourant le qualificatif.

Elle passa sous silence le fait que si elle s'était levée de si bonne heure, c'était dans l'espoir de profiter de quelques instants de solitude.

– Voulez-vous un café ? demanda Sophie, voulant profiter de l'occasion pour aller enfiler un pantalon.

— Ne bouge pas ! dit Colette qui fut la première à se lever. Je vais me faire du thé.

Elle disparut aussitôt dans la maison pour en ressortir quelques minutes plus tard avec une théière qu'elle tenait à deux mains. Après l'avoir déposée sur la table, elle sortit une tasse de la poche de son blouson et s'assit. Elle se versa une tasse de liquide ambré et se cala dans sa chaise en adressant un sourire à Sophie.

— Charles m'a raconté qu'Émile a découvert que son père a été adopté.

— Ah oui, il vous en a parlé ?

— Oui. Il dit qu'il est soulagé, mais que maintenant il doit l'annoncer à Andrew et à Julien.

L'attention de Sophie fut attirée par la bague que portait Colette au majeur de sa main droite. Une opale de feu à fond orangé sertie sur or dix-huit carats. Le cadeau qu'Anthony avait offert à Emily pour son cinquantième anniversaire de naissance, pour lui « faire avaler son demi-siècle », comme elle avait dit à l'époque. En la lui offrant, Anthony lui avait déclaré que, tout comme Sarah Bernhardt, elle n'était jamais aussi belle que lorsqu'elle portait une opale. Emily n'avait donc atteint son plein potentiel de beauté qu'à cinquante ans.

— Comme ça, tu lis les affaires d'Emily ?

— Je transcris son journal à l'ordinateur, oui. Je vais faire la même chose avec sa correspondance. Quand j'aurai fini, je vous en donnerai une copie. Si ça vous intéresse, bien sûr.

— Mais certainement que ça m'intéresse. Tu en as encore beaucoup à faire ?

– Oh oui ! J'ai à peine commencé. J'apprends beaucoup de choses sur votre famille et sur Fort San.

– Fort San, dit doucement Colette. On pourra y aller, demain ?

– Bien sûr.

– Je n'y suis pas retournée depuis...

– Oui, je sais.

– Il ne reste plus que Charles et moi. C'est la vie... Tu sais, c'est comme si on marchait tous à la file indienne. On marche, on marche, on marche sans voir où on va jusqu'au jour où on arrive au bord du précipice et qu'il n'y a plus personne devant nous. Alors là, on comprend qu'on sera le prochain à faire le grand saut.

– Je me sens comme ça, moi aussi, depuis la mort de mes parents.

– C'est vrai. Tu sais de quoi je parle, dit Colette en posant une main sur l'avant-bras de Sophie.

– Oui. Sauf que pour moi, le précipice, il y en a un devant et un derrière.

– Pour moi aussi, se rembrunit Colette en serrant un peu plus fort le bras de Sophie.

Les deux femmes partageaient une douleur commune. Colette avait perdu deux enfants, des jumeaux, un garçon et une fille de dix-sept ans, noyés à Rapide-Danseur quarante ans auparavant. À toutes deux de tumultueuses rivières avaient ravi des enfants. Il y eut des regards échangés, mais aucune parole prononcée pendant un long moment.

– C'est vrai. J'avais oublié que vous aussi... finit par dire Sophie.

– Ce n'est pas le temps de parler de ça en ce beau début de journée, se ressaisit Colette avec entrain.

– Il ne fait même pas beau, fit tristement Sophie.

– Le soleil finit toujours par revenir. Regarde-moi, j'ai perdu mes parents, toutes mes sœurs, mon mari, deux enfants, je ne sais plus combien de chats et de chiens, et je n'ai jamais perdu le goût de me lever le matin et de dire merci au ciel d'être encore là.

– Comment vous avez fait ?

– Sincèrement, je ne sais pas.

Colette réfléchit un moment, balayant du regard le fond de la cour, puis ajouta :

– Je pense que c'est le sens de l'émerveillement. Pas seulement ça. La curiosité aussi. C'est ça qui m'a tenue en vie.

– La curiosité ?

– Oui. Je suis curieuse de voir ce qui se passera demain et lorsque je le vois, je m'en émerveille. Ça me nourrit.

– Et lorsque le lendemain vous perdez quelqu'un que vous aimez ?

– Eh bien, je me dis que demain ne pourra qu'être meilleur, que sans ombre, il n'y a pas de lumière. Regarde Lucie, par exemple. Elle n'est pas curieuse et ne s'émerveille de rien. Ça ferait longtemps qu'elle serait morte à ma place.

Le nuage de tristesse qui planait au-dessus de Sophie s'estompa graduellement au fil de la conversation. À huit heures, Émile vint les rejoindre.

– Bonjour vous deux. Vous allez bien ?

– En pleine forme ! s'exclama Colette.

Debout derrière Sophie, il l'enlaça comme s'il savait d'instinct qu'elle avait besoin de réconfort.

– Où est Lucie ? demanda-t-il.

— Encore couchée, dit Colette en consultant sa montre. Son *shift* finit à onze heures.

Regards intrigués d'Émile et Sophie.

— Elle fait deux *shifts* de douze heures. Elle dort de onze à onze, et elle écoute la télé de onze à onze.

Au moins, se dit Sophie, elle ne risquait pas d'empoisonner leurs matinées.

— Vous avez mangé ? demanda Émile.

Tiens, non. Elles n'y avaient même pas pensé.

***

Après un copieux petit-déjeuner, constitué de gaufres maison arrosées de sirop de baies de Saskatoon, Sophie monta faire sa toilette tandis qu'Émile prenait un second café avec sa tante.

Assis à la table de la salle à manger, Émile et Colette profitaient de leur premier tête-à-tête. Une pluie fine avait commencé à tomber, et les corneilles avaient levé le camp.

— Je suis vraiment content que vous soyez venue, dit-il.

— Et moi, je suis contente d'être ici.

— J'ai appris une chose sur mon père dernièrement…

— Oui je sais, il me l'a dit.

— Il vous a dit que je l'ai apprise par hasard ?

— Je ne crois pas que ce soit un hasard, puisque Emily t'a laissé son journal.

— Vous croyez que c'est parce qu'elle voulait que je sache ?

— Pourquoi elle ne l'aurait pas plutôt laissé à Andrew ? Après tout, il est l'aîné en plus d'être professeur de littérature.

– Oui, mais j'étais son filleul. J'étais plus proche d'elle qu'Andrew.

– Ce n'est pas ça qui compte, dit Colette.

– C'est quoi, alors ?

– Tu es plus proche de ton père. C'est ça qui compte.

– Vous pensez ? Est-ce qu'il vous a dit qu'on a découvert d'autres choses dont il ne nous avait jamais parlé ?

– Comme quoi ?

– Votre sœur Anna qui est morte enfant, il ne nous en avait jamais parlé. Le bébé mort-né non plus.

– Mon Dieu, Émile ! Ces choses-là sont arrivées avant qu'il vienne au monde. Je ne serais même pas surprise s'il ne les avait jamais sues.

– Voyons ma tante, des choses comme ça, on en parle dans une famille.

– Ah oui ? dit-elle en le regardant droit dans les yeux.

Émile passa outre l'allusion au silence de son propre couple sur la mort du petit Philippe.

– Il y a aussi la mort de Juliette. La façon dont elle et son mari sont morts.

– Qu'est-ce qu'elle a, la façon dont ils sont morts ? demanda Colette.

– Le journal d'Emily parle d'une noyade et papa, lui, nous a dit qu'il s'agissait d'une attaque de requins.

– Quoi ! ? s'écria Colette qui partit d'un énorme éclat de rire. Attaqués par un requin ? C'est pas possible, tu ne vas pas me dire qu'il croit encore à ça !

– Absolument.

– Ah ! Mon Dieu ! Des requins. C'est ma faute ! s'exclama Colette, toujours hilare.

– Pourquoi, votre faute ?

– C'est moi qui lui ai raconté ça. Non, je ne peux pas croire que personne ne lui a jamais dit que ce n'était pas vrai.

– Quoi ? Ce n'est pas vrai ?

Colette fit signe que non.

– Pourquoi vous lui avez dit ça, alors ?

– Bien…, il avait neuf, dix ans… j'en avais dix-neuf. Je le consolais et j'ai voulu ajouter un peu de piquant à l'histoire. Tu sais, dans ce temps-là, la Floride, les mers du Sud, c'était tellement exotique…

– … que vous avez pensé à des requins !

Émile ne savait trop s'il devait se sentir amusé ou offusqué. Son père avait toujours cru que sa sœur et son beau-frère avaient été dévorés par des requins. Cette idée lui paraissait grotesque tout à coup.

– Pauvre papa… Il serait peut-être temps que vous lui disiez la vérité.

– Pauvre Charles, dit Colette, les yeux larmoyants.

Émile observait sa tante. C'était fou ce qu'elle ressemblait à Emily. Elle et sa jeune sœur avaient exactement le même rire et le même éclat dans l'œil qui faisait que les années n'avaient aucune emprise sur elles.

Émile avait confiance en sa tante et il était convaincu que si elle savait quelque chose sur les origines de son père, elle le lui dirait.

– Comment est-ce que grand-maman a pu accepter d'adopter mon père étant donné les circonstances ?

Colette laissa échapper un long soupir.

– La miséricorde, dit-elle. Je pense que c'est la seule chose qui peut expliquer son geste.

– Elle était très religieuse ?

– Pas particulièrement. Pas autant que papa, en tout cas. Mais elle avait bon cœur et elle adorait notre père.

– Je ne me souviens pas beaucoup d'elle, dit Émile. Quand ils restaient chez nous, l'été, moi j'étais tout le temps dehors, et elle dans la maison.

– Elle vous aimait bien, mais elle n'a jamais aimé passer ses étés à la ferme.

– Ah non ?

– Non. Elle disait que ça manquait de vie. Pendant des années, au sanatorium, elle a aidé les patients à structurer la vie sociale, à former des orchestres, à monter des pièces de théâtre, à organiser des bazars. Elle a même fondé une bibliothèque, contribué à *L'Écho de la vallée*, et j'en passe.

– Elle aimait beaucoup les choses culturelles.

– Oui. Surtout la littérature.

– Ah oui ?

– Bien oui, pourquoi tu penses qu'elle nous a toutes donné des noms d'héroïnes de romans ou d'écrivains ?

– Ah bon ? Je n'avais jamais remarqué.

– Anna, Juliette, Aurélia, Colette, Jane, Emily, et même Charles. Ta grand-mère avait un tempérament d'artiste. Et elle a marié un scientifique totalement dévoué à sa profession.

À ces mots, un coup de tonnerre éclata au-dessus de Civita. Une pluie torrentielle se mit à tomber. Quelques secondes plus tard, Lucie faisait irruption dans la salle à manger, vêtue d'une chemise de nuit, son paquet de cigarettes à la main. Elle tremblait de tous ses membres lorsqu'elle s'assit à table.

– Qu'est-ce que tu fais debout ? questionna sa mère. Il n'est pas encore onze heures. As-tu peur de l'orage ?

– Non, non. Ça doit être le *décollage* horaire.

– Dé*ca*lage, la reprit Colette.

– C'est ça que j'ai dit.

– Veux-tu que je te prépare à déjeuner ? demanda Émile. J'ai fait des gau…

– Non. J'veux juste un café.

– Est-ce que du café filtre ça te va ? On n'a pas encore eu le temps d'en acheter de l'inst…

– J'vas ·prendre un Coke à la place, dit-elle en ouvrant son paquet de cigarettes. J'espère que vous allez pas m'envoyer fumer dehors par un temps pareil.

– Non, on va t'envoyer fumer dans ta chambre, rétorqua Émile.

Sur ce, Lucie se leva et alla droit à la cuisine. Au bout de quelques secondes, la porte du réfrigérateur claqua, et elle remonta aussitôt dans sa chambre.

– Ne t'en fais pas avec elle, dit Colette.

Reprenant le fil de leur conversation, Émile se risqua à énoncer le fond de sa pensée.

– Grand-papa était un homme dévoué à sa profession au point de faire un enfant à une patiente…

– Il n'était qu'un homme, malgré tout.

– Est-ce que cette histoire a quelque chose à voir avec la fameuse rumeur ?

— Tu penses bien que oui. Mais elle n'est pas fondée. La jeune fille est morte des suites de l'accouchement.

— Vous savez qui c'était ? demanda Émile.

Au même instant, Sophie entra dans la salle à manger. Elle avait une mine resplendissante dans sa robe bleu pastel.

— Si tu veux bien, on en reparlera plus tard, dit Colette en se levant.

— Je vais voir Pam, lança Sophie en embrassant Émile en coup de vent. Je vous retrouve à l'hôtel Sask à sept heures. Bonne journée !

L'orage cessa aussi subitement qu'il avait commencé. Sophie prit tout de même son parapluie, au cas où.

— J'aimerais qu'on en parle maintenant, dit Émile.

Colette se rassit.

10

Le travail aidait Sophie à garder le moral. La rédaction de ses articles lui permettait de se soustraire à la présence des visiteuses quand le besoin s'en faisait sentir. Il y avait bien de bons moments, comme lorsqu'elle se levait à l'aube et bavardait seule à seule avec Colette, mais cette immixtion dans son intimité lui pesait. Ainsi, elle se retrouvait souvent dans son bureau pour prendre une bouffée de solitude. Mais solitude n'était pas synonyme de quiétude. Émile avait monté le téléviseur de leur chambre dans celle de Lucie, de sorte que le bureau de Sophie vibrait au son des sonnettes, clochettes et trompettes des *game shows* américains qui traversait la cloison mitoyenne, comme en cette fin d'après-midi.

Le bruit des casseroles qui rythmait la préparation du repas du soir ne parvenait pas jusqu'à son refuge. Alors que Sophie tentait de se concentrer sur son travail, Émile s'affairait à la cuisine avec Colette qu'il ne quittait plus d'une semelle, voulant lui soutirer tous les renseignements possibles sur les origines de son père. Ayant désormais acquis la certitude que le seul crime dont se soit rendu coupable son grand-père était l'adultère, ses ambitions politiques renaissaient. Après tout, son aïeul n'avait-il pas en bonne partie réparé sa faute en adoptant l'enfant ?

Émile était déterminé à tout savoir sur la mère biologique de Charles dont sa tante connaissait l'identité. Il voulait en apprendre le plus possible avant d'en faire part à son père. D'ailleurs, comment se faisait-il que ce dernier ignorait l'identité de sa mère alors que Colette la connaissait ? « À ce que je sache, il n'a jamais voulu en entendre parler », lui avait-elle répondu.

Le jour où Colette s'était ouverte à son neveu, une longue conversation les avait menés jusqu'à la fin de la matinée.

– Et vous, ma tante, comment avez-vous su qui était sa mère ?

– Je l'ai vue quelques jours avant son accouchement.

– Vous l'avez vue… Vous la connaissiez ?

– Bien sûr. C'était la fille d'un ami de ton grand-père, et elle avait passé l'été chez nous.

– Quoi ? La fille d'un ami ?

Colette fit signe que oui.

– Grand-papa a fait un enfant à la fille d'un de ses amis ! ?

Colette le regarda en silence.

– Alors, ce n'était pas une patiente du sanatorium.

Elle fit signe que non.

– Vous l'avez vue où ?

– Au sanatorium.

– Elle travaillait là ?

– Elle y avait travaillé un peu pendant l'été. Elle suivait papa partout, comme un petit chien. Un jour, mon amie Constance, Constance Vandenberghe…

– Constance Dupré ?

– Oui, Dupré. Donc Constance et moi, on glissait sur la côte devant notre maison. À un moment donné, en arrivant en bas, on est rentrées dans la maison. Je veux dire, on a foncé dans la maison avec notre toboggan. Constance était assise en avant, parce qu'elle était plus petite que moi, et c'est elle qui a mangé le coup. Elle s'est mise à brailler comme un veau en se tenant l'épaule.

Émile buvait les paroles de sa tante.

— Ça avait l'air grave, ça fait que j'ai couru au pavillon des enfants pour aller chercher sa mère. Sa mère était garde-malade là-bas. Mes parents n'étaient pas au San. Je ne me souviens pas où ils étaient. En tout cas, les Vandenberghe nous surveillaient. Donc, je courais dans le pavillon pour trouver garde Vandenberghe, je suis rentrée dans une toilette… y avait pas de toilettes privées tu penses bien, et je suis tombée face à face avec la mère de Charles. Elle était enceinte jusqu'aux yeux. Je lui ai fait tellement peur en arrivant à la course qu'elle se tenait la bedaine à deux mains.

— Qu'est-ce qu'elle faisait là ?

— Ça, je ne l'ai jamais su.

— Êtes-vous certaine que c'était la mère de papa ?

— Écoute Émile, même dans ce temps-là, deux plus deux ça faisait quatre. Je la vois, elle, avec la bedaine au bord d'éclater, et quelques jours après, il nous arrive un bébé à la maison.

— Avez-vous une photo d'elle ?

— Il en existe peut-être, mais moi, je n'en ai pas. C'est Emily qui a eu la majorité des photos de famille. Va savoir pourquoi. Elle n'avait même pas d'enfants à qui les donner.

— Elle me les a données, à moi.

— Bien sûr. Toi, tu étais comme son fils. Tu as des photos de moi, jeune ?

— Pour être franc avec vous, je ne les ai jamais regardées.

Colette avait décrété qu'il était temps de remédier à la situation. C'est ainsi que le lendemain, Émile et Sophie avaient passé une fort agréable soirée en sa compagnie, plongés dans les albums de photos de la famille Murray à écouter Colette raconter ses souvenirs pendant que Lucie restait figée dans son fauteuil, affichant un air d'ennui mortel.

Il y avait tant de photos à regarder et d'histoires à raconter que le trio avait décidé de poursuivre la séance le lendemain. Émile avait invité son père à se joindre à eux.

L'heure du repas ayant sonné, Sophie délaissa son travail pour se joindre aux autres. Au menu, il y avait un poulet au beurre citronné préparé par Émile. Malgré le délicieux plat de volaille, l'attention des convives fut détournée par un arôme de lait vanillé qui flottait dans la maison. Lucie pignochait dans son assiette alors que les autres mangeaient avec appétit, pressés d'en arriver au dessert, un pouding au riz encore bien chaud préparé par Colette. Ce dessert tout simple recelait tant de douceur qu'il paraissait capable de colmater les brèches du cœur.

Après le repas, Lucie ne tarda pas à monter dans sa chambre, préférant la compagnie des personnages télévisuels à celle des êtres réels. Au salon, un disque de Haendel jouait en sourdine, musique douce qui soutenait la conversation autour des photos pêle-mêle et des albums méticuleusement organisés. Bien que ce fût la mi-juillet, Émile avait fait un feu dans la cheminée, car le climat émotionnel s'y prêtait.

Assise sur une carpette aux délicates arabesques, Sophie tira d'une boîte à chaussures une photographie grand format. Il s'agissait d'un cliché aérien de Fort San. Malgré ses airs dénudés

— les arbres de la cour centrale n'étaient pas encore dignes de ce nom —, l'endroit avait un charme unique. Cette vue aérienne englobant presque tout le complexe, près d'une trentaine de bâtiments en tout, donnait à Fort San l'aspect d'un petit village, niché à la jonction de trois collines chauves. La photo n'était pas datée, mais Colette et Charles la situèrent dans les années 40.

On y voyait la première maison qu'avaient occupée les Murray, juchée sur un plateau, entre deux collines, derrière un chapelet de pavillons dont le plus rapproché était, selon Colette, celui des enfants. Sophie compta au moins cinq pavillons maintenant disparus. L'infirmerie et le pavillon administratif existaient toujours, tout comme la maison des Vandenberghe, la plus rapprochée de la route, laissée à l'abandon, elle aussi, comme la première demeure des Murray. Il y avait également le pavillon d'accueil, puis celui des visiteurs qui offrait un gîte aux membres des familles et aux amis des patients en visite.

Derrière ces deux pavillons se trouvaient la résidence des infirmières, de même qu'une demi-douzaine de maisonnettes logeant des employés et leur famille. Puis, à la droite de ces maisonnettes, Charles désigna l'auditorium qui abritait également une bibliothèque, un magasin général, un salon de barbier et peut-être autre chose encore qu'il avait oublié.

On y voyait aussi d'autres bâtiments, dont la centrale électrique et l'atelier d'ébénisterie dans lequel on fabriquait des meubles pour le sanatorium. On apercevait même une patinoire extérieure, aménagée pour les patients autorisés à faire de l'exercice. Colette ajouta que deux autres bâtiments importants n'apparaissaient pas sur cette photographie : la seconde maison qu'ils avaient habitée et la petite école qu'ils avaient fréquentée. Il s'agissait d'une unique salle de classe avec de grands tableaux noirs, « des vrais, en ardoise », assura-t-elle.

Un autre cliché en noir et blanc, celui-là beaucoup plus petit, représentait un porche, vraisemblablement situé à l'arrière d'une bâtisse à en juger par l'absence de décorum. Il était muni d'une porte aveugle et d'une fenêtre rectangulaire sur le côté.

– Ça, c'est derrière l'infirmerie, murmura Colette en touchant la photo de son index. Cette porte donne directement dans la morgue. C'est par là qu'ils sortaient les corps. Le croquemort s'appelait M. Machabée. Vous imaginez le nom prédestiné ? dit-elle à la ronde.

Et Charles d'enchaîner :

– Il venait chercher les corps qu'on n'enterrait pas sur la butte.

– Ah oui ! pouffa Colette.

– Expliquez-nous ? dit Sophie.

– C'est une autre des légendes de Fort San, déclara Charles. Celle-là voulait que pour chaque fleur qui poussait sur la colline, il y avait un mort d'enterré là. Et il y en avait beaucoup. Des fleurs, je veux dire.

– Ça devait être morbide comme endroit, dit Sophie.

– Pas du tout ! se récria Colette.

– C'était un endroit formidable où grandir, ajouta Charles.

– C'est vrai, renchérit Colette.

– Mais c'était un sanatorium, quand même, insista Sophie. Les gens mouraient là-bas…

– *Des* gens mouraient, corrigea Colette, pas *tous* les gens.

– D'accord. *Des* gens. N'empêche…

— Sophie, intervint Émile, tu as lu toi-même la façon dont Emily en parle dans son journal…

— Justement. Ça ressemble plus à une colonie de vacances qu'à un sanatorium.

— Si je te disais que c'est la place la plus vivante que j'aie vue de ma vie, me croirais-tu ? demanda Colette. Ça grouillait de toutes sortes d'activités. Ça a l'air terrible à dire comme ça, mais…

— Est-ce que c'était la même chose au sanatorium de Macamic ? interrompit Émile.

— Non, c'était complètement différent parce qu'à Macamic, on n'habitait pas au sanatorium. Les seules fois où les enfants y ont mis les pieds, c'était pour le dépouillement de l'arbre de Noël. Lucie a toujours rouspété parce que c'était son père qui faisait le père Noël. Elle n'y a jamais cru.

— Tu sais, Sophie, Fort San nous a permis de rencontrer des gens extraordinaires qui venaient rencontrer notre père, expliqua Charles.

— Il en venait de partout dans le monde, ajouta Colette.

— Te souviens-tu, dit Charles en se tournant vers sa sœur, du docteur qui venait d'Afrique ?

— Si je m'en souviens ? Jamais j'oublierai ça !

— J'étais arrivé en retard pour le repas.

— Tu jouais au hockey, précisa Colette.

— C'est ça. Je rentre dans la maison en fou parce que je ne voulais pas « passer sous la table ». Notre mère était très stricte sur l'heure des repas. J'arrive dans la salle à manger en courant et j'aperçois cet homme, assis au bout de la table…

Charles se redressa en regardant droit devant lui, comme s'il revoyait la scène de son enfance.

– J'ai été pétrifié sur place.

– Le pauvre, dit Colette.

– Cet homme était noir, très noir. Je n'avais jamais vu de Noirs de ma vie. Je ne savais même pas que ça existait. Il mangeait... en tenant sa fourchette entre ses orteils.

– Pardon ? fit Émile.

– Il n'avait pas de bras ! conclut Charles.

– Pas de bras ? répéta Sophie médusée.

– Pas de bras. Il mangeait avec ses pieds.

– Et il parlait fort, et vite, en roulant ses « r », et il riait, et il nous racontait des histoires, ajouta Colette, les yeux pétillants.

– En tout cas, moi je ne l'ai pas trouvé drôle. Il restait juste une place de libre à table. À côté de lui. J'étais prêt à détaler quand mon père a dit : « Viens t'asseoir, Charles. »

– Toi, tu avais été impressionné, rappela Colette, mais pas autant que Juliette.

Incommodée par les fourmis qu'elle avait dans les jambes, Sophie s'assit sur le canapé, tout près d'Émile qui passa un bras autour de ses épaules.

– Elle avait été très troublée par ce monsieur, poursuivit Colette. Elle m'avait écrit ce soir-là que si elle perdait ses mains, ce serait pire que la mort parce qu'elle ne pourrait plus communiquer.

Colette termina son récit au moment même où s'achevait le disque de Haendel. Mozart prit la relève avec sa *Flûte enchantée*, comme le signal qu'il était temps de passer à autre chose.

Charles se leva pour aller chercher un autre album dans la vieille valise d'Emily et revint s'asseoir dans le fauteuil voisin de celui qu'occupait sa sœur. Colette plongea la main dans la boîte à chaussures remplie de photos et en pigea une, au hasard. Émile se servit un autre verre de chartreuse pendant que Sophie les observait tour à tour.

Charles tournait lentement les grandes pages de l'album. Colette augmenta l'intensité de la lampe placée derrière son fauteuil. Ses lunettes posées sur le bout du nez, la tête renversée en arrière, elle scrutait la photo. Sans se rendre compte du changement d'attitude de sa tante, Émile trempa ses lèvres dans la chartreuse. Sophie étendit les jambes en travers du canapé, savourant ce moment paisible. Colette scrutait toujours la photo lorsqu'un éclair traversa son regard.

– Émile, viens ici ! appela-t-elle en se redressant.

Il déposa son verre et se leva aussitôt.

– Approche ! Approche ! insista-t-elle avec impatience en lui faisant signe de s'accroupir à côté d'elle.

Les lattes de bois vernies craquèrent sous le poids d'Émile.

– Pique-nique de Fort San, août 1930, dit Colette en lui tendant la photo.

– Le pique-nique annuel du sanatorium ? demanda Sophie. Emily en parle dans son journal.

Émile retourna mollement le rectangle cartonné et ne vit aucune inscription au verso.

– Vous avez une sacrée bonne mémoire, ma tante.

– Je n'ai aucun mérite. C'est le seul pique-nique auquel Katherine Willie a participé.

– Quoi ? fit Émile.

Il rapprocha la photo de son visage et Sophie se précipita à ses côtés. Il tapota vainement sa poitrine à la recherche de ses lunettes qu'il trouva sur la table à café. Il s'empressa de les mettre.

Le cliché représentait un groupe de gens, tous plutôt jeunes, dans un parc en bordure d'un lac. Un jeune homme, étendu au pied d'un arbre, avait les mains jointes devant la bouche, comme s'il jouait de l'harmonica. Au premier plan, assis sur une couverture à carreaux, deux couples jouaient aux cartes. Tous semblaient inconscients de la prise de photo, sauf deux jeunes filles, à l'arrière-plan, qui se tenaient par le cou et affichaient des sourires trop larges pour être naturels. L'une d'elles, l'air fanfaron, levait la jambe, tandis que l'autre tenait un foulard bariolé de sa main libre.

– C'est laquelle ? Montrez-la-moi ! dit Émile avec empressement.

Colette posa son index sous le visage de la jeune fille au foulard.

– C'est qui, Katherine Willie ? demanda Charles sans lever le nez de son album.

Colette et Émile échangèrent un regard.

– Tu ne la connais pas, lança Colette, comme à un enfant trop curieux.

Émile se rapprocha de la lampe pour examiner l'image. Sophie colla sa tête contre la sienne, le menton appuyé sur son épaule.

La jeune fille au foulard portait une robe sans manches à larges rayures avec une bande de tissu de couleur contrastée à la hauteur des hanches. Ses cheveux clairs, ondulés, étaient séparés au milieu, dégageant son front. Il était difficile de distinguer ses véritables traits en raison de son sourire forcé, mais même dans cette pose, elle semblait très jolie. On lui aurait donné au moins vingt ans. Émile frotta la photo du doigt comme pour tenter de faire apparaître une troisième dimension. L'autre jeune fille, celle qu'elle tenait par le cou, lui ressemblait beaucoup, à la différence que cette dernière avait une frange qui couvrait la moitié de son front. Sa jambe levée laissait voir une chaussure salomé.

– Et la fille à côté d'elle, c'est qui ? demanda Sophie.

– Mais c'est Juliette, répondit Colette, comme si c'était l'évidence même.

– Juliette ? dit Charles en levant le nez de son album. Montre-la-moi, dit-il en tendant la main.

Colette échangea un regard perplexe avec son neveu. Après une seconde d'hésitation, Émile tendit la photo à son père.

Charles ajusta ses lunettes d'une main alors que de l'autre il variait la distance du cliché pour trouver la mise au point idéale.

– Hum. C'est laquelle ?

– Celle debout, à droite, dit Émile.

– Celle avec la patte en l'air, ajouta Colette.

Sophie se leva pour aller préparer du café et faire bouillir de l'eau pour le thé. La soirée risquait de se terminer très tard.

Lorsqu'elle revint au salon, tout était calme. Les notes de Mozart flottaient dans la pièce, Charles était replongé dans son album, la photo du pique-nique était repassée aux mains de Colette, et Émile se tenait toujours à côté d'elle. Sophie retourna s'asseoir sur le canapé. Elle observa tour à tour son mari et sa tante sans qu'ils ne la remarquent, trop occupés à se questionner l'un l'autre du regard. Colette tapotait la photo entre ses doigts. Au bout d'un moment, elle se tourna vers Charles et demanda :

– Tu ne veux pas savoir c'est qui la fille à côté de Juliette ?

Docile, Charles répéta lentement :

– C'est qui la fille à côté de Juliette ?

– C'est Katherine Willie, répondit Colette.

– Ah bon, se contenta-t-il de dire en retournant à son album.

Colette fit un rapide retour vers son neveu, le regard interrogateur, puis revint vers son frère.

– Et tu ne me demandes pas c'est qui, Katherine Willie ?

Charles leva la tête.

– Je te l'ai demandé tout à l'heure, et tu m'as répondu que je ne la connaissais pas.

Elle reformula sa question.

– Veux-tu savoir qui c'était, Katherine Willie ?

Sophie retint son souffle pendant qu'Émile se tordait les mains.

Charles retira ses lunettes dans un geste de lassitude, comme si le petit manège de sa sœur commençait à l'agacer.

– C'était qui, Katherine Willie ?

– C'était votre mère, dit Émile d'une voix caverneuse.

La *Flûte enchantée* de Mozart se tut.

– Qui ?

– Ta mè-re, répondit Colette en étirant les deux syllabes du mot ravageur.

De longues secondes s'égrenèrent avant que l'orchestre n'entame un extrait des *Noces de Figaro*. Émile alla rejoindre Sophie sur le canapé. Elle s'accrocha à son bras sans quitter Charles des yeux.

***

Sophie ne s'était pas trompée. La soirée s'annonçait longue. Lorsqu'elle offrit du thé à Charles, celui-ci demanda plutôt un cognac. Colette aussi, elle qui ne buvait jamais d'alcool.

Lorsqu'elle revint au salon avec les boissons, le comte Almaviva poussait un grand air. Charles était toujours enfoui dans son fauteuil, les yeux rivés sur la photo raidie par le temps.

– Vous auriez aimé mieux ne pas savoir ? suggéra Émile.

Charles haussa les épaules en signe d'indifférence.

– J'aurais pu vous l'annoncer autrement.

– *On* aurait pu te l'annoncer autrement, rectifia Colette.

Charles haussa de nouveau les épaules. Depuis que Colette avait fini de lui raconter ce qu'elle savait sur Katherine Willie, il n'avait pas dit un mot, pas même levé les yeux.

Charles n'avait jamais voulu savoir qui était sa mère naturelle. Non pas par manque d'intérêt, mais plutôt en signe de reconnaissance et de respect envers Emma Murray, celle qui l'avait adopté malgré ses origines. Elle avait été et demeurerait à jamais sa seule et unique mère. Et voilà que la vérité lui éclatait au visage sans qu'il l'eût cherchée.

– Vous pouvez garder la photo, dit Émile.

Charles la jeta dans la boîte.

– Vous avez le droit de vouloir garder un souvenir d'elle, remarqua Sophie.

Charles, qui s'apprêtait à prendre une première gorgée de cognac, stoppa son geste et tourna les yeux vers sa belle-fille.

– J'aurai beau en avoir le droit tant que tu voudras, j'en ai pas envie.

Et il but le liquide réconfortant. C'est alors que Colette murmura, tout doucement, presque pour elle-même :

– Je ne te crois pas.

À ces mots, Charles la foudroya du regard.

– Tu ne me crois pas, parce que tu ne comprends pas, dit-il.

– Qu'est-ce que tu en sais ? rétorqua Colette.

– Ma tante, intervint posément Émile pour éviter l'escalade verbale.

Les deux interlocuteurs firent une courte pause, puis Colette reprit la parole.

– Moi, je dis que c'est par gratitude envers maman que tu n'as jamais voulu savoir. Et je crois que c'est à cause de cette même gratitude que tu ne veux pas de souvenir de ta vraie mère...

– Ma vraie mère ? explosa Charles. J'en ai eu une vraie mère et...

– Ça fait trente ans qu'elle est morte ! l'interrompit Colette. Tu ne penses pas que ta gratitude a assez duré ?

– Je lui serai loyal jusqu'à ma mort.

– Et Katherine ? Tu ne penses pas qu'elle mériterait au moins que son fils veuille garder une photo d'elle ? Elle est morte à cause de toi, après tout !

Charles posa bruyamment son verre sur la table à café.

– Elle est morte parce qu'elle a couché avec un homme, et qu'il l'a mise enceinte ! Pas à cause de moi. Ne répète jamais ça !

– Elle a couché avec un homme qui l'a mise enceinte parce qu'elle l'aimait ! dit Colette.

– Il était marié ! rétorqua Charles.

– Et elle l'aimait ! Tu ne l'as pas vue, toi. Elle flottait autour de papa comme un papillon dans la lumière. Ça me déçoit de voir que tu n'as même pas une once de reconnaissance pour celle qui t'a mis au monde.

— J'ai eu une mère, elle s'appelait Emma Murray. C'est elle qui m'a nourri, c'est elle qui m'a éduqué, c'est elle qui m'a aimé et que j'ai aimée. Point à la ligne.

— Vieille tête de pioche, lança Colette en croisant les bras.

— Tu m'insultes parce que je respecte la mémoire de notre mère, dit Charles, visiblement blessé.

— D'abord, je ne t'insulte pas, je fais une constatation…

— Ma tante ! coupa Émile.

— … ensuite, poursuivit Colette, notre mère, elle est morte, alors ça ne lui ferait pas un pli sur la différence si ton autre mère trouvait une petite place dans ton cœur.

Sur ce, Charles vida son verre d'un trait.

— Bon, il est tard, je vais me coucher, lança-t-il en s'extirpant de son fauteuil.

Émile et Colette se levèrent d'un même mouvement, le premier pour tenter de retenir son père et la seconde pour s'excuser, mais Charles, ne leur prêtant aucune attention, s'adressa à Sophie :

— Merci ma belle-fille pour le bon repas. Bonne nuit et à la prochaine.

Charles fila vers la cuisine. Émile le suivit, mais son père fut intraitable. Il empoigna son chapeau accroché près de la porte et sortit. Émile resta pantois. Lorsqu'il revint au salon, Sophie réconfortait Colette. Cette dernière regarda son neveu et dit :

— J'y suis allée un peu fort, hein ?

— Un peu, oui, admit Émile en se laissant tomber dans le fauteuil encore chaud de la présence de son père.

— C'est à cause du cognac, conclut Colette.

11

– Ton père a toujours été un cérébral, dit Colette en trempant son biscuit dans sa tasse de thé.

– Qu'est-ce que vous voulez dire ? demanda Émile.

Lui qui n'avait jamais vu son père lire autre chose que des journaux agricoles et des instructions d'épandage d'engrais avait de la difficulté à se le représenter comme un « cérébral ».

– Je vais te raconter quelque chose.

Attablée dans la cour de Civita, Colette cessa un moment de manger pour partager un autre de ses souvenirs d'enfance avec son neveu. Ce faisant, elle digresserait immanquablement, se perdrait dans des détails qui la feraient peut-être s'égarer de son propos, mais qui l'amèneraient sans doute dans des endroits aussi intéressants qu'inattendus. Ce qu'Émile aimait par-dessus tout, c'était cette façon qu'elle avait d'entrer en discussion avec elle-même, souvent pour préciser ses dires, comme si un censeur interne la tenait constamment en alerte.

– Un jour, on était tous assis ensemble, les enfants, et on regardait le catalogue d'Eaton. Tu te souviens ? Ça n'existe plus maintenant. Quand on était p'tits, des bébelles, on n'en voyait pas souvent, ça fait que tu peux t'imaginer la fête que c'était quand on recevait le catalogue. Il n'y avait pas beaucoup de bébelles dedans, et puis c'était juste des dessins en noir et blanc, mais ça nous faisait rêver quand même. Je me souviens qu'Emily, la ratoureuse, *s'embarrait* dans la chambre de bains pour le regarder toute seule. Nous autres, pendant ce temps là, on braillait à la porte pour qu'elle sorte. En tout cas. Je disais donc que je me souviens d'une fois où on était assis par terre dans le salon, moi, Emily, Jane et ton père, et on se disait ce qu'on voudrait avoir pour Noël. On faisait toujours ça, à chaque année. Je me demande bien pourquoi puisqu'on n'a jamais eu ce qu'on voulait. En tout cas. Cette année-là, une désirait une catin, l'autre une paire de patins, Emily un tableau et Charles, Charles lui, ne voulait rien. Tu t'imagines ? Un enfant de cinq ans qui ne veut rien pour Noël. Moi, j'ai jamais vu ça. Ben, à part ton père, je veux dire. Ça fait qu'on se disait comment on avait hâte à Noël et là, notre p'tit Charles, il nous sort : « Moi, j'ai pas hâte à Noël. » « Ben voyons Charles, pourquoi que t'as pas hâte à Noël ? » que je lui ai demandé. Et là, il m'a répondu, imagine ça, un enfant de cinq ans, dit Colette en levant le doigt pour souligner l'importance de ce qui allait suivre, il m'a répondu : « Parce que plus vite Noël arrive, plus vite on va mourir. » Plus on avance dans le temps, plus on se rapproche de la mort ! Ton père a dit ça à l'âge de cinq ans. C'est-tu assez cérébral pour toi, ça ?

— C'est vrai que c'est plutôt surprenant venant d'un enfant, convint Émile qui finissait de manger une tranche de melon.

— À cinq ans, ton père était préoccupé par la mort. Où est-ce qu'il était allé chercher ça ?

— C'était peut-être à cause de l'environnement dans lequel vous viviez. Grand-papa médecin, le sanatorium, les malades…

– Peut-être. N'empêche qu'il m'avait impressionnée.

En cette belle journée d'été, il était agréable de laisser le petit-déjeuner sur la terrasse s'éterniser. En regardant autour de lui, Émile se souvint qu'il devait tondre le gazon avant la fête de samedi que Sophie et lui donneraient en l'honneur de sa tante. Il devait aussi remplacer les ampoules grillées dans le jeu de lumières qui ornait le pommier, installer les lanternes, aller acheter des bougies à la citronnelle, réparer la balançoire, etc., etc., etc. La liste était si longue qu'il préféra l'écarter de son esprit.

– À quelle heure doit-il venir vous chercher ? demanda Émile.

– À neuf heures.

Colette prit une dernière gorgée de thé et dit, tout en contemplant le massif de glaïeuls :

– Sais-tu, ça va faire drôle.

– Quoi ?

– D'aller quelque part toute seule avec ton père. Je pense qu'on n'a jamais été seuls ensemble tous les deux.

– Vous êtes certaine que vous ne voulez pas que je vous accompagne ?

– Tu sais bien que c'est ton père qui a insisté pour qu'on y aille juste nous deux.

– Je comprends et je respecte son choix.

– Vraiment… dit Colette.

Elle savait bien que son neveu mourait d'envie de les accompagner chez Munrow Porter. C'était en bonne partie grâce à lui si son père connaissait maintenant l'identité de sa mère naturelle. Et c'était lui qui avait mené les recherches qui avaient permis de découvrir leur lien de parenté avec les Porter. Et voilà qu'aujourd'hui Charles ne voulait pas de sa présence alors qu'il allait annoncer à son vieil ami qu'ils étaient petits-cousins. Émile l'avait en travers dans la gorge.

Les recherches n'avaient pas été compliquées puisque Colette connaissait le prénom du père de Katherine Willie. Les documents qu'Émile avait trouvés confirmaient qu'elle était enfant unique, comme l'avait affirmé Colette. Née en 1914, elle était la fille de Rodrigue Willie, un avocat qui avait été ministre dans le gouvernement Anderson, et d'Alma Willie, née Porter. Or, Alma Porter était la sœur de Gérald Porter, le père de Munrow et le grand-père de David. Émile habitait donc la maison construite par son grand-oncle. Sans le savoir, il avait fait en sorte que Civita reste dans la famille.

Maintenant que le mystère était résolu, Charles refusait que son fils prenne part à la « réunification », comme disait Colette. Au fond, Émile essayait de se convaincre qu'il devrait plutôt s'en réjouir, puisque cela signifiait que son père était en voie de faire la paix avec ses origines.

– Ah ben, comme ça c'est vrai ! cria quelqu'un à l'entrée de la cour.

Émile et Colette se retournèrent et virent Constance Dupré, son sac à main sous le bras, qui s'amenait vers eux.

– Ça fait combien de temps que t'es ici ? lança-t-elle à Colette. T'es même pas venue me voir. C'est la grosse boulangère qui m'a dit que t'étais ici. Tu viens pas souvent dans le coin, je me suis dit que tu devrais venir faire un tour chez nous, ça fait quatre ans qu'on s'est pas vues.

Colette avait tenté de répondre à quelques reprises, mais elle dut attendre que son amie d'enfance s'essouffle avant de pouvoir placer un mot.

— Je ne serais pas partie sans te dire bonjour, tu sais ben. Comment vas-tu ?

Constance s'assit sans même prendre la peine de saluer Émile.

— Viens donc dîner à la maison, à midi.

— Merci, mais je ne peux pas. Charles vient me chercher tout à l'heure.

— Ah oui ? Vous allez où ?

— Pas loin. Des p'tites choses à faire.

— Allez-vous à Regina ? Parce que si vous y allez, je pourrais embarquer avec vous autres. J'ai besoin de bas-culotte.

— Non, non, on ne va pas à Regina, malheureusement, sinon ça nous aurait fait plaisir de t'emmener avec nous.

Émile admira avec quel aplomb sa tante pouvait mentir.

— Ah. C'est plate. C'est-tu vrai que ta fille est avec toi ?

— Une de mes filles, oui.

— T'es chanceuse. Moi, la mienne, j'la vois jamais. Comme ça, quand est-ce qu'on va passer du temps ensemble ?

— Euh… je ne sais pas trop… À la fête de samedi ?

Émile aurait voulu crier à sa tante de se taire.

— Quelle fête ? demanda Constance.

— Émile et sa femme ont organisé une fête avant mon départ. Tu es invitée, bien sûr…

Émile imagina avec horreur la réaction qu'aurait Sophie en apprenant que Constance assisterait à la fête. Il se faufila en douce dans la maison, comme pour se dégager de toute responsabilité.

Ne trouvant pas Sophie au rez-de-chaussée, il monta la rejoindre dans leur chambre. Il la trouva debout, en sous-vêtements, devant les grandes fenêtres de la tourelle. Sophie se préparait à sortir, car elle devait conduire Paméla chez le médecin, à Regina. C'était le grand jour où on lui enlèverait ses attelles aux doigts.

Émile referma la porte derrière lui. De la salle de bains, contiguë à la chambre, émanait une fraîche odeur de savon. Sur le lit étaient posés un pantalon de coton blanc et un chemisier de lin saumon.

– Je peux faire quelque chose pour vous, monsieur ?

– Hum… Laissez-moi réfléchir.

– Réfléchissez vite, car je dois partir bientôt. Ça fait longtemps que…

– Et ça te manque ?

– Voui… Ta tante est partie ?

– Pas encore.

– Tu la laisses toute seule, susurra Sophie à l'oreille de son mari en lui empoignant les fesses à travers son pantalon.

– Non. Elle est avec Constance Dupré.

– Quoi ! ? Qu'est-ce qu'elle fait ici, celle-là ? se récria Sophie dans un mouvement de recul.

– Calme-toi, chérie.

– Me calmer ? Tu vas descendre tout de suite et la mettre dehors !

– Mais elle est déjà dehors, plaisanta Émile.

– Ne te moque pas de moi en plus !

– Je ne me moque pas de toi, mon amour, seulement… tu vas devoir te faire une raison parce que ma tante vient de l'inviter à la fête de samedi.

– Quoi ! ? ! ?

– Mais calme-toi, voyons ! C'est juste une pauvre vieille.

La Dupré semblait provoquer chez Sophie une grave allergie qu'Émile ne pouvait s'expliquer, son épouse ayant passé sous silence sa dernière rencontre avec l'octogénaire. La crise qui suivit fut aiguë, et Émile dut user de beaucoup de tact et de mots tendres pour faire passer le mal. Vidée de sa colère, Sophie venait à peine de s'assoupir dans les bras de son mari quand quelqu'un frappa à la porte.

– Émile, es-tu là ?

C'était Colette.

– Oui, ma tante.

– Ton père est arrivé et il dit qu'il a changé d'idée. Veux-tu venir avec nous ?

– J'arrive ! lança-t-il, enchanté.

***

Il n'y avait que deux autres patients dans la salle d'attente du chirurgien orthopédiste. Assis en face de Sophie et de Paméla, ils avaient le nez plongé dans des magazines écornés.

Paméla entretenait Sophie du comportement de Bernard à son endroit.

– Depuis l'accident, il est encore plus attentionné. Tu devrais le voir. Toujours aux p'tits soins pour moi. C'est bien long, s'impatienta Paméla. J'ai peut-être le temps d'aller fumer une cigarette.

– Tu n'as jamais songé à arrêter ?

Paméla laissa tomber la revue de décoration qu'elle était en train de feuilleter tant bien que mal et tourna vers Sophie un visage qui avait repris une apparence normale. Même les quelques kilos laissés au Montana l'avaient rattrapée.

— Arrêter de fumer. Tu sauras que j'aime mieux vivre moins longtemps et avoir du plaisir que de passer le reste d'une longue vie sur les *brakes*.

— On dit ça. Tu m'en reparleras quand on t'aura découvert un cancer.

— Ben ce jour-là, je commanderai ma pierre tombale. Je veux qu'on y inscrive : Née pour être heureuse...

— ... et morte d'avoir été niaiseuse, conclut Sophie.

— Non ! Née pour être heureuse et morte de l'avoir trop été, rectifia Paméla.

— Pourquoi penses-tu à des choses aussi morbides ?

— C'est toi qui me parles de cancer, Madame la Parfaite !

— Je te parle de ta santé. Tu es mon amie, et je veux te garder longtemps, dit Sophie avec douceur.

— Tu as le choix : me garder longtemps, marabout, ou moins longtemps, mais de bonne humeur. Ah et puis, je ne changerai pas ! Je n'ai pas envie de changer, un point c'est tout. Changeons de sujet. Comment ça va avec ta visite ?

— Je m'entends très bien avec la tante d'Émile, mais la cousine, c'est l'enfer.

— Qu'est-ce qu'elle a ?

— Elle me fait penser à la Dupré en plus jeune. Mais c'est pas ça le pire. Ce qui me dérange le plus, c'est qu'elle fouille dans nos affaires quand on n'est pas là. L'autre jour, on allait manger chez mon beau-père et, à la dernière minute, elle a décidé de ne pas venir avec nous. Quand on est revenus à la maison, elle était déjà couchée, Dieu merci. Je suis montée pour faire ma toilette et je me suis tout de suite rendu compte en entrant dans la chambre que ça sentait *j'adore* à plein nez.

– J'adore ?

– C'est mon parfum. Je vais ensuite dans la salle de bains pour m'apercevoir que Madame avait pris un bain dans notre *jacuzzi*.

– C'est pas vrai !

– Oui, ma chère. Et elle avait vidé la moitié de ma bouteille de bain moussant.

– Qu'est-ce que tu as fait ?

– Tu me connais. J'ai fermé ma gueule et j'ai lavé la baignoire.

– C'est bien toi, ça. Tu te laisses manger la laine sur le dos. Tu vas te retrouver avec un ulcère d'estomac, prédit Paméla.

– Écoute, c'est la parenté d'Émile, alors je ne veux pas faire de vagues. Je ne t'ai pas dit le plus intéressant. Grâce à sa tante, on a découvert qui était la mère naturelle de Charles.

– Ah oui ?

– Paméla Goodman, appela la secrétaire qui tenait dans ses mains un dossier duquel dépassait une grande enveloppe jaune.

– Tu me raconteras ça plus tard, dit Paméla en se levant.

En la regardant marcher vers la salle d'examen, Sophie remarqua que, bien qu'elle soit encore visible, la boiterie de Paméla avait diminué. Elle prit un magazine au hasard, pour tuer le temps.

Au bout d'une trentaine de minutes, durant lesquelles Sophie s'était informée sur l'hypothèse de l'existence d'autres mondes intelligents dans l'univers, Paméla revint dans la salle d'attente.

Un immense sourire illuminait son visage lorsque, arrivée devant Sophie, elle exhiba ses doigts nus et raides devant son amie.

Les radiographies montraient que les os avaient bien repris. Bien sûr, Paméla devrait faire de la physiothérapie, mais le médecin s'était montré optimiste quant à la reprise de ses activités de céramiste.

— Je n'aurais pas dû prendre de soleil pendant que j'avais mes catins, mais ce n'est pas grave, dit Paméla en observant la différence de ton entre ses mains et ses doigts. Je t'emmène manger au *Creek Bistro* pour fêter ça. Je vais enfin pouvoir tenir mes ustensiles comme du monde. Enfin, j'espère.

Pendant les quelques minutes qu'elles mirent à se rendre au parc de stationnement, Sophie eut le temps de faire part à Paméla des détails au sujet de la mère de Charles. Arrivée à quelques mètres de la jeep de Paméla, Sophie désactiva le système antivol.

— Comme ça, le beau David et Émile sont cousins ? déduisit Paméla.

— Petits petits-cousins, oui.

— Une chance que tu t'es retenue, lança Paméla. Ça n'aurait pas été drôle de tromper ton mari avec un parent.

— De quoi est-ce que tu parles ? dit Sophie en stoppant sa marche.

— Voyons Sophie, ça crève les yeux que le beau David te fait de l'effet.

— Quoi ! ?

— Ne prends pas cet air-là.

— Moi ? David ? T'es folle ou quoi ?

— Je suis sensible. Je sens ces choses-là. Ton attitude change quand il est aux alentours. Ta voix monte d'un ton, tu t'agites, tes pupilles se dilatent. J'espère juste qu'Émile ne s'en est pas aperçu.

— T'es complètement folle.

– Essaye pas !

Sophie rendit les armes.

– Ça paraît tant que ça ?

– Tu devrais essayer d'être plus discrète.

– C'est plus fort que moi. Je ne sais pas ce qu'il a qui m'allume tant.

– Cet homme-là est hypersensuel. Il doit faire des ravages dans un lit.

– …

– Et c'est Tweety qui en profite…

– Ah, ne parle pas de ça. Je ne veux pas y penser.

Les deux femmes montèrent à bord du véhicule et se dirigèrent vers la 13e Avenue. Midi approchait. La circulation était dense, mais la chaleur semblait avoir ramolli le tempérament des conducteurs ; on n'entendait ni coups de klaxon ni départs en trombe aux intersections.

Un quart d'heure plus tard, elles étaient assises au frais à l'intérieur du bistro, ayant refusé la table offerte sur la terrasse brûlante. Après avoir consulté le menu, Sophie choisit l'assiette de *bruschetti* variées alors que Paméla opta pour la salade d'endives. Ah, et puis comme c'était jour de fête, elles décidèrent de partager un cornet de frites. Sophie commanda un thé glacé et Paméla un verre de vin blanc.

– J'ai fait un rêve complètement fou l'autre nuit, dit Sophie sur le ton de la confidence.

– Raconte, l'enjoignit Paméla, friande de détails intimes.

– Tu me jures de ne pas le répéter, surtout pas à Bernard.

– Je le jure. Je le jure. Allez, raconte !

– J'ai rêvé que David était venu à la maison. Il a demandé à voir Émile, et je lui ai répondu qu'il était absent, que j'étais seule. Là, il m'a souri en avançant vers moi et il a dit : « C'est ce que j'espérais. »

– Oh ! je sens que ça va être cochon, se réjouit Paméla.

– Chut ! fit Sophie en posant l'index en travers de ses lèvres. Pas si fort ! Il a continué à marcher vers moi. Il m'a enlacée… j'ai résisté un peu, mais je n'en avais vraiment pas envie…

– De David ?

– Non, de résister.

– Et puis ?

– Et puis… Je l'ai laissé m'embrasser, me caresser. Il a enlevé sa chemise et a commencé à me déshabiller. J'ai dit : « Pas ici. Allons en haut. » Ça nous a pris une éternité pour monter à l'étage. À chaque marche, les caresses augmentaient en intensité. Il me caressait comme s'il m'avait créée. J'étais à bout de souffle. Je ne voyais plus clair.

Sophie baissa le ton quand elle s'aperçut qu'un voisin de table semblait s'inviter dans la confidence.

– Arrivés dans notre chambre, je veux dire celle que je partage avec Émile, il m'a plaquée contre le mur et s'est mis à me labourer. Il avait encore son pantalon et moi aussi. On faisait ça comme des adolescents qui veulent, mais qui n'osent pas. Tu vois ce que je veux dire ?

– Oui, oui.

– Après ça, il m'a entraînée vers le lit. Je résistais. Je me disais que je ne pourrais jamais faire l'amour avec un autre homme dans le lit conjugal. Je le lui ai avoué, et il m'a répondu : « Allons dans *ma* chambre alors. » Ah ! ma fille, la douche froide !

– Dans *sa* chambre ? dit Paméla, le regard interrogateur.

– Oui ! *SA* chambre ! Tu sais qu'il a grandi dans notre maison.

– Oui, oui.

– Il y a une seule chose qui m'agace chez cet homme-là, c'est cette attitude de propriétaire des lieux. Il parle de Civita comme si elle lui appartenait. Ça m'a complètement refroidie. Il n'était plus question qu'il me touche. « Va-t'en ! Je ne veux plus te voir ! » que je lui ai crié.

– C'est vraiment dommage de manquer une bonne baise à cause d'un foutu pronom possessif. Au fait, elle était où sa chambre ?

– Le bureau d'Émile. Tu te rends compte ?

– Ouais. Et comment ça s'est terminé ?

– Ça a fini là. Je me suis réveillée. J'étais tellement frustrée.

Les frites arrivèrent comme Sophie finissait de raconter son rêve.

– Rêver de faire des cochonneries avec le cousin de son mari, c'est très mal ça, dit Paméla, feignant le ton de la réprimande. Mange des frites. Ça va te calmer les hormones.

***

De retour à Fort Qu'Appelle en milieu d'après-midi, Sophie alla directement chez Paméla, gara la jeep dans l'entrée et dit au revoir à son amie. Elles se reverraient samedi, à Civita. Elle rentra tranquillement chez elle à pied, lorgnant dans les jardins au passage, humant le gazon frais coupé chez l'un et les roses nouvellement écloses chez l'autre.

En s'engageant sur l'avenue Hudson, elle aperçut un camion de pompier et un attroupement de badauds devant Civita. Elle se mit à courir.

12

Étendu à plat ventre dans le gazon à l'ombre du pommier, l'œil vif scrutant les alentours, Monsieur Jules ne répondait plus aux invitations d'Émile qui, depuis une demi-heure, s'amusait à nourrir l'écureuil au lieu de tondre le gazon. Sophie, qui l'observait par la fenêtre de la cuisine tout en préparant le repas pour la fête, commençait à s'impatienter. Il y avait tant à faire avant l'arrivée des invités prévue pour seize heures.

En début de matinée, Charles était passé prendre Colette et Lucie pour les conduire à Regina. Lucie voulait acheter un cadeau pour ses hôtes dans le but de se faire pardonner l'incident qu'elle avait causé, deux jours plus tôt, et qui avait alarmé tout le village.

Une odeur de fumée flottait toujours dans la maison, mais les dégâts étaient mineurs. Lorsque Sophie était arrivée à Civita, à bout de souffle, les sapeurs-pompiers remballaient leur matériel. C'est une Lucie hystérique qui s'était précipitée vers elle en hurlant à pleins poumons. « J'ai mis le feu dans votre château ! »

Malgré la chaleur extrême, Lucie était enveloppée dans une couverture du service des incendies. Elle expliqua à Sophie que, trouvant l'air ambiant frisquet à son lever, elle avait décidé de faire un feu dans le foyer du salon plutôt que de mettre le nez dehors, où il faisait vingt-huit degrés. L'idée ne lui était pas venue d'ajuster le thermostat du climatiseur central. Elle avait donc façonné des boules de papier journal et recouvert ces dernières de copeaux de bois avant d'allumer l'éphémère pyramide avec son briquet. Elle était ensuite allée se préparer une tasse de café à la cuisine. À son retour au salon, la fumée avait envahi la pièce.

Prise de panique, Lucie avait aussitôt appelé les pompiers. Ne pouvant rester inactive en attendant leur arrivée, elle s'était emparée de la nappe qui recouvrait la table de la salle à manger et l'avait jetée dans l'âtre pour tenter d'étouffer les flammes naissantes. Cette belle nappe brodée à la main était un cadeau de mariage de Colette. Au début, Lucie avait cru que ses efforts étaient venus à bout du feu, mais une minute plus tard, c'était au tour du cadeau de mariage de flamber dans le foyer. Dans un geste désespéré, elle avait retiré sa robe de chambre pour la tasser, elle aussi, dans l'âtre du foyer. À l'arrivée des pompiers, elle ne portait plus que sa petite culotte.

La pauvre s'était confondue en excuses. Ne connaissant des foyers que celui, électrique, qui ornait son sous-sol, Lucie ignorait que les vraies cheminées étaient munies d'une trappe servant à évacuer la fumée. Maintenant, elle le savait. Comme elle insistait pour nettoyer elle-même les dégâts, Sophie lui avait fourni une pelle, un seau et des torchons avant de se réfugier dans son bureau pour canaliser sa colère loin de la cousine incendiaire.

Les parentes étaient donc parties magasiner, ce qui laissait le champ libre à Sophie et à Émile pour vaquer aux préparatifs de la fête. Midi approchait et Émile n'était pas à la veille de tondre le gazon puisqu'il fallait d'abord qu'il nettoie la cour. Durant la nuit, un violent orage s'était abattu sur le village, laissant derrière lui des branches d'arbres cassées et d'autres débris plus ou moins naturels. Heureusement, le beau temps était revenu.

Sophie jeta un autre coup d'œil à l'extérieur. Émile était toujours assis dans le gazon, mais il donnait maintenant de la tête à gauche, à droite, en haut, en bas, puis encore à gauche, à droite.

– Mais qu'est-ce qu'il fout ? grogna-t-elle en se dirigeant vers la porte.

Arrivée à l'extérieur, elle constata que son mari observait une poursuite d'écureuils. Monsieur Jules faisait la chasse à un intrus avec une agilité remarquable.

– Émile, lança Sophie, les poings sur les hanches.

Il ne réagit pas.

– Émile !

Elle réussit à capter son attention, mais il ne détacha pas ses yeux des écureuils.

– T'as vu ça ? Monsieur Jules se reposait tranquillement dans l'herbe quand l'autre est arrivé et…

– Émile !

– Quoi ? dit-il en se tournant vers Sophie.

– Tu n'as pas des choses à faire ?

– Je suppose que oui.

– Pardon ? Je te rappelle que c'est *ton* idée, cette fête. C'est pour *ta* tante qu'on l'organise, alors est-ce que *tu* pourrais faire *ta* part ?

– Hé ! les nerfs, mon général ! Je sais ce que j'ai à faire et je vais le faire.

– Eh bien, ça ne paraît pas !

– Hou ! qu'est-ce qu'elle a mangé ma belle lionne ce matin pour être aussi à pic ? dit Émile en se dirigeant vers Sophie.

– Elle n'a rien mangé justement. Elle n'a pas eu le temps.

– Ah ! C'est ça le problème. Pourquoi tu ne te reposes pas quelques minutes pendant que je te prépare une omelette ?

– Je ne veux pas d'omelette.

– Qu'est-ce que tu aimerais alors ?

– J'aimerais que tu nettoies la cour, que tu tondes le gazon, que…

– Je vais le faire. Je parlais nourriture…

Il était inutile de se laisser emporter. En fait, la fébrilité de Sophie ne venait pas tant du fait qu'Émile tardait à mettre la cour en ordre que de l'idée de revoir David. En plus, cette rencontre allait se dérouler en présence de Paméla qui lisait en elle comme une voyante. La peur de se trahir et la crainte qu'Émile ne se rende compte de quelque chose lui faisaient perdre ses moyens.

– Ne t'inquiète pas, dit Émile. Tout sera prêt à temps. Je te prédis même qu'on aura le temps de se faire un beau câlin.

***

À quinze heures trente, tout était prêt. Les steaks et le poulet marinaient depuis une heure dans des préparations aux accents orientaux. Le réfrigérateur débordait de nourriture. Émile avait fait suffisamment de provisions de sangria, de bière, de vin et de thé glacé pour abreuver une armée d'assoiffés.

La pluie de la veille avait ravivé la couleur du gazon fraîchement coupé. Autour de la grande table nappée de blanc virevoltaient des nuées de petits papillons, blancs eux aussi. Des lanternes en papier de riz sillonnaient la cour, suspendues d'arbre en arbre, d'où elles exerceraient leur magie dès la tombée du jour. De nombreuses bougies à la citronnelle, stratégiquement placées, étaient prêtes à défendre les humains contre les hordes de moustiques.

Assis dans la balançoire, les hôtes savouraient quelques instants de répit avant l'arrivée des premiers invités. Du haut de sa clôture, Monsieur Jules faisait sa toilette pendant qu'une vingtaine de moineaux, alignés au grand soleil sur le fil du téléphone, pépiaient tout en se délestant de leur trop-plein.

— J'espère qu'on n'a rien oublié, dit Sophie.

— Je t'aime.

— Moi aussi, répondit-elle sans y mettre trop de cœur. J'espère qu'on ne manquera de rien.

— Relaxe ! Cesse de t'en faire ! Tout va bien aller.

— Tu as bien demandé à Bernard d'apporter des chaises ?

— Oui.

— David et Trudy viennent ? Tu es certain ?

— Mais oui. Pourquoi ?

— Oh, pour rien.

— Je ne t'ai jamais vue aussi nerveuse. Qu'est-ce qu'il y a ?

— Rien.

— Sophie…

— C'est seulement que je veux que tout soit parfait.

— Mais tout va être parfait, dit Émile en prenant les mains de Sophie dans les siennes. Cesse de t'en faire sinon tu ne t'amuseras pas.

— La musique ! On a oublié la musique !

Émile se précipita aussitôt vers la maison.

Cinq minutes plus tard, Jimmy Buffett chantait que tout le monde a un cousin à Miami, et c'est sur les premières notes de *Fruitcakes* que Charles et ses deux passagères arrivèrent à Civita.

— Il fait tellement chaud en ville, je pensais que j'allais mourir, dit Colette les bras chargés de sacs.

– Si j'avais su que son *pick-up* avait pas l'air conditionné, j'serais restée ici, se plaignit Lucie.

– Je m'excuse, balbutia Charles, l'air penaud, en s'asseyant à côté de Sophie.

– Veux-tu arrêter de critiquer ? dit sèchement Colette à sa fille. J'en ai soupé de toujours t'entendre te plaindre.

Lucie entra dans la maison sans ajouter un mot.

– Excuse-la, Charles. Elle ne sait pas vivre.

Charles avait les yeux fixés sur sa casquette qu'il tripotait nerveusement entre ses mains.

– J'en ai un climatiseur. C'est juste qu'il est brisé.

– Vous auriez dû me le dire, papa, intervint Émile. Je vous aurais prêté mon auto le temps que vous le fassiez réparer.

– Je ne voulais pas déranger.

– Mais ça m'aurait fait plaisir.

Après quelques minutes de bavardage, Colette entra à son tour dans la maison pour se rafraîchir et se changer. Sophie offrit à boire aux deux hommes. Ils prendraient volontiers une bière.

En pénétrant dans la cuisine, Sophie se trouva nez à nez avec Lucie, une Lucie métamorphosée qui portait une robe de coton vert pomme. Elle avait même attaché ses cheveux coupés en balai.

– Wow ! fit Sophie surprise par cette transformation.

Lucie, l'air embarrassé, s'excusa presque de sa tenue.

– C'est ma *mére* qui me l'a fait acheter.

Sophie remarqua que Lucie portait du rouge à lèvres. Elle en reconnut la teinte puisqu'il s'agissait de sa préférée. Une couleur qu'on ne trouvait plus en magasin. La cousine était encore allée fouiller dans sa chambre.

Lucie tenait à la main un sac qu'elle tendit à Sophie.

– C'est pour toi.

– Pour moi ?

– Oui. Pour vous remercier, toi et Émile.

Sophie ne sut que dire. Elle resta là, sans bouger, tenant le sac du bout des doigts.

– Regarde dedans ! l'exhorta Lucie.

Sophie s'exécuta. Il s'agissait d'un sac bleu de la bijouterie Birks. À l'intérieur, il y avait une boîte du même bleu, entourée d'un ruban de couleur marine. Elle sortit délicatement la boîte du sac en se demandant quelle folie la cousine avait bien pu faire.

Après avoir défait le ruban, elle souleva le couvercle qui révéla du papier de soie, bleu lui aussi.

– Mon Dieu que t'es pas pressée. Ça doit être long Noël chez vous ! s'impatienta Lucie.

Finalement, Sophie souleva le papier de soie et découvrit un objet de cristal qu'elle prit dans sa main pour l'admirer.

– Un cendrier, dit-elle en regardant la lumière réfléchir sur ses multiples facettes polies.

– Oui ! Un *beau* cendrier, précisa Lucie, tout excitée.

Sophie était à court de mots. Pourquoi lui offrir un cendrier ? Elle se dit qu'elle pourrait toujours s'en servir pour y mettre ses boucles d'oreilles.

– C'est pour remplacer l'autre horreur, reprit Lucie en faisant référence au cendrier fabriqué par Paméla. J'sais ben que vous fumez pas, mais il va certainement être mieux que l'autre pour votre visite.

– J'imagine oui. Merci. Il est très joli, dit poliment Sophie en le remettant dans la boîte.

– C'est bien du moins. Après le dégât que j'ai fait…

– On n'en parle plus, l'interrompit Sophie en esquissant un sourire.

Lorsqu'elle ressortit de la maison, suivie de Lucie qui tirait sur sa robe, elle fut accueillie par un grand éclat de rire. Paméla était assise à côté de Charles qui était tout sourire.

– Qu'est-ce qui te fait tant rire ? demanda Sophie.

Paméla se tourna vers les deux femmes qui venaient dans sa direction.

– C'est qui le spectre verdâtre ? murmura-t-elle à Charles. Est-ce que c'est la fameuse cousine ?

Charles fit signe que oui.

Lucie eut un léger mouvement de recul en apercevant Paméla. Elle ne s'attendait sans doute pas à ce que la meilleure amie de Sophie soit métisse.

– Je suis en train de raconter à ton beau-père que j'ai retrouvé ma vache.

– Pas vrai ! Où ça ? dit Sophie.

Paméla se détourna et tendit la main à Lucie.

– Bonjour. Moi, c'est Paméla. Une amie. Vous devez être la cousine Lucie du Québec ?

Lucie lui serra mollement la main en la dévisageant.

Paméla retourna à Sophie pour lui raconter l'épopée de sa sculpture. Car la vache en question était une sculpture, un bronze de Joe Fafard.

– Imagine-toi donc qu'un homme est venu à ma boutique ce matin pour essayer de me vendre ma vache.

– Incroyable ! s'exclama Sophie.

— Oui, ma chère. Il entre dans le magasin et me montre la vache en me racontant qu'elle faisait partie de son « patrimoine familial ». Patrimoine mon œil ! Je l'ai reconnue tout de suite. C'était Shelley !

— Une vache dans une boutique ? souffla Lucie d'un air dégoûté.

— Oui, madame, répondit Paméla, sans préciser qu'il s'agissait d'une sculpture qui tenait dans une main. Il m'a raconté qu'il en avait hérité de sa vieille mère, qu'il y était très attaché, mais qu'il serait prêt à s'en départir si je lui offrais un bon prix. Hé ! je n'ai pas perdu une seconde. J'ai regardé sous la vache pour voir la signature et le numéro. Les vaches de Fafard sont toutes signées et numérotées, dit-elle à l'intention de Lucie.

— Signées et numérotées, répéta Lucie, qui n'en croyait pas ses oreilles.

— C'était écrit là, sous mes yeux : Fafard, 96, 10/10. C'était ma Shelley ! Je lui ai dit à ce trou d'cul que cette vache avait été volée, dans ma salle à manger...

— Dans ta salle à manger ! ? fit Lucie.

— Oui, madame. Il a fini par m'avouer qu'il l'avait achetée d'un ado pour cent dollars. Non, mais, c'est-tu assez ridicule? Cent piastres pour une vache de Fafard !

Charles acquiesça, même si lui n'aurait jamais payé une telle somme pour une sculpture. Paméla fit une pause pour s'allumer une cigarette.

— J'vas t'chercher un cendrier, dit Lucie.

Elle en avait assez entendu. Trop heureuse d'avoir trouvé une excuse pour se soustraire à la présence de cette folle, elle se dirigea prestement vers la maison. « Une vache dans sa salle à manger... maugréa-t-elle. Berk ! J'irai jamais manger chez eux.

Après ça, ils viendront dire que les Québécois ont des drôles d'habitudes… »

Lucie revint une minute plus tard avec le cendrier de cristal qu'elle tendit fièrement à Paméla.

– Tu as acheté un cendrier ? commenta Paméla en regardant Sophie qui se tortillait sur son banc. Est-ce qu'il est arrivé quelque chose au mien ?

– La grosse affaire verte ? demanda Lucie. C'est à *toué* ? J'vas te l'chercher, dit-elle en retournant vers la maison au pas de course.

– Comment ça, « la grosse affaire verte » ?

– Ne fais pas attention. Elle est un peu… fit Sophie en complétant sa phrase d'un geste significatif sur sa tempe.

C'est à ce moment qu'Émile et Bernard arrivèrent, les bras chargés de chaises pliantes.

– Je prendrais de la sangria si tu en as, dit Paméla.

– Bien sûr que j'en ai, répondit Sophie en se levant.

Sa jupe, longue et ample, ondulait autour de ses jambes, ne laissant voir que ses pieds chaussés de mules blanches. Au passage, elle tapota le postérieur d'Émile, penché pour déplier les chaises. Sur ces entrefaites, Lucie revint avec le cendrier de Paméla. Elle le lui tendit en claironnant :

– Tu peux le reprendre. Ils en auront plus besoin maintenant qu'ils en ont un beau.

– Comment ça, « un beau » ! ?

Sophie revint aussitôt sur ses pas pour tenter de limiter les dégâts.

***

Les propriétaires de Batifol furent les prochains arrivants. Gloria et Marc prenaient rarement congé ensemble, mais ce jour-là, leur adjoint les avait convaincus qu'ils pouvaient tous deux s'absenter quelques heures sans mettre en péril leur florissant commerce.

Gloria était toute rose d'excitation dans sa robe fleurie à larges volants dont le généreux décolleté aurait fait loucher un aveugle. Bernard et Émile échangèrent des regards gourmands. La boulangère portait un grand panier rempli de pains frais qui embaumèrent la cour. Elle entraînait dans son sillage son mari le pâtissier, tout de blanc vêtu. De ses mains délicates, il tenait une énorme boîte de carton qui suscita suffisamment de oh ! et de ah ! pour le gonfler d'orgueil. Quitte à en décevoir certains, il informa l'assemblée qu'il ne s'agissait pas de ses fameux éclairs au chocolat, l'hôtesse lui ayant commandé un gâteau au café jamaïcain. Il leur assura que ce dessert, servi glacé, était lui aussi un véritable délice. Sophie le délesta de sa boîte qu'elle alla mettre sur-le-champ au congélateur.

— Mon père vous prie de l'excuser, dit Gloria, mais il ne viendra pas.

Robert Komar avait pourtant confirmé sa présence pas plus tard que la veille.

— Quelque chose ne va pas ? demanda Émile qui ignorait si son patient avait informé sa fille de son état de santé.

— Non, il est seulement fatigué. C'est probablement à cause de la chaleur. Il préfère garder son énergie pour le voyage. On part la semaine prochaine.

— Ah oui ? Vous allez où ? demanda Paméla.

– À Budapest. Toute la famille. C'est un cadeau que nous offre papa, dit la jolie boulangère en s'asseyant sur l'une des chaises apportées par Bernard.

– À Budapest ? répéta Paméla avec un drôle d'air. Qu'est-ce qu'il y a à faire là ?

– Il y a beaucoup de belles choses à voir, répondit Marc en tâtant les fruits du pommier qu'il imaginait déjà dans une tarte normande. L'art, l'architecture…

– Et la piscine thermale de l'hôtel Gellért, ajouta Sophie en s'asseyant près de Gloria.

– Tu y es déjà allée ?

– Non, mais j'en rêve. J'ai vu un documentaire à la télé et…

– Et depuis ce temps-là, elle m'en rebat les oreilles, compléta Émile.

– Un jour, un jour, dit Sophie.

– Mais pourquoi Budapest ? demanda Colette.

– Mon père est d'origine hongroise. Ses parents ont émigré au Canada avant la guerre, et il n'est jamais retourné dans son pays. Il tient à ce qu'on connaisse nos origines.

– Émile et Sophie, puisque nous parlons voyages, commença Bernard, Paméla a quelque chose à vous annoncer.

– Ah oui ? dit Sophie en se redressant sur sa chaise.

Émile vint se placer derrière elle.

– Eh bien, oui… Sophie, Émile… Bernard et moi… on aimerait aller en Italie avec vous autres. S'il n'est pas trop tard, évidemment, déclara Paméla avec un large sourire.

– Quoi ? s'écria Sophie. Mais il n'y a pas encore de train ni d'autobus qui se rende en Italie…

– Je sais bien, voyons.

– Tu serais prête à prendre l'avion ? demanda Émile.

Paméla hocha vigoureusement la tête.

– C'est pas vrai ! s'étonna Sophie. Tu t'es enfin décidée ?

– Oui. J'ai eu beaucoup de temps pour réfléchir et pour lire pendant ma convalescence. Bernard m'a acheté un livre sur les phobies. Je l'ai lu… et… j'ai décidé d'affronter ma peur.

– Bravo ! Je vous admire, dit Colette. Il ne faut pas se laisser arrêter par ses peurs. La vie est trop courte.

– Pas dans votre cas, objecta Bernard.

Tous rirent de bon cœur.

– C'est ce que j'ai finalement compris, admit Paméla.

Puis, s'adressant à ses amis, elle demanda :

– Alors ? Est-ce que c'est oui ?

– Mais bien sûr que c'est oui, répondit Sophie en se levant pour aller l'embrasser.

– On va vous faire découvrir Civita, la vraie, lança Émile avec enthousiasme.

– Depuis le temps qu'on en entend parler, répliqua Bernard.

– Moi, j'vois pas l'intérêt d'aller dans des pays où le monde parle même pas notre langue, dit Lucie.

– Mais le dépaysement, la découverte, expliqua Marc, c'est ça qui est formidable !

– Moi, j'suis venue ici, *pis* j'suis ben assez dépaysée, merci.

Personne ne jugea utile d'ajouter quoi que ce soit, et Bernard enchaîna en s'adressant à Émile :

– Sors donc ton jeu de *bacci* qu'on se pratique avant d'aller massacrer les Italiens.

Tandis que l'après-midi s'écoulait, des sous-groupes se formèrent. Bernard et Émile commencèrent une partie de *bacci* avec Gloria et Marc ; Charles et Colette s'installèrent à l'ombre du pommier pour bavarder une dernière fois avant qu'elle ne parte. Sophie avait rejoint Paméla et Lucie, assises côte à côte dans la balançoire.

Lucie offrit une cigarette à Paméla. Elle lui donna du feu et s'alluma elle aussi une cigarette avant de dire :

– Comme ça, tu vis avec le monde.

– Qu'est-ce que vous voulez dire, je « vis avec le monde » ? demanda Paméla intriguée.

– J'veux dire que tu vis avec les Blancs, répondit Lucie en indiquant les autres personnes présentes. Chez nous, les Indiens, y vivent dans des réserves.

Paméla faillit s'étouffer.

– D'abord, je ne suis pas une « Indienne », comme vous dites, mais une Métisse. Ensuite…

– C'est quoi la différence ?

– La différence c'est que je suis moitié-moitié. Mon père est un Amérindien et ma mère, une Blanche.

– Ah ! Est-ce que ça veut dire que t'es pas aussi paresseuse qu'une Indienne, mais pas aussi vaillante qu'une Blanche ? demanda Lucie en riant de son propre mot.

– Lucie ! tonna Sophie.

– Très drôle, dit Paméla. Et toi ? J'ai entendu dire que tu « adores » prendre des bains de mousse.

Sophie lui donna un coup de pied sur le tibia en lui faisant de gros yeux, mais Paméla ignora ses signaux.

– Comme tout l'monde, répondit Lucie qui ne sembla pas saisir l'allusion. J'aime ça, c'est doux, *pis* ça sent bon. Mais j'porte pas de parfum, par exemple.

– « Une femme sans parfum est une femme sans avenir », disait Coco Chanel, scanda Paméla.

– C'est drôle, ça, dit Lucie. Il s'appelle comme un parfum.

Sophie et Paméla échangèrent un regard perplexe.

Lucie changea de sujet en s'adressant à Sophie.

– Vous devriez transformer votre château en *bed and break-fast*. Une grosse cabane comme ça juste pour vous deux, ça n'a pas de bon sens.

Plusieurs personnes lui avaient déjà fait cette suggestion.

– Je ne crois pas, non, répondit Sophie.

– Vous pourriez faire de l'argent, soutint Lucie.

– Pour nous, l'intimité n'a pas de prix.

– L'intimité, oui, dit Paméla. Ça doit te manquer ces temps-ci…

– Pam !

– Laisse-la parler. Ça ne me dérange pas, intervint Lucie.

Sophie jeta un regard aux alentours, à la recherche d'une excuse pour s'éloigner des deux femmes et elle aperçut, sortie de nulle part, Constance Dupré, assise sous le pommier en compagnie de Colette et de Charles.

– Avez-vous vu qui est là ? demanda Bernard qui s'amenait près de la balançoire. Je ne peux pas croire que tu l'as invitée, dit-il à Sophie.

Paméla et Lucie se retournèrent pour voir à qui Bernard faisait allusion. Constance parlait vite en appuyant son récit de grands gestes secs, son sac à main posé en travers de ses genoux.

— C'est Colette qui l'a invitée, rectifia Sophie, les dents serrées.

— C'est qui, ça ? demanda Lucie.

— Une vieille connaissance de votre mère, répondit Bernard avant de reporter son regard vers la Dupré. Elle est encore en train de calomnier, dit-il en frappant ses boules de *bacci* l'une contre l'autre, le regard sombre. J'ai bien envie de…

— Bernard, oublions ça ! l'intima Paméla. C'est une pauvre indigente affective. Donne-moi un bec, mon beau loup, dit-elle en tirant Bernard par le col de sa chemise.

Lucie détourna le regard.

Après avoir embrassé sa femme, Bernard retourna à sa partie de boules. C'était au tour de Gloria de lancer, et Émile l'observait, admirant la vaste poitrine palpitante qui s'offrait devant lui. Gloria, qui n'avait jamais joué à ce jeu, lançait ses boules en poussant de petits cris.

— Pam m'a raconté au sujet de ton père et de ton grand-père, dit Bernard à Émile.

— Pardon ? dit Émile, tiré abruptement de son fantasme.

— Pam m'a expliqué pour ton grand-père, la rumeur, tout ça.

— Ah oui !

— Je me demandais… puisque c'est pas vrai, la rumeur… il n'y a plus de raison qui t'empêche de… est-ce que ça se pourrait que tu te lances en politique ?

— Je voulais justement t'en parler.

— Parce que si tu décides d'y aller, moi, je me désiste.

— J'y songe sérieusement, répondit Émile.

— D'accord, dit Bernard en baissant les yeux.

— Qu'est-ce que vous attendez ? C'est à vous de jouer, cria Marc.

Bernard y alla le premier et fit un lancer pitoyable dont se moquèrent ses adversaires.

— C'est pas en lançant comme ça que tu vas massacrer les Italiens, dit Marc.

Émile donna à son partenaire un léger coup de poing sur l'épaule en signe d'encouragement au moment où arrivait un nouveau contingent d'invités.

— Ah non ! laissa tomber Paméla en portant une main à sa bouche comme pour se protéger. Tweety a amené ses p'tites guenons !

— Des guenons ? dit Lucie en se retournant.

Elle ne vit que deux adorables fillettes aux longs cheveux blonds, tout le portrait de leur mère.

Sophie se leva pour aller accueillir les trois générations de Porter qui entraient en procession dans la cour de Civita. Au premier rang se trouvaient les jumelles que Paméla associait à des primates. Elles étaient suivies de leurs parents, David et Trudy, le couple dépareillé par excellence. David tenait un énorme bouquet de fleurs. Venaient au troisième rang les parents du porteur de fleurs, Munrow et Irma Porter.

Les fillettes s'élancèrent vers la balançoire alors que David se dirigea vers Sophie en lui tendant la gerbe de roses.

— C'est pour toi, dit-il d'une voix qui fit frémir l'épine dorsale de Sophie.

— Des fleurs pour moi ? Mais en quel honneur ? demanda-t-elle en les prenant.

— Pour te remercier de nous recevoir, chère petite-cousine.

— Merci, mais tout le plaisir est pour nous, balbutia Sophie alors que David s'approchait pour lui faire la bise.

Il saisit Sophie par les épaules, une emprise légère et, entre la joue gauche et la joue droite, il murmura :

– J'ai rêvé à toi l'autre nuit.

Sophie ouvrit la bouche, mais aucun son n'en sortit. Son cœur se mit à battre si fort que le bouquet de roses palpitait contre sa poitrine.

– Tu ne me demandes pas ce qu'on faisait ? dit David.

Sophie le regarda intensément, incapable de prononcer la moindre parole. Elle fut brutalement ramenée à la réalité lorsque le père de l'Adonis se présenta pour lui faire la bise à son tour, précédé de son odeur nauséabonde.

Munrow Porter, qui la dépassait d'une tête, l'enveloppa de ses longs bras et la serra contre lui. Heureusement, le bouquet de fleurs qu'elle tenait donna à Sophie une excuse pour garder une certaine distance et écourter l'étreinte.

– Chère petite-cousine.

La seule prononciation de ces trois mots relâcha une odeur putride qui donna l'impression que le vieux juge était mort depuis longtemps. Sophie eut un haut-le-cœur en songeant qu'il utiliserait dorénavant l'excuse du lien de parenté pour l'embrasser chaque fois qu'il la verrait.

Le téléphone sonna, et Émile se précipita à l'intérieur pour aller répondre.

Sophie souleva son bouquet et dit, sans respirer :

– Je vais les mettre dans l'eau.

Et elle fila dans la maison à la suite de son mari.

La fraîcheur de l'intérieur lui replaça l'estomac. Émile raccrocha le combiné et se tourna vers Sophie.

– C'était Julien. Devine quoi ?

– Ils ne pourront pas venir parce que Suzan est malade. Madame a la diaaarrhééée, dit Sophie en coupant l'emballage de cellophane qui retenait les fleurs.

– Touché !

En effet, c'était prévisible. D'aussi loin qu'ils s'en souviennent, le frère d'Émile et sa femme n'avaient jamais pris part à aucune réunion comptant plus de huit personnes. Au-delà de cette limite, la pauvre Suzan, victime d'une anxiété maladive, se voyait terrassée par des problèmes gastro-intestinaux. D'ailleurs, elle avait failli ne pas se présenter à son propre mariage.

Sophie n'avait pas compté le couple au nombre des convives, convaincue que cet appel téléphonique viendrait tôt ou tard.

***

Le soleil s'inclina graduellement vers l'ouest pendant qu'Émile et Bernard, chefs désignés, grillèrent les steaks et le poulet sur le barbecue, tout en exécutant quelques pas de danse sur des rythmes de musique andine du groupe Sumakta.

La chaleur n'avait en rien altéré l'appétit des convives, surtout pas celui des jumelles qui s'empiffrèrent. Trudy et David, rompus à la turbulence de leurs filles, ne tentèrent à aucun moment de les assagir lorsqu'elles commencèrent à se lancer de la salade de fusillis. Ils ne réagirent pas davantage quand les fillettes décidèrent que c'était encore plus rigolo de s'en farcir les narines, en prenant soin d'en laisser dépasser un bout vrillé assez long pour pouvoir l'attraper avec la langue pour finalement le manger. Le jeu ne prit fin qu'au moment où l'une des jumelles en aspira un dans une cavité nasale. Trudy hurla et sœurette se mit à pleurer pendant que papa farfouillait dans les orifices et donnait de grandes tapes dans le dos jusqu'à ce que la malheureuse rende le morceau par où il était entré. L'incident fut réglé sans qu'Émile eût à intervenir.

Malgré le spectacle offert par les jumelles, la discussion fut animée. Même Lucie qui, de son propre aveu, n'avait pas bu une goutte d'alcool depuis le mariage de sa fille, sept ans plus tôt — ce qui lui avait permis de dire à son nouveau gendre ce qu'elle pensait réellement de lui —, vida trois verres de vin rouge avant d'avoir terminé son plat principal. Elle s'en versa un quatrième avant de passer la bouteille à la Dupré.

Sophie observait cette tablée qui réunissait des gens que plus de trois quarts de siècle séparaient. Assis en face d'elle, l'aîné du groupe, Grant Morrison, un jeune octogénaire, racontait des histoires aux jumelles pour leur faire oublier leur mésaventure. À en juger par ses mimiques, tantôt cocasses, tantôt terrifiantes, et par l'expression des petites, il devait s'agir d'une histoire de fantôme de Fort San.

Le regard de Sophie glissa ensuite vers M. et Mme Porter qui discutaient tranquillement avec Colette et Charles pendant que la boulangère et le pâtissier écoutaient attentivement le discours d'Émile sur la beauté de la Voie lactée. Bernard l'écoutait d'une oreille distraite, le regard perdu dans le décolleté de la boulangère.

Trudy, qui s'était mise à écouter l'histoire de Grant, serra ses petites contre elle.

L'esprit allégé par le vin, Sophie porta son attention sur les deux femmes aigries qui semblaient s'entendre à merveille. Elle entendit Constance qui disait, avec un débit plus lent qu'à l'habitude :

– Moi, je ne veux pas mourir parce que ça m'enrage de penser que le monde va continuer de tourner sans moi. Je ne veux rien manquer.

– Moi, ça ne me fait rien, répondit Lucie. Quand je vais mourir, je donne mon corps à la science. Ils pourront en faire de la colle, des cure-dents, tout ce qu'ils voudront.

Sur cette parole altruiste, la cousine prit une autre gorgée de vin sans même se rendre compte que sa coupe était vide. Sophie était heureuse de constater que, le vin aidant, les deux harpies semblaient perdre un peu de leur mordant.

Pendant ce temps, Paméla observait David qui, lui, n'avait cessé de zieuter Sophie durant tout le repas. L'hôtesse posa son regard sur lui. Il eut à peine le temps de détourner les yeux.

La cour de Civita prit une tout autre allure lorsqu'à la tombée de la nuit Émile alluma les lanternes, les lumières dans le pommier et les bougies à la citronnelle, bien que les moustiques se soient faits jusque-là discrets. La grande tablée se démantela pour se reformer autour du foyer à ciel ouvert. Émile arrêta la musique pour laisser place au concert des grillons.

Avec les flammes multicolores s'envolaient les derniers vestiges de l'ancienne maison. Sophie se fit un point d'honneur de le mentionner à David et à son père pour bien leur signifier, une fois pour toutes, que Civita ne leur appartenait plus.

Charles, qui avait pris place à côté d'Émile, lui demanda discrètement s'il pouvait revoir la photo de Katherine Willie. Émile se réjouit de cette demande et répondit à son père qu'il en avait trouvé une autre, bien meilleure.

Une minute plus tard, il était de retour près du feu avec une photo cartonnée sur laquelle on voyait Katherine et Juliette en gros plan. Visiblement, elle avait été prise le même jour que la première, car les deux jeunes filles portaient les mêmes vêtements et se tenaient encore par le cou. Tous s'exclamèrent devant la beauté des deux adolescentes que le reflet des flammes semblait animer d'une vie nouvelle.

Le cliché se retrouva entre les mains de Grant Morrison qui le contempla longuement. Avec Colette, il était la seule personne encore vivante à avoir connu les deux jeunes déesses à l'air coquin.

– Ma belle Juliette, dit-il en se tournant de biais pour éclairer les visages de son passé au moyen des flammes. Mon premier amour. Elle avait promis de me marier quand j'aurais une bonne situation. Sa promesse a tenu jusqu'à ce que Dorian arrive dans le portrait. Je ne faisais pas le poids, moi, un petit fonctionnaire, devant son beau docteur américain.

– C'est là que tu t'es rabattu sur moi, intervint Colette.

– Hein ? fit Lucie.

– Rabattu, c'est un bien grand mot, dit Grant, puisque toi aussi tu étais tombée amoureuse d'un beau docteur.

– Mais ça ne m'a pas empêchée de te laisser m'embrasser, dit Colette.

– Quoi ? fit Lucie.

– Je ne savais pas que vous vous étiez fréquentés, dit Émile.

– C'est pourtant vrai, dit Grant. Colette et moi on a…

– On s'est amusés un peu, conclut Colette.

– Oui, dit Grant. Ensuite, je suis allé me battre en Europe pour oublier les sœurs Murray.

– Vous avez aussi connu Katherine ? demanda Émile, curieux d'en apprendre davantage sur sa grand-mère.

– Oui, dit Grant en reportant ses yeux sur la photo. Pauvre Titi, dit-il en hochant lentement la tête de gauche à droite.

– Titi ? lança Sophie comme si elle avait vu un fantôme.

– Oui, Titi. C'est comme ça que Juliette l'appelait. Elle était sourde, mais elle avait des noms pour chacun d'entre nous, dit Grant.

– Moi, c'était Coco, dit Colette.

– Titi ? répéta Sophie, alors que les idées se bousculaient dans sa tête. Est-ce qu'elle a eu la tuberculose ? demanda-t-elle avec empressement.

– Non, répondit Grant.

– Vous en êtes certain ? insista-t-elle.

– Il a raison, dit Colette. Katherine n'a jamais eu la tuberculose.

Sophie revit cette lettre qu'elle avait lue quelques mois plus tôt, la première sur le dessus du paquet enrubanné de satin bleu, cette lettre qui l'avait déçue par la banalité de son contenu, cette lettre adressée à Juliette, celle écrite par une patiente du sanatorium et signée... Titi. Était-ce une lettre de Katherine Willie ? Mais Katherine n'a pas eu la tuberculose...

Soudain, la présence de tous ces gens devint importune. Sophie aurait souhaité pouvoir les faire disparaître. Qu'ils partent. Qu'ils partent tous, maintenant, pour qu'elle puisse monter dans son bureau et lire les lettres.

La discussion se poursuivit pendant la demi-absence de l'hôtesse et lorsqu'elle revint au présent, Grant avait toujours les yeux rivés sur la photo, et hochait la tête en répétant :

– Pauvre Titi.

Sophie fut très intriguée par l'intensité de l'émotion que semblait susciter chez Grant le souvenir de cette jeune fille disparue depuis longtemps.

Trudy, qui était demeurée silencieuse depuis les histoires de fantômes de Grant, demanda à Sophie si elle avait des guimauves pour faire rôtir sur le feu. Ça ferait plaisir aux petites. Lucie aussi en voulait, de même que Paméla et Gloria, malgré la moue de dégoût de son mari. Bien sûr qu'elle en avait, des guimauves. Elle se leva pour aller les chercher à la cuisine.

Lorsqu'elle ressortit de la maison, elle aperçut une silhouette voûtée dans le renfoncement de la porte. C'était Constance Dupré qui l'attendait.

– Je m'en vais, dit Constance, mais avant de partir, je voulais te dire quelque chose pour te remercier de m'avoir invitée.

– C'est que… je ne vous ai pas…, balbutia Sophie, un peu embarrassée.

– Merci de m'avoir reçue, coupa la Dupré. Je veux te dire qu'ils sont tous dans les patates.

– Dans les patates ? dit Sophie en se préparant à entendre une autre calomnie.

– Ils sont dans les patates que je te dis. La mère de ton beau-père, elle est pas morte des suites de son accouchement.

– Ah non ?

– Non. Ce serait trop beau.

– Qu'est-ce que vous voulez dire ?

– Je te le dis juste à toi pour te remercier.

Sophie attendit la suite, résolue à ne pas y prêter foi.

– Katherine Willie, elle s'est suicidée.

– Quoi ?

– Elle s'est pendue. Dans sa chambre.

– Mais qu'est-ce…

– Tu peux me croire. Bonsoir.

La frêle silhouette partit dans la nuit d'un pas rapide, mais mal assuré. Sophie resta plantée là, le sac de guimauves pressé contre sa poitrine.

– Ça vient les guimauves ? cria Paméla du fond de la cour.

13

Les rideaux de velours n'étaient pas bien tirés. Par la fenêtre de la tourelle pénétrait un rayon de lumière doré qui avait entrepris une lente descente le long du corps d'Émile. Couché sur le dos, la bouche entrouverte, il ronflait. Au bout d'un moment, cette chaleur brute sur sa peau éveilla en lui un désir qui le poussa à étendre un bras à la recherche du corps de Sophie.

La place était vide, mais encore chaude. Il ouvrit un œil pour constater qu'il était bel et bien seul dans le grand lit. Il dirigea son regard vers le réveille-matin qui indiquait six heures douze. Quelle courte nuit ! L'alarme ne sonnerait pas avant une bonne heure, mais puisqu'il n'avait aucun plaisir à rester au lit seul, il décida de se lever.

C'est à ce moment-là qu'il entendit la chasse d'eau. Quelques secondes plus tard, Sophie sortit de la salle de bains, sur la pointe des pieds, et se dirigea vers la porte de la chambre avec d'infinies précautions pour ne pas faire de bruit.

— Bon matin, dit Émile, la voix enrouée.

Sophie fut si surprise qu'elle faillit perdre l'équilibre.

— J'habite encore ici, tu sais, dit-il.

— Désolée, je pensais que tu dormais.

— Où vas-tu comme ça ?

– Euh… Je vais…

– Parce que si tu vas nettoyer la cour, tu ferais mieux de t'habiller, dit Émile en la contemplant de la tête aux pieds.

Son désir se ravivait. Sophie ne portait qu'un simple *t-shirt* blanc, trop court pour couvrir sa petite culotte. Sa tenue n'était pas appropriée pour aller à l'extérieur, mais ce n'était pas ce qu'elle avait l'intention de faire. Elle s'était levée tôt pour aller lire les lettres de Titi dans l'espoir de découvrir d'autres informations sur Katherine Willie.

Sophie n'avait pas soufflé mot à Émile de ce que la Dupré lui avait dit la veille, en partant. Elle voulait d'abord tenter d'en apprendre davantage et, surtout, s'assurer qu'il ne s'agissait pas d'une autre calomnie.

Elle fit le tour du lit, cette fois sans prendre la peine de marcher à pas de loup, pour aller s'habiller décemment.

– Je vais avec toi, dit Émile en sautant du lit.

Il enfila son pantalon de pyjama, mit ses pantoufles et sortit aussitôt de la chambre.

Contrariée, Sophie songea à se recoucher, mais n'en fit rien, car ils devaient aller conduire Colette et Lucie à l'aéroport ce matin. Ensuite, Émile avait manifesté le désir de passer sa dernière journée de vacances seul avec elle, à flâner. Cela signifiait qu'elle ne pourrait pas monter dans son bureau avant la fin de la soirée ou même le lendemain matin.

***

En sortant de la maison, Émile ferma les yeux, le temps de s'habituer à la lumière vive du matin. Lorsqu'il les rouvrit, il s'exclama :

– Quel bordel !

Pour quelqu'un qui, comme lui, avait l'habitude de tout ranger avant d'aller au lit, l'état de la cour constituait un désordre peu commun. La table n'était qu'à moitié desservie, et des verres et des bouteilles vides gisaient aux pieds des chaises qui formaient toujours un cercle autour du foyer.

Un léger « tchic-tchic-tchic » attira son attention vers le pommier. Il vit Monsieur Jules, assis dans son panier-garde-manger, les pattes de devant posées sur le rebord. Tel un aérostier dans sa nacelle, il attendait son petit-déjeuner. En entrant dans la maison pour aller chercher des arachides, Émile se trouva face à face avec sa tante.

– Bonjour Émile, dit-elle, toute pimpante.

Colette était fort élégante dans son tailleur lavande. Émile constata qu'elle était déjà prête à partir pour l'aéroport. Ses cheveux aux boucles serrées et son œil ourlé d'un trait d'ombre à paupière rosée ne laissaient aucunement paraître qu'elle avait passé la majeure partie de la nuit éveillée.

– J'ai hâte d'avoir votre âge pour pouvoir veiller aussi tard et avoir l'air aussi reposé le matin.

– Ça vient en prime avec la vieillesse. Une fois que tu es assez ridé, le manque de sommeil se fond dans les plis et on ne le voit plus.

– Vous dites ça et vous n'êtes même pas ridée. En tout cas pour votre âge.

Comme Colette ne répondit rien, Émile se demanda s'il avait encore dit une bêtise.

– Ce matin, c'est moi qui prépare à déjeuner, décréta Colette. Mais d'abord, je vais faire du thé. Tu en veux ?

— D'accord, répondit Émile en sortant le sac d'arachides du garde-manger.

— J'en prendrais aussi, dit Sophie en entrant dans la cuisine. Elle avait enfilé un bermuda.

— Bon matin Sophie, dit la tante en remplissant la bouilloire. Bien dormi ?

— Ouais, mentit Sophie dont la peau du visage était trop lisse pour camoufler le manque de sommeil.

— Les enfants, dit Colette, je tiens à vous remercier du fond du cœur pour votre accueil. J'ai passé deux semaines inoubliables.

— Mais le plaisir a été réciproque, l'assura Émile.

— Surtout hier soir. C'était extraordinaire cette fin de soirée autour du feu.

— On est contents que ça vous ait plu, dit Sophie.

— De se raconter des souvenirs comme on l'a fait entre vieux *chums*, ça n'a pas de prix. Mais il y a Constance qui est partie sans me dire bonsoir.

— Moi non plus, dit Émile, elle ne m'a pas salué avant de partir.

Il se tourna vers Sophie qui se faisait couler un verre d'eau.

— Toi, l'as-tu vu partir ?

— Oui, elle m'a saluée en partant.

Sophie s'appuya contre le comptoir et but lentement en évitant le regard d'Émile.

* * *

Un quart d'heure avant le départ pour l'aéroport, Sophie fut subitement affligée d'un violent mal de tête.

— Va t'étendre et dors un peu, dit Colette.

— Mais non, je veux aller à l'aéroport avec vous, protesta Sophie.

— Ma tante a raison, chérie. Va te recoucher.

— Ça ne t'ennuie pas d'y aller seul ? demanda Sophie d'un air piteux.

— Il connaît le chemin, intervint Lucie. Va te coucher. Écoute ton mari pour une fois.

— Pardon ?

— C'est une blague, dit Lucie en esquissant un sourire.

C'est donc sur la véranda de Civita que Sophie dit au revoir à la parenté. Colette lui dit adieu en la serrant très fort dans ses bras. Pourquoi adieu ? Elle le lui avait déjà dit il y a quatre ans. Elles se reverront, va. Quant à la cousine, elle regarda Sophie dans les yeux en lui disant qu'elle était contente d'être venue. Vraiment ? Elle la remercia pour tout. Ah oui ? Même pour le *jacuzzi*, le bain moussant, le rouge à lèvres… Émile l'embrassa en lui promettant d'être de retour vers dix heures trente, au plus tard. Le trio s'en fut en voiture sous un soleil qui s'annonçait déjà de plomb. Sophie rentra à l'intérieur et referma doucement la porte, ravie que l'astuce de la migraine ait fonctionné.

— Bon, j'ai deux heures devant moi.

Debout dans le vestibule, les mains sur les hanches, elle tint un conciliabule avec elle-même. Par où commencer ? Les lettres, Grant Morrison ou la Dupré ? Elle réfléchit quelques secondes à l'option la plus payante et choisit les lettres. Elle s'élança alors vers l'escalier. Au fur et à mesure qu'elle gravissait les marches, l'option perdait de son attrait. En y réfléchissant bien, elle conclut qu'en lisant les lettres maintenant, des choses pourraient lui échapper par manque de contexte. Elle s'arrêta à mi-chemin et agrippa la rampe.

– Grant Morrison. Je dois parler à Grant. Je dois savoir pourquoi il a tant de pitié pour cette « pauvre Titi ».

Elle fit demi-tour et se dirigea vers la porte. Elle sortit, mais revint aussitôt sur ses pas pour prendre son sac et enfiler ses mules blanches, verdies par le gazon. Au moment de ressortir, elle s'examina rapidement dans le miroir du vestibule. Un peu de maquillage n'aurait pas fait de tort. Au diable l'apparence. Le temps pressait. Elle referma la porte derrière elle et la verrouilla. Elle marcha rapidement vers sa voiture, ouvrit la portière, s'assit, mit la clé dans le contact, puis s'immobilisa.

– Ce que je devrais d'abord éclaircir, c'est si la Dupré dit la vérité.

Aussitôt, elle coupa le contact et descendit de voiture, maintenant convaincue qu'il fallait en premier lieu rendre visite à la vieille femme.

Constance Dupré habitait la dernière maison au bout de l'avenue qui se terminait en cul-de-sac. Sophie n'allait jamais dans cette direction. Pour elle, son avenue, son territoire, son monde, se terminaient à Civita. Depuis plus de trente ans, Constance vivait dans cette modeste maison à deux étages au fini en clins d'aluminium orange vif. Impossible de la manquer. Une allée d'auto en gravier occupait la moitié de la cour avant. Deux bacs contenant des géraniums étaient posés à chaque extrémité de la première marche menant à la galerie. Une porte et trois fenêtres, une au rez-de-chaussée et deux à l'étage, ornaient la façade. Des stores jaunis étaient tirés devant chacune des fenêtres, et des rideaux à pois multicolores voilaient la fenêtre de la porte. Sur la galerie se trouvait une balançoire aux coussins de vinyle à motifs floraux.

Sophie s'arrêta au bas des marches le temps de rassembler ses idées, puis elle gravit le petit escalier au pas de course. Comme il n'y avait pas de sonnette, elle frappa à la porte.

Constance Dupré ouvrit aussitôt. Vêtue d'une robe d'intérieur d'une propreté douteuse, la vieille femme affichait une chevelure ébouriffée et une bouche rabougrie. Elle n'avait pas pris la peine de mettre son dentier.

— Je pensais que c'était le p'tit gars du journal qui venait encore m'achaler, dit Constance en chuintant

— Eh non. C'est moi.

— Qu'est-ce que vous voulez ? J'ai-tu oublié quelque chose chez vous ?

Les vapeurs d'alcool de la veille s'étant dissipées, Constance revenait au vouvoiement.

— Non, non, vous n'avez rien oublié.

— Je sais pourquoi vous êtes venue, d'abord. C'est à cause de ce que je vous ai dit hier. C'est ça ?

— Oui, je veux savoir si c'est vrai.

— Entrez.

En franchissant le seuil, Sophie fut assaillie par une odeur d'huile rance mêlée à celle de pot-pourri. La pièce dans laquelle elle pénétra était une combinaison cuisine salon dont l'élément central était une table aux pattes chromées dont le dessus en formica noir et blanc s'agençait aux quatre chaises qui l'entouraient. Le plafond bas donna à Sophie l'impression d'être plus grande que son mètre soixante-cinq.

À droite de l'entrée, devant l'escalier qui menait à l'étage, il y avait un fauteuil sur lequel était posé le sac à main de la maîtresse et unique occupante de la maison. À gauche se trouvait le minuscule salon qui semblait encombré malgré le peu de meubles et de bibelots.

– Venez vous asseoir, dit Constance qui semblait, elle aussi, plus grande dans ce décor dont les proportions agissaient en trompe-l'œil.

Constance s'assit sur la chaise faisant face à la porte d'entrée et se mit à brasser vigoureusement un jeu de cartes. Sophie eut un pincement au cœur en se disant que la pauvre vieille était en train de tuer le temps. Elle jeta un rapide coup d'œil autour d'elle en se dirigeant vers la table. Aux murs, au lieu des traditionnelles photos de famille, étaient accrochées des pages de calendriers. Il y en avait de différentes grandeurs, de différents styles et de différentes années. Sophie en remarqua une qui datait de 1978.

– Vous collectionnez les calendriers ? demanda-t-elle en s'asseyant en face de Constance.

– Non.

– Ah bon.

– C'est pour les photos. J'aime les photos. Des beaux paysages. Ça me fait voyager. Comme ça, vous ne croyez pas ce que je vous ai dit ? demanda Constance tout en brassant ses cartes.

Sophie s'éclaircit la voix avant de répondre.

– J'aimerais m'assurer que c'est vrai.

– Certainement que c'est vrai ! Sinon, pourquoi que je vous l'aurais dit ?

– Peut-être pour la même raison que vous avez dit à tout le monde que Paméla avait bu quand on a eu l'accident ?

Constance baissa les yeux et brassa ses cartes avec plus d'ardeur.

– N'empêche qu'il y a des gens qui disent…

– Madame Dupré ! Ces « gens », comme vous dites, je sais que c'est vous. Tout le village sait que c'est vous. Pourquoi vous…

Sophie s'interrompit. Il valait mieux ne pas déroger du but de sa visite. Elle fixa Constance du regard jusqu'à ce que cette dernière lève les yeux vers elle. Une fois assurée d'avoir son attention, elle reprit la parole calmement.

– Est-ce que c'est vrai que Katherine Willie s'est suicidée ?

– Aussi vrai que Charles est son garçon.

– Et comment le savez-vous ?

Constance déposa son jeu de cartes sur la table. Au moment où elle s'apprêtait à répondre, un assourdissant « coucou ! » résonna dans la maison, venant marquer la demie de l'heure. Sophie pivota sur sa chaise en sursautant. Elle aperçut le pendule à l'oiseau hystérique suspendu au mur du salon.

– Ayez pas peur, c'est juste mon coucou.

Momentanément déstabilisée, Sophie reprit sa contenance et reporta son attention sur Constance.

– Alors ?

– Pourquoi est-ce que je vous le dirais ? se récria la Dupré. Vous m'avez jamais dit comment que l'accident est arrivé, avec votre Indienne.

– C'est arrivé le plus bêtement du monde, répondit Sophie sur un ton neutre et expéditif. Un motocycliste a voulu dépasser sur une ligne doub…

– Et la Goodman, elle avait pas bu, peut-être ?

– Non, elle n'avait pas bu, et ne recommencez pas avec ça ! lança Sophie en frappant la table du plat de la main.

Ce fut au tour de Constance d'être surprise.

– C'est ma mère qui m'a dit que la p'tite s'était suicidée.

– Et votre mère, elle l'a appris comment ?

– C'est elle qui l'a trouvée pendue dans sa chambre.

Pendue ! Sophie encaissa le coup.

– Qu'est-ce que votre mère faisait chez les Willie ?

– Elle n'a jamais mis les pieds chez les Willie. Elle a trouvé la p'tite pendue dans sa chambre, au sanatorium.

– Katherine Willie n'a jamais eu la tuberculose, vous avez vous-même entendu Grant Morrison le dire hier soir.

– Je sais ça.

– Ça ne tient pas debout votre histoire.

– Oh ! que oui, elle se tient debout mon histoire !

Constance reprit son jeu de cartes.

– Alors, racontez. J'attends, dit Sophie en se croisant les bras.

– O.K. Imaginez-vous donc que le grand-père de votre mari, ce « cher » Dr Murray, il a fait enfermer la p'tite Willie au sanatorium quand il a su qu'elle était enceinte.

– Je ne vous crois pas.

– C'est la vérité. Katherine est arrivée là à l'automne, quand ça a commencé à paraître qu'elle était enceinte, et c'est là qu'elle a eu son bébé.

– Qu'est-ce qui me dit que vous dites la vérité ?

– C'est mon père qui l'a mis au monde, Charles. Vous savez que mon père était médecin à Fort San et ma mère infirmière ?

– Non, je ne savais pas.

– Ben là, vous le savez. C'est ma mère qui m'a raconté ce qui était arrivé.

– Pourquoi elle vous aurait raconté ça ? Vous étiez très jeune à l'époque.

– Pour me faire peur. « Tu vois ce qui arrive aux filles comme elle ? » qu'elle me disait. « Si tu laisses un homme te toucher avant le mariage, tu vas finir pendue comme la Willie. » Elle m'a fait assez peur avec cette histoire-là que ça a pris six mois avant que je laisse mon mari me toucher après notre mariage. Si j'avais su qu'il allait me planter là avec deux enfants pour partir avec une barmaid, je ne l'aurais *jamais* laissé me toucher, conclut-elle en brandissant un poing vengeur.

– C'est peut-être une histoire inventée par votre mère pour vous effrayer.

– Jamais d'la vie ! Elle n'avait pas assez d'imagination pour ça, ma mère.

– Pourquoi est-ce que Katherine se serait pendue ?

– Ben voyons ! lança Constance, comme si elle s'adressait à une demeurée. Mille neuf cent trente et quelque, fille-mère, reniée par sa famille, le cœur brisé par un homme marié qui a profité d'elle, qui l'a enfermée dans un sanatorium et qui, en plus, voulait lui voler son enfant ! Vous n'auriez pas envie d'en finir, vous, à sa place ?

Sophie concéda qu'en effet, la situation de Katherine Willie semblait plutôt désespérée.

– Quand est-ce qu'elle s'est…

Elle porta une main à son cou pour compléter sa phrase.

– Pendue ? Je ne sais pas exactement. Le petit avait juste quelques jours. Ce que je sais, par contre, c'est que les grands-parents de votre mari étaient pas là parce qu'autrement, c'est eux autres qui l'auraient décrochée la pendue. Pas mes parents.

Sophie eut un regard interrogateur.

– C'est la femme du Dr Murray qui apportait ses repas à Katherine d'habitude. Mais cette semaine-là, parce qu'ils étaient pas là, c'était ma mère qui s'occupait d'elle. C'est pour ça qu'elle l'a trouvée.

Sophie était troublée par ce récit auquel elle hésitait à prêter foi surtout, peut-être, parce qu'il donnait du grand-père d'Émile une image peu flatteuse, pour dire le moins. Il n'aurait pas tué la jeune fille de ses mains, soit, mais de l'avoir poussée au suicide n'était guère plus excusable. Au fait, la rumeur…

– C'est vous qui avez fait courir la rumeur sur le grand-père d'Émile ?

– Non, c'est ma mère.

Absorbée dans ses pensées, Sophie n'avait plus conscience de l'odeur fétide qui régnait dans la maison. Au bout d'un moment, elle demanda :

– Vous dites que les Murray n'étaient pas là. Où étaient-ils ?

– Je ne sais pas. Probablement en train de se péter les bretelles dans une conférence ou de recevoir des grands honneurs quelque part. Ce q…

– Vous ne vous souvenez vraiment pas ?

– Laissez-moi finir, trancha Constance sans ambages. Ce dont je me souviens, c'est que c'était au mois de février. On avait eu une tempête de neige épouvantable. Nous autres, les enfants, on était contents ! Aussitôt que ça s'est calmé, on s'est payé la traite. On a fait de la traîne sauvage à s'en rendre malades. L'école était fermée parce que la maîtresse ne pouvait pas se rendre à Fort San. Peut-être que les Murray étaient coincés quelque part à cause de la tempête. Je ne sais pas.

Sophie se souvint d'une anecdote qu'Émile lui avait relatée au sujet de Colette.

– Est-ce que quelqu'un s'est fait mal en glissant ? se hasarda-t-elle à demander.

– C'est drôle que vous me posiez cette question-là. J'avais presque oublié. C'est cette fois-là que je me suis cassé la clavicule, dit Constance en posant sur son épaule gauche une main couverte de tavelures.

Sophie fut soudain prise d'un léger vertige. Et si ce que la Dupré racontait était vrai ? Si le grand-père d'Émile avait vraiment fait ce qu'elle décrivait ? La panique succéda à l'angoisse. Elle balbutia un mot d'excuse en se levant et partit aussitôt.

Une fois dehors, Sophie consulta sa montre. Il lui restait un peu plus d'une heure avant le retour d'Émile.

– Maintenant, je dois parler à Grant Morrison.

***

En arrivant au bout du chemin de terre qui longeait la rive nord du lac Écho, Sophie aperçut Grant Morrison. Le vieil homme s'affairait à des travaux de remblai en compagnie de deux de ses petits-fils.

Elle coupa le contact, s'examina dans le rétroviseur, se jura de ne plus jamais sortir de chez elle sans maquillage, et descendit de voiture. Elle remplit ses poumons de cet air lacustre qui apaise et porte à la contemplation.

Grant et ses petits-fils lui faisaient de grands signes de la main. Elle reconnut l'un des jeunes garçons, un adolescent superbe aux yeux vert jade. Sophie lui avait enseigné, et elle n'était pas sans ignorer qu'il avait un faible pour elle. Elle chassa aussitôt de son esprit l'idée qu'elle était peut-être la vedette de ses fantasmes.

– Allô, allô Sophie, lança Grant en marchant vers elle d'un pas rapide.

Elle nota que l'octogénaire au corps décharné avait le visage rougi par l'effort. Il portait pour seul vêtement un minuscule maillot de bain qui avait traversé les décennies. En revanche, il était chaussé d'énormes souliers de course dernier cri. Arrivé à sa hauteur, Grant s'immobilisa et jaugea Sophie d'un coup d'œil à la pupille bleu délavé.

– Tu n'as pas l'air bien, toi.

– Ça va, c'est juste que je n'ai pas pris le temps de me maquiller, dit Sophie en passant une main sur son visage.

Il l'observa d'un air perplexe.

– Monsieur Morrison, je suis venue pour que vous me parliez de Katherine Willie.

Le vieil homme baissa les yeux vers le sol rocailleux.

– Qu'est-ce que tu veux savoir exactement ?

– Je veux savoir pourquoi vous aviez l'air si ému hier soir en regardant sa photo.

Grant eut un demi-sourire. Il gratta son crâne dégarni d'une main lâche.

– Suis-moi dans ma retraite.

Ce que Grant appelait sa retraite consistait en une terrasse de terre battue aménagée à une dizaine de mètres du chalet. Pour s'y rendre, il fallait emprunter un sentier à paliers balisé par des pierres provenant du fond du lac. La terrasse, d'une dimension idéale pour abriter deux personnes, était entourée d'arbres de sorte que ses occupants se trouvaient à l'abri du vent et des regards indiscrets. Deux chaises en toile s'y trouvaient, faisant face au lac dérobé par un mur de verdure.

Grant empoigna les chaises et les secoua pour les débarrasser d'éventuels insectes. Il en tendit une à Sophie et l'invita à s'asseoir. Il prit place en face d'elle. Sophie ne savait trop par où commencer. Elle regarda Grant et fut frappée à quel point, ce matin-là, il faisait son âge. Le gamin de la veille avait fait place au vieil homme ; à celui qui avait été trahi par l'amour avant de vivre les horreurs de la guerre ; à celui qui avait élevé trois fils dans la solitude du veuvage, mais qui, malgré les coups du destin, s'était accroché à la vie.

Que voulait-elle savoir ? Ce qui l'avait amenée ici était bien mince : une émotion trop bien sentie malgré les décennies. C'était bien peu pour amorcer un dialogue. C'est Grant qui parla le premier.

— Tu sais, l'histoire du fantôme de la dame à la fenêtre, celle que j'ai racontée aux jumelles hier soir...

— Celle du fantôme de Fort San que seulement les enfants voyaient ?

— Oui, celle-là, répondit Grant avant de tomber dans le mutisme.

Sophie écouta la respiration sifflante de son voisin.

— L'avez-vous déjà vu ce fantôme ? demanda-t-elle.

— Moi, non, mais Juliette, oui. Et Charles aussi.

Grant se redressa et croisa les jambes. Il avait perdu l'aura de magicien qui l'entourait la veille alors qu'il racontait des histoires.

– Un jour, Juliette et moi on descendait la côte devant chez elle. C'est là qu'on a vu le petit Charles, planté au milieu du chemin, qui regardait vers le pavillon des enfants en faisant des bye-bye. Juliette a couru le rejoindre. Elle s'est arrêtée à côté de lui et a commencé à envoyer la main, elle aussi. J'ai eu beau regarder dans la même direction qu'eux, je n'ai rien vu. Juliette et Charles avaient un grand sourire et les yeux brillants. J'ai demandé à Juliette à qui ils faisaient bye-bye. Elle a pointé du doigt vers le pavillon, une fenêtre, je ne sais pas laquelle, et elle a dit : « Titi ». C'est comme ça que Juliette ap...

– ... appelait Katherine. C'était quand ?

– Ça devait être une couple d'années après l'été que Katherine avait passé à Fort San.

– Vous aviez quel âge ?

– Treize, quatorze ans.

– Et vous l'avez connue quand ?

– Quand elle est venue passer l'été à Fort San justement. Moi, j'étais toujours rendu là, c'est juste ici derrière. Tous les matins, je montais jouer avec les filles Murray et avec les enfants du sanatorium qui avaient la permission de se lever.

– Vous savez de quoi elle est morte ?

– Katherine ? Est-ce qu'elle est morte ? Je ne sais pas.

– Mais le fantôme à la fenêtre...

– Comme je t'ai dit, je ne l'ai jamais vu. Par contre, j'ai vu plusieurs enfants sous le charme, alors Juliette disait peut-être la vérité. Moi, tout ce que je sais, c'est que Katherine a passé une couple de mois chez les Murray et qu'à la fin de l'été, ses parents sont venus la chercher. Je ne l'ai jamais revue après ça.

Dans le refuge de Grant, le temps avait perdu un peu de sa lourdeur. Sophie tendit une autre perche.

— Quand vous regardiez la photo, hier soir, vous avez dit « pauvre Titi » à plusieurs reprises.

— C'est possible.

— Pourquoi ?

— Pourquoi tu me poses toutes ces questions ?

C'est vrai au fait. Pourquoi voulait-elle savoir ce qui était advenu de cette jeune fille ? Elle savait que le grand-père d'Émile n'avait tué personne, en tout cas pas de ses mains, alors pourquoi s'attarder au sort de Katherine Willie ? Faute de pouvoir fournir une réponse précise, Sophie relança Grant avec une autre question.

— Certains disent que Katherine est morte de complications à la suite de son accouchement, mais une autre personne m'a dit qu'elle s'était suicidée.

— Suicidée ?

— Elle se serait pendue dans sa chambre, au sanatorium. Dans le pavillon des enfants, justement.

— Dans sa chambre au sanatorium ? Mais je t'ai dit que Katherine n'avait pas eu la tuberculose.

— Il semblerait que le grand-père d'Émile l'aurait cachée là pendant sa grossesse.

— Je ne sais pas si Katherine est réellement la mère de Charles, mais je suis loin d'être certain que le Dr Murray en soit le père, dit Grant avec une lueur espiègle dans le regard.

— Qu'est-ce que vous voulez dire ?

Une guêpe qui passait par là tournoya autour de la tête de Grant qui la chassa d'un geste lent.

– Écoute, Sophie. Je vais te raconter quelque chose que j'ai vu il y a très, très longtemps, mais...

Il la regarda dans les yeux avant de poursuivre.

– ... ce serait mieux que ça reste entre nous.

– Compris. Je vous écoute.

Grant décroisa les jambes avant d'entamer son récit.

– Un jour, l'été où j'ai connu Katherine, je chassais dans les coulées derrière le sanatorium. J'étais tout seul avec ma vingt-deux. C'était dans le temps de la Crise. La viande se faisait rare dans ce temps-là, alors ma mère était bien contente quand je ramenais un lièvre, un *gopher* ou un écureuil. Ça faisait un bout de temps que je zigzaguais entre les arbustes dans le creux des buttes quand j'ai entendu du bruit. Des craquements. Je me suis avancé tranquillement, sans faire de bruit. Je pensais que c'était peut-être un chevreuil. Je suis remonté un peu dans la colline pour le surprendre par en haut. Ce que j'ai vu dans le fond de la coulée n'avait rien d'un chevreuil.

– Qu'est-ce que vous avez vu ?

– Ce que j'ai vu... D'abord, j'ai juré à Katherine de ne jamais en parler et j'ai tenu parole jusqu'à aujourd'hui, dit Grant en portant une main à sa poitrine. J'ai vu deux personnes étendues dans les branchages. Un homme qui gigotait, allongé par-dessus...

– Par-dessus Katherine ?

– Ouais. L'homme frétillait comme un poisson. Katherine était couchée sous lui, les yeux grands ouverts. Elle ne bougeait pas. Comme une poupée de chiffon. « Mais qu'est-ce qu'ils font là ? » que je me suis demandé, dit Grant en se grattant le crâne. Pas besoin de te dire que j'étais innocent... Je me tordais le cou pour essayer de mieux voir quand Katherine m'a aperçu. Elle est venue les yeux grands comme ça, dit-il en faisant un cercle en joignant le pouce et l'index, et elle s'est caché le visage avec une main, mais il était trop tard. Je l'avais reconnue.

– Qui était l'homme ?

– Je ne sais pas. Je ne l'ai vu que de dos. Mais en tout cas, je sais que ce n'était pas le Dr Murray.

– Qu'est-ce qui vous fait dire ça ?

– Le Dr Murray était grand, mince, et il avait des beaux cheveux noirs. L'homme qui était par-dessus Katherine avait l'air pas mal gros et il était pratiquement chauve.

– Et vous n'avez rien dit à personne ?

– Non. Je n'ai pas pensé à mal. Je me suis dit que si Katherine avait été mal prise, elle aurait crié à l'aide. À la première heure, le lendemain matin, j'ai couru à Fort San pour la voir. J'étais tellement curieux.

– Et qu'est-ce qu'elle vous a dit ?

– Sapristi ! Elle ne m'a pas laissé le temps de placer un mot. Aussitôt qu'elle m'a vu, elle a couru vers moi. Elle m'a ramassé par le bras et flanqué contre le pavillon d'accueil. Elle m'a collé les épaules au mur et elle m'a dit, avec un air d'enragée : « Si jamais tu parles de ce que tu as vu à qui que ce soit, je t'enferme dans la morgue ! »

– Et vous n'avez jamais rien dit.

– Es-tu folle ? J'avais bien trop peur de me retrouver enfermé avec les morts. Katherine était plus vieille que moi et elle était bâtie ! Moi, j'étais une vraie *feluette*.

– Et qu'est-ce que vous en pensez, maintenant, de ce que vous avez vu ?

– Qu'elle se faisait de l'argent de poche, dit Grant avec un rire moqueur. En tout cas, c'est ce que j'ai pensé quand j'ai finalement compris, quelques années plus tard, ce qu'ils faisaient. Pauvre Titi, dit-il en hochant la tête.

– Comme vous dites. Et cet homme, vous ne savez pas qui c'était ?

– Aucune idée. Tu comprends maintenant pourquoi je dis que si Katherine est la mère de Charles, c'est loin d'être certain que le Dr Murray soit le père. J'ai rien dit à Charles. Pourquoi lui enlever ses illusions ?

Sophie jeta un coup d'œil à sa montre. Émile rentrerait dans quelques minutes. Elle se leva aussitôt et tendit la main à son vieil ami.

– Je dois me sauver.

Grant se leva à son tour et lui serra la main.

– Merci, dit-elle. Ce que vous venez de me raconter restera entre nous. Tout comme ma visite, parce que je suis censée être au lit avec une migraine, conclut-elle avec un regard complice.

14

Le lendemain matin, impatiente de se plonger dans la lecture des lettres de Katherine Willie, Sophie monta dans son bureau dès qu'Émile eut quitté la maison. La toute première chose qu'elle fit, avant même de s'asseoir, fut de renverser sa tasse de café sur sa table de travail.

– Merde !

En plus d'avoir dû attendre le départ d'Émile, à qui elle n'avait rien révélé des nouveaux renseignements appris sur la mère de Charles, voilà qu'elle perdait du temps à nettoyer son dégât.

Depuis la veille, elle avait perdu cette quiétude retrouvée à la suite de l'élucidation de la rumeur. Son tourment venait du fait que, si Constance Dupré disait la vérité, la mémoire du grand-père d'Émile était sérieusement compromise et, par le fait même, les ambitions politiques de son mari. D'un autre côté, si le récit de Grant Morrison était exact, Andrew Murray n'était pas plus responsable de la mort de Katherine que n'importe quel autre homme ayant goûté à ses charmes. Quelle que soit la vérité, Sophie était déterminée à se taire tant qu'elle n'aurait pas de preuves pouvant appuyer les dires de l'un ou de l'autre.

Ce n'est qu'après avoir nettoyé son bureau, tout en proférant une manne de jurons bien sentis, qu'elle repêcha le paquet de lettres de Katherine, *alias* Titi. Elle le posa au milieu de son bureau. Le moment était enfin venu. Elle saisit un bout du ruban et tira délicatement. La boucle se défit. Elle prit le paquet et l'ouvrit en éventail. Il y avait en tout une trentaine d'enveloppes, toutes semblables, toutes vierges, scellées et ouvertes proprement. Le paquet parfaitement ordonné tranchait avec le reste des archives d'Emily.

Ayant décidé de procéder avec méthode, Sophie relut la première lettre. Puisqu'elle connaissait maintenant l'identité de la signataire, de même que les circonstances entourant sa rédaction, elle se dit que ces nouvelles données pourraient jeter un éclairage différent sur son contenu.

Ainsi, la jeune patiente qu'elle s'était imaginée, celle qui se mourait d'ennui après seulement deux semaines de cure, se transforma en une adolescente délurée s'étant retrouvée dans le pétrin. Titi n'attendait pas la guérison, mais la délivrance. Dans ce contexte, il était facile de comprendre pourquoi les parents de Juliette avaient refusé que celle-ci rende visite à son amie.

La sonnerie du téléphone arracha Sophie à sa lecture. Elle décocha une œillade au combiné, résolue à ne répondre à aucune agression extérieure tant qu'elle n'aurait pas lu toutes les lettres.

La deuxième lettre de Katherine, datée du 17 novembre 1930, en disait un peu plus long sur l'organisation de son séjour au sanatorium.

N'en veux pas à ton père de m'avoir admise ici. Je sais qu'il l'a fait sous la contrainte, que mon père l'a menacé de lui couper les vivres.

« Lui couper les vivres. » Sophie se souvint que le père de Katherine avait été ministre de quelque chose. Peut-être avait-il un lien avec la santé. Il aurait donc usé de son pouvoir pour forcer la main au grand-père d'Émile. Ce détail la rassura un peu.

Une autre lettre relatait des souvenirs de l'été qui venait de s'achever. Dans celles qui suivaient, Katherine faisait le deuil de ses rêves d'adolescence et de ses amours innocentes, étonnamment innocentes, avec un patient du sanatorium nommé Peter James. Elle semblait avoir fondé de solides espoirs sur ce jeune homme, et c'est le cœur brisé qu'elle dût y renoncer. Peter ne semblait pas avoir eu le privilège de connaître Katherine aussi intimement que d'autres.

Dès qu'elle terminait la lecture d'une lettre, Sophie la repliait délicatement et la remettait dans son enveloppe avant d'ajouter celle-ci à la pile qui grandissait lentement.

Avec la venue de décembre et l'approche de Noël, la détresse de Katherine se faisait plus palpable et elle mentionna pour la première fois les changements physiques qu'elle vivait dans le froid et la solitude. Les parents de Juliette lui rendaient visite fréquemment, ce qui lui apportait un certain réconfort, alors qu'elle restait sans nouvelles de ses parents.

Toujours en décembre, Katherine confia à Juliette que la présence de garde Vandenberghe lui pesait. Elle écrivait que l'infirmière n'avait de cesse de lui demander qui était le père de son enfant, et comme Katherine restait muette sur ce sujet, l'infirmière avait échafaudé sa propre théorie. Apparemment, c'était elle qui aurait imputé la paternité au Dr Murray, car Katherine exhortait Juliette à ne pas croire un mot de ce qu'elle pourrait entendre à ce sujet. « La Dupré a donc de qui tenir », se dit Sophie.

Les lettres de la jeune fille attestaient un désarroi certain, mais pas le désespoir. Rien, jusqu'à présent, ne laissait présager que l'adolescente puisse songer à mettre fin à ses jours. Constance Dupré aurait donc encore menti.

Une vessie pleine força Sophie à interrompre sa lecture au bout d'une douzaine de lettres. Elle prit sa tasse vide et descendit au rez-de-chaussée pour se soulager et faire le plein de café. Au moment où elle arrivait au bas de l'escalier, le facteur glissait le courrier par la fente de la porte d'entrée. Machinalement, elle fit un pas vers le vestibule pour aller le ramasser, mais se ravisa aussitôt. Cela pouvait attendre.

Cinq minutes plus tard, elle était de retour dans son bureau. Le soleil avait gagné un peu de terrain dans la cour et tout était calme à l'extérieur. Elle prit la lettre suivante et se remit à lire. Tel un orpailleur qui se lasse de ne voir que du sable dans son écuelle, lavage après lavage, l'enthousiasme de Sophie s'émoussait. La lettre qu'elle lisait était datée du trois janvier 1931. Katherine s'y plaignait du temps qui était de plus en plus long et des nuits qui étaient de plus en plus froides, quand Sophie vit briller une pépite. Tout son être se mit en état d'alerte.

Un homme commet un crime et c'est la victime qu'on enferme. Il y a des choses que je ne pourrai jamais accepter.

Juliette, j'ai tout dit à tes parents hier soir. Je leur ai raconté ce qui m'est arrivé, comme je vais te le raconter maintenant.

Mes parents connaissent la vérité, mais ils ont décrété que je ne suis qu'une menteuse. Dans un sens, je les comprends un peu d'agir ainsi. Comment, en effet, accepter qu'un membre imminent de notre famille puisse être responsable de mon état ?

J'ai raconté mon histoire deux fois, et ces terribles mots, je ne pourrai plus jamais les prononcer. Ils brûlent ma bouche, me donnent envie de me sauver de moi, me font vomir. En les écrivant, je pourrai au moins poser ma plume lorsque la douleur se fera trop vive et la reprendre plus tard. J'aurais dû me confier à toi bien avant, mais j'ai été lâche. Le fait de me confier à tes parents m'a soulagée un peu. Peut-être que cela me donnera la force nécessaire pour me rendre au bout de mon malheur.

Juliette, tu as des parents admirables. Je sais qu'ils m'ont crue. Ils ne m'ont pas jugée, ne m'ont pas injuriée comme l'ont fait mes parents. Ils m'ont crue ! J'étais dans un tel état après avoir terminé mon récit, ce n'était pas beau à voir. Ton père est allé chercher sa bible. Il m'en a lu des passages pendant que ta mère me tenait dans ses bras. Tu as de la chance de les avoir. Ils sont restés auprès de moi jusqu'à ce que je m'endorme.

Je vais te raconter ce qui m'est arrivé, même si ta mère m'a fait promettre de ne pas le faire. Si je le fais quand même, c'est parce que tu as toujours été ma confidente.

Te souviens-tu de cet après-midi de juillet où on devait faire une promenade à bicyclette jusqu'à Lebret et que mon oncle s'est présenté à Fort San ? Eh bien, c'est ce jour-là que c'est arrivé. Tu n'aurais pas dû offrir de reporter notre promenade pour me permettre de passer du temps avec lui.

Voilà que je t'accuse maintenant. Pardon.

C'est moi qui ai été folle de le suivre dans les sentiers derrière le sanatorium. Je savais ce qu'il voulait et je l'ai suivi quand même.

– Oh, non !

Sophie revit la jolie jeune fille souriante sur la photo et tenta d'y superposer l'image d'une nièce effrayée suivant son oncle dans un boisé. Ça ne collait pas. Elle poursuivit sa lecture, très lentement, comme si, au fond, elle ne voulait plus savoir.

Je n'ai jamais aimé mon oncle Gérald.

– Gérald Porter ! s'écria Sophie en proie à une panique soudaine. Gérald Porter ! répéta-t-elle en bondissant sur ses pieds.

Elle se mit à répéter ce nom en tournant en rond dans son bureau. Elle fit un effort pour contenir ses émotions, se disant qu'elle sautait trop vite aux conclusions. Elle se rassit et poursuivit sa lecture.

Je n'ai jamais aimé mon oncle Gérald. Il me dégoûte. Je ne peux pas te décrire la répugnance et l'horreur qui me paralysent à chacune de ses visites.

C'est au détour d'un sentier derrière Fort San qu'il s'est changé en bête. Encore une fois. Il m'a sauté dessus comme un monstre. Il m'a embrassée, mordue, pétrie, souillée. Encore une fois. Mais cette fois-là, il a laissé une trace bien concrète qui m'a conduite ici.

J'en tremble encore quand je repense à cet après-midi de juillet. Si nous étions parties toi et moi quelques minutes plus tôt, je ne serais pas ici aujourd'hui à attendre d'expulser l'enfant du monstre. Mes parents ne m'auraient pas reniée et je redouterais encore les visites de mon oncle.

Dès que le cochon a eu fini sa besogne, il s'est sauvé. Peut-être qu'il avait vu Grant, lui aussi.

Sophie étouffa un petit cri en portant une main à sa bouche.

— Grant, elle n'était pas en train de se faire de l'argent de poche, murmura-t-elle d'une voix brisée.

Parce que Grant nous a vus. Je lui ai fait jurer de se taire. J'espère qu'il va tenir sa langue.

Il faisait chaud, mais mon corps était glacé, j'avais froid, j'étais désorientée. Et j'avais tellement honte. Honte de servir de paillasse à mon oncle. Je ne me rappelle pas être rentrée chez vous, mais j'ai dû paraître normale puisque personne ne m'a posé des questions. Je suis allée me coucher et me suis réveillée à l'heure du souper. Tu es arrivée quelques minutes plus tard. Tu m'as demandé si je me sentais bien. Je t'ai répondu que oui. J'aurais dû tout te raconter au lieu de me taire. De toute façon, le mal était fait.

Les mains tremblantes, Sophie continua la lecture de cette lettre dans un brouillard qui se dissipait de temps à autre, mais qui revenait sans cesse, au rythme des sursauts de rage et de désespoir de l'adolescente.

J'ai revu mon oncle à quelques reprises. Le porc n'a pas espacé ses visites à la maison. Il rit toujours aussi fort de ce gros rire gras qui m'écœure. Il mange toujours avec ses doigts graisseux. Il boit toujours avec mon père et ma mère, cette imbécile sans cervelle qui le sert comme une esclave. Je déteste ma mère parce qu'elle aime ce monstre, parce qu'elle refuse de voir le prédateur qu'il est, parce qu'elle ne m'a pas crue, parce qu'elle m'a reniée et envoyée en prison.

Ma très chère Juliette, je sais que d'habitude tu conserves précieusement mes lettres, mais au nom de notre amitié, je te demande de détruire celles-ci, de les brûler pour que l'histoire de mon malheur ne franchisse pas le seuil de ta mémoire.

Juliette, je sais que je peux compter sur ton silence. Puis-je encore compter sur ton amitié ?

Titi L'infortunée

Après la lecture de cette lettre, Sophie prit un temps d'arrêt pour tenter de reconstituer le fil des événements. Qu'avait fait le grand-père d'Émile ? Après avoir appris que Gérald Porter, un homme qu'il connaissait, s'était rendu coupable d'un tel crime, il devait s'être insurgé. De toute évidence, il n'y avait eu ni dénonciation ni procès, sinon ces édifices publics de Fort Qu'Appelle ne porteraient pas le nom d'un abuseur. Et Émile qui se battait depuis des années pour faire nommer ne serait-ce qu'un petit quelque chose à la mémoire de son grand-père... Gérald Porter était blanc comme neige. Andrew Murray avait sûrement réagi, il ne pouvait pas être resté muet ! Sophie ouvrit la lettre suivante.

Fort San, le 4 janvier 1931

Juliette, j'ai très peur. Ton père est venu me voir ce matin. En voyant son air, j'ai tout de suite su que ce qu'il venait m'annoncer ne me ferait pas plaisir. Il dit qu'il faut dénoncer l'ogre, que son crime doit être puni. Ah ! Juliette, j'aurais dû me taire ! Pourquoi me suis-je confiée ? J'ai élargi le cercle du secret et maintenant ton père, un homme juste et bon, veut faire payer le porc. Je suis désespérée. J'ai essayé de le convaincre de se taire. Quel avantage y aurait-il à dénoncer le monstre ? Jamais je n'irai devant un juge (probablement un ami à lui!) raconter ce qu'il m'a fait subir pendant ces deux années, dire en public la façon dont mes parents m'ont traitée lorsque je leur ai révélé ce qu'il m'avait fait. Non. Jamais plus je ne raconterai cette histoire parce qu'il faut laisser une chance à l'enfant. Il faut maintenant penser à l'enfant. J'ai essayé d'en convaincre ton père. Je ne sais pas si j'y suis parvenue. Je parlerai à ta mère aussi. Si cette histoire s'ébruite, ton nouveau frère ou ta nouvelle sœur n'aura aucune chance de vivre une vie normale et digne. Il ou elle sera regardé comme l'enfant du monstre. C'est trop lourd à porter. Il ne faut pas que cela se sache. Me comprends-tu, toi ?

Voilà ta mère. À plus tard.

Titi

— Elle a refusé de dénoncer son oncle pour donner une chance à l'enfant, murmura Sophie.

Elle réfléchit quelques instants avant de passer à la lettre suivante. Celle-ci était datée du huit janvier.

Chère Juliette,

Tu es une personne sensible et sensée et j'étais certaine que tu me comprendrais. Ta dernière lettre m'a réconfortée. Je n'ai aucun doute que mon enfant sera choyé dans ta famille. Vous êtes tous si gentils.

Je ne sais pas encore ce que je ferai après la naissance du bébé. La sœur et le beau-frère de l'ogre ont certainement un plan pour moi, mais je n'ai pas l'intention de les laisser décider de la suite de ma vie. Une seule chose me console aujourd'hui. Tes parents se sont rendus à mes arguments. Ils vont se taire pour le bien de l'enfant. Ton père m'a assurée de son accord. Je crois que c'est ta mère qui l'a convaincu. Comme elle a dit, notre secret restera dans le pli des collines.

Je vais peut-être mieux dormir ce soir. À bientôt.

Titi

Le grand-père d'Émile avait donc accepté de garder le silence sur toute l'affaire. Se taire pour préserver l'équilibre d'un enfant innocent. Tout à coup, le temps fit un gigantesque bond en avant et la réalité la rattrapa. L'enfant de Katherine, le fils du porc, de l'ogre, du monstre, c'était Charles, son beau-père.

Andrew Murray avait accédé au désir de Katherine, mais Juliette, elle, ne l'avait pas fait. Elle n'avait pas détruit les lettres comme son amie le lui avait demandé. Pourquoi ? Pourquoi avait-elle conservé ces écrits qui auraient pu, qui pourraient toujours rompre l'équilibre et faire du sacrifice du couple Murray un geste inutile ? Car ils avaient fait un sacrifice immense en n'apportant aucun démenti à la rumeur.

Sophie replia la lettre, la remit dans son enveloppe, posa celle-ci sur la pile et passa à la suivante.

Fort San, le 10 janvier 1931

Chère Juliette,

Merci pour les beaux poèmes. Tu as beaucoup de talent. Tu as réussi à me faire oublier mon malheur pendant quelques instants. J'ai tellement hâte d'être délivrée. Je hais ce qui pousse dans mon ventre. Mais toi, tu l'aimeras.

Ta poésie m'a incitée à m'y essayer moi aussi, mais je n'ai pas ta plume. À preuve, ces quelques vers.

Quand j'étais une enfant, je rêvais mariage
Aujourd'hui dans le vent est partie cette image
D'un amour éternel qui protège et grandit
Je n'ai plus grand espoir de trouver un mari
Puisqu'un ogre a souillé mon corps et mon esprit

Comme tu vois, je n'ai pas ton talent. Mais ce qui est bien, c'est que pendant que je cherche des rimes et que je compte les pieds, j'oublie mon malheur.

Combien de siècles serai-je encore prisonnière de ce corps et de cet endroit ? Retrouverai-je un jour une vie normale ? Aurai-je à nouveau le goût, le droit de rire et d'être insouciante ? Je suis impatiente de connaître les réponses à ces questions, comme je suis impatiente de te revoir.

Quelqu'un sonna à la porte. Sophie consulta l'horloge sur son bureau. Elle indiquait onze heures quarante. C'était sûrement

Paméla qui venait se faire inviter à déjeuner. Elle retourna à sa lecture. La sonnette retentit deux autres fois, mais Sophie resta accrochée à l'histoire de Katherine.

Pardonne-moi de t'écrire des choses aussi sombres, mais cela m'aide à traverser mon épreuve. J'ai de la chance que tu sois là pour me soutenir.

Je vais au lit maintenant.

Titi la non-poète

Il avait dû y avoir un temps de silence entre Katherine et Juliette, car il ne restait plus que quatre lettres pour couvrir les cinq semaines menant à la naissance de Charles. Sophie ouvrit la lettre suivante.

Fort San, le 15 janvier 1931

Juliette, mon amie, ma sœur,

Je suis désespérée. J'ai reçu hier une lettre de la sœur de l'ogre, la première depuis que je suis ici. Ce qu'elle écrit m'a tant bouleversée que j'en ai vomi tellement j'ai pleuré.

Imagine-toi qu'elle projette de m'envoyer vivre dans sa famille, au Dakota du Nord, après la naissance de l'enfant. Qu'arrivera-t-il, crois-tu, si je lui obéis ? Mon oncle continuera à venir me visiter. Ils veulent me jeter dans la gueule de l'ogre. C'est hors de question que j'y aille.

Garde V arrive. Je te laisse.

— Non mais, ils étaient sadiques ou quoi, ses parents ? murmura Sophie en remettant la lettre dans son enveloppe.

Il ne restait plus que trois lettres.

Fort San, le 20 février 1931

Chère Juliette,

Je ne sais pas si tu recevras cette lettre. Ta mère n'est pas encore de retour à cause de cette foutue tempête et j'espère que le docteur Vandenberghe te la remettra, comme il me l'a promis. J'ai tant besoin de me confier à toi.

Il est arrivé alors qu'on ne l'attendait pas, dans la nuit d'avant-hier. C'est un frère que tu auras. Comme je suis triste que tes parents n'aient pas été là. Le Dr Vandenberghe et sa femme ont fait un bon travail, je crois, mais je sais qu'ils me jugent. Surtout elle.

Juliette, je ne voulais pas voir le bébé, jamais. J'avais convenu avec tes parents que dès qu'il arriverait, ta mère l'emmènerait loin de moi. Je ne voulais surtout pas le voir. Si tes parents avaient été là, c'est ainsi que les choses se seraient passées. Si seulement ils avaient été là.

Garde Vandenberghe n'a pas respecté mon désir. Lorsque le bébé est né, elle m'a forcée à le tenir dans mes bras. J'ai protesté, j'ai pleuré, mais elle m'a forcée. Elle m'a obligée à regarder l'enfant de l'ogre. Je l'imaginais avec des cornes, de longues dents jaunes et un visage poilu. Au lieu de cela, j'ai vu un bébé

tout ce qu'il y a de plus normal. Il a de belles petites mains po-
telées et une petite bouche toute rose. Et mon cœur a fondu. Ju-
liette, je ne veux pas, je ne <u>peux</u> pas aimer cet enfant. Jamais je
ne pardonnerai à la Vandenberghe de m'avoir forcée à le prendre
dans mes bras. Qu'est-ce que je vais devenir maintenant ?
Écris-moi vite.

Titi

Sophie ne prit pas le temps de remettre le feuillet dans
l'enveloppe et passa à l'avant-dernière lettre.

Fort San, le 21 février 1931

Juliette, aide-moi. C'est trop dur. L'avant-midi n'est pas encore
terminé que je me suis déjà levée au moins dix fois pour aller le voir
au préventorium. Je ne peux arrêter de penser à lui. C'est terrible.
Peux-tu venir me voir ? Essaie, je t'en supplie.

Titi l'obsédée

Sophie s'empara de la dernière lettre.

Fort San, le 23 février 1931

Ceci est ma dernière lettre.
En principe, demain, je dois partir pour le Dakota du Nord.
En principe seulement, car je partirai, mais pas pour les États.

J'aurais pu être sauvée si je n'avais pas vu cet enfant ou encore si sa vue m'avait répugnée. Je suis perdue maintenant puisqu'elle m'attendrit davantage de jour en jour. Je quitte ma chambre à tout moment pour aller le regarder. Je ne peux faire la paix avec ce désir de le serrer dans mes bras. Je ne peux plus supporter de sentir monter en moi non pas de la haine, mais de l'amour. C'est au-dessus de mes forces.

C'est vraiment dommage que vipère Vandenberghe t'ait empêchée d'entrer. J'aurais tant voulu te revoir une dernière fois. Je te souhaite une belle vie avec ton petit frère, et de beaux enfants d'amour.

Katherine

– Elle disait vrai, la vieille peau.

Sophie en laissa tomber sur son bureau la missive qui donnait le signal du départ.

Après avoir vécu en accéléré, à des décennies d'intervalle, les derniers mois de Katherine Willie, Sophie passa un long moment le regard perdu vers l'extérieur sans rien voir de la beauté du paysage, aveuglée par le drame de la jeune fille. La pulsion d'amour pour son enfant l'avait achevée. Si l'infirmière avait dérobé le nouveau-né à son regard dès sa venue au monde, Katherine aurait survécu.

Désemparée, tel un zombie, Sophie descendit dans sa chambre et se fit couler un bain. Une fois la baignoire remplie et la minuterie programmée, elle se glissa dans l'eau. Les puissants jets pétrirent son corps sans ménagement. Se laissant porter par la turbulence, elle ne se rendit même pas compte qu'elle pleurait.

Que faire maintenant qu'elle connaissait la vérité ? Fallait-il la dévoiler à Émile ? Elle n'en avait pas le courage. À Charles ? Encore moins. En fait, ce n'était pas une question de courage. La vérité avait un prix et celui-ci était faramineux.

Elle se tournait et se retournait dans la baignoire. De temps à autre, elle rajoutait de l'eau chaude, toujours plus chaude, comme pour noyer l'idée qu'Émile, l'homme de sa vie, était le petit-fils d'un monstre. Comment continuer de vivre sous le même toit que lui en sachant cela ? Bien que nul ne puisse être tenu responsable de ses origines, serait-elle capable de faire abstraction de cette terrible vérité ? Alors qu'elle s'était démenée pour la découvrir, elle regrettait amèrement de l'avoir trouvée. Oublier. Ne plus savoir.

Bien des questions restaient en suspens. Comment Emily s'était-elle retrouvée en possession de ces lettres ? Pourquoi les avait-elle conservées et léguées à Émile, sachant qu'il les lirait peut-être un jour ? Les avait-elle lues ? Si oui, pourquoi ne pas les avoir détruites ou remises à la police ? Aurait-elle, par quelque hasard de la vie ou de la mort, hérité de ces lettres sans jamais avoir eu la curiosité de les lire ? La réponse lui vint dans un éclair.

– *Evening in Paris !*

S'agissait-il des lettres qu'Emily avait trouvées dans la boîte de parfum *Evening in Paris* de Juliette ? Elle a écrit qu'elle ne les avait pas lues, mais était-ce vrai ? Dans le cas contraire, peut-être en parlait-elle dans son journal ?

Sophie bondit hors de la baignoire. Elle ne prit pas la peine d'arrêter les jets, de vider la baignoire ni même de s'essuyer. Elle enfila son peignoir, remonta dans son bureau au pas de course et se rua sur la boîte contenant les cahiers d'Emily.

Elle s'assit sur le divan et les feuilleta tous, un à un, balayant rapidement le texte des yeux à la recherche du nom de Katherine, de Titi ou même de Charles. Sa recherche fut longue et infructueuse. Elle compulsa ainsi tous les cahiers sans trouver aucune trace de Katherine Willie. Charles y était bien mentionné, à plusieurs reprises, mais uniquement pour relater ses mésaventures ou évoquer des souvenirs tendres. Outre l'adoption, les cahiers ne contenaient rien sur ses origines. Pas un mot.

Assise au milieu des cahiers empilés autour d'elle, Sophie reprit sa réflexion. Si elle révélait la vérité à Émile ou à Charles, cela reviendrait à dire qu'Andrew Murray avait payé de sa réputation inutilement. Son sacrifice pour préserver Charles de la vérité aurait été vain. Elle conclut que si lui s'était tu à l'époque, en payant le prix fort, ce n'était pas à elle de parler aujourd'hui. Elle résolut alors de disposer des lettres comme Katherine avait demandé à Juliette de le faire.

Elle se leva, resserra la ceinture de son peignoir et fit quelques pas vers son bureau sur lequel se trouvaient toujours les lettres. Elle les prit, de même que le ruban, sortit et se ravisa aussitôt. Revenue dans la pièce, elle se dirigea vers le carton qui contenait la correspondance d'Emily. Et s'il y avait d'autres lettres de Katherine dans cette boîte ? Un espoir jaillit. Et si Katherine n'était pas passée aux actes ? Si elle avait survécu à son malheur ?

Sophie s'accroupit et tira la caisse poussiéreuse vers elle. Il fallait la passer au peigne fin. Elle souleva le couvercle et retourna la boîte. Une pluie d'enveloppes et de feuillets se déversa dans un bruit léger ponctué par un « toc ». Apercevant quelque chose qui roulait sur le plancher de bois verni, elle mit aussitôt la boîte de côté et s'empara de l'objet qui s'éloignait d'elle.

Il s'agissait d'une plume. Elle la fit tourner entre ses doigts. L'instrument était marbré de différents tons de vert. Elle tira sur le capuchon qui résista, puis eut davantage de succès en le dévissant. Il s'agissait d'une plume fontaine à pointe argentée qui lui sembla étrangement familière. Elle se souvint d'un passage dans le journal d'Emily qui racontait que sa mère possédait une plume dont elle ne se servait jamais. La pointe était encrassée d'encre bleue. Il était évident qu'elle n'avait pas servi depuis des années. En examinant le capuchon, Sophie remarqua une inscription sur l'anneau d'argent qui le bordait.

– KW, murmura-t-elle.

Une vision surgit dans son esprit. Celle d'une jeune fille de seize ans, enceinte, rejetée par sa famille, grelottant dans une chambrette de sanatorium en train d'écrire à son amie une lettre dans laquelle elle racontait le viol, l'inceste, la naissance d'un enfant. C'est avec cette plume que Katherine avait rédigé sa note d'adieu. La grand-mère d'Émile l'avait conservée et la ressortait, de temps à autre, pour la contempler, telle une prière adressée à Katherine.

Sophie rangea sa trouvaille dans le tiroir supérieur de son bureau et revint à sa montagne de lettres. Une par une, elle passa en revue les enveloppes avant de les remettre dans la boîte. Plusieurs venaient de l'étranger, surtout de l'Italie, mais aucune n'était semblable à celles de Katherine. Une fois le contrôle terminé, elle remit le couvercle sur la boîte et la glissa sous son bureau.

Après avoir repris le paquet de lettres et le ruban, elle descendit dans sa chambre et alla directement vers le foyer.

Déterminée à préserver à jamais le secret de Katherine Willie, Sophie décida de brûler les lettres. Elle sanglotait lorsqu'elle saisit la boîte d'allumettes sur le manteau de la cheminée. Si cette histoire venait aux oreilles d'Émile… Elle n'osait même pas imaginer l'impact qu'une telle révélation aurait sur son mari. Et que dire de son beau-père ? Une crampe abdominale la plia en deux.

Malgré les soixante-dix années qui avaient passé, trop de gens souffriraient si la vérité était dévoilée. Cette sordide vérité qu'elle avait tant cherché à savoir. Sophie se moucha dans la manche de son peignoir. D'un autre côté, si les faits réels étaient révélés, la réputation du grand-père d'Émile serait réhabilitée. Mais ce serait trop cher payé. Tant pis !

La jeune femme s'assit à l'indienne devant l'âtre. Le marbre froid lui arracha un hoquet de saisissement. Elle tourna la clé de la cheminée d'un demi-tour vers la droite, ouvrit les portes vitrées et écarta le grillage du pare-étincelles. Puis, reniflant et s'essuyant les yeux, elle tenta d'apaiser son angoisse en se disant que le seul témoignage du crime (le seul ? panique !) allait bientôt s'envoler en fumée.

Les allumettes dans une main et les lettres dans l'autre, Sophie tergiversait. Le geste qu'elle s'apprêtait à poser était-il le bon ou se faisait-elle complice du crime ? Elle soupesa les différentes options et en vint à la conclusion qu'il valait mieux enterrer cette histoire pour le bien de tous. Elle brûlerait les lettres une à une pour être bien sûre qu'elles soient toutes détruites, que rien ne subsiste. Elle prit une allumette. Au moment de la craquer, elle eut une dernière hésitation. Peut-être devrait-elle s'accorder un temps de réflexion ? Et si elle conservait les lettres et qu'Émile venait à les trouver ? Le risque était-il si grand ? Après tout, elles étaient à Civita depuis plus de trois ans, et il ne s'y était jamais intéressé. À moins que… non.

– On ne refait pas le passé, mais on peut le laisser dormir, soupira Sophie en frottant l'allumette sur la brique du foyer.

L'histoire de Katherine Willie resterait dans le pli des collines, comme cette dernière l'avait souhaité. Réduire en cendres les lettres témoignant d'un crime dont les protagonistes étaient depuis longtemps disparus était la meilleure solution. Leur contenu ne pouvait aider personne, ni servir à punir un coupable. La vérité, quoi qu'elle en eût toujours pensé, ne pouvait que faire du mal à Émile et à son père. Pourtant, elle hésitait encore. L'allumette lui brûla les doigts. Elle la jeta dans le foyer et en gratta une autre.

C'est alors qu'une pensée angoissante lui traversa l'esprit : elle était dans la maison du monstre. Civita, cette maison qui constituait tout son univers, sa maison de rêve qu'elle avait rénovée de fond en comble, dans laquelle elle avait investi jusqu'à son dernier dollar, cette magnifique demeure avait été construite par le monstre lui-même. Elle vivait, dormait, mangeait, travaillait, aimait dans la maison du monstre ! Elle poussa un gémissement en jetant autour d'elle un regard affolé. Peut-être avait-il dormi dans cette chambre ? Non, non, ce n'était pas le moment de penser à cela.

– Aïe ! lança-t-elle en jetant l'allumette consumée dans le foyer.

Elle en craqua une troisième. Il fallait enterrer le passé à jamais.

– Enterrer le passé !

Sophie jeta l'allumette dans le foyer et se leva d'un bond. Elle enfila un t-shirt et un jean, et dévala l'escalier. Arrivée dans la cuisine, elle ouvrit une porte d'armoire, sous l'évier, saisit un sac à ordures et y glissa les lettres. Ensuite, elle prit un rouleau de ruban adhésif entoilé dans l'un des tiroirs de la cuisine et entreprit d'en couvrir le paquet. Une fois le tout complètement recouvert de ruban adhésif, elle descendit à la cave. Elle remonta presque aussitôt avec une boîte de chocolats Godiva vide dans laquelle elle mit le paquet de lettres. Elle scella le couvercle de la boîte de métal à l'aide du même ruban gris et sortit de la maison.

C'est au pied d'un vieil orme dans le boisé de Civita que Sophie enterra le passé. Il lui fallait protéger les siens sans poser de geste définitif. Le temps lui donnerait sûrement raison. Et puis, qui sait ce qu'elle pourrait encore découvrir dans les archives d'Emily ? Après tout, elle avait à peine entrouvert la porte de Fort San.

Épilogue

À la fin du mois d'août, le sol était craquelé par la sécheresse. Un mois s'était écoulé depuis que Sophie avait découvert les circonstances de la naissance de Charles.

Au fil des jours, la nouvelle réalité avait fait son nid et la vie avait repris son cours normal. Ses articles étaient parus dans le journal et le rédacteur en chef lui en avait commandé une autre série, sur des personnages marquants de la région, cette fois. Quelqu'un avait suggéré le nom du défunt juge Gérald Porter. Sans sourciller, Sophie avait répondu qu'elle y penserait.

Émile venait de célébrer son anniversaire. Sophie lui avait offert un télescope et la plume de Katherine. Il s'était dit très touché par ce dernier cadeau qui lui venait de sa grand-mère. Il avait même ajouté que les boîtes d'Emily recelaient décidément de bien beaux trésors. Sophie s'était abstenue de le contredire.

Le mois qui s'achevait avait été consacré aux préparatifs de voyage. Paméla n'avait pas changé d'idée, et elle et Bernard partiraient avec Sophie et Émile le vingt-huit. Le voyage avait été planifié jusque dans les moindres détails afin de ne pas angoisser inutilement Paméla pour qui le simple fait de prendre l'avion constituait toute une aventure.

Ils s'envoleront pour Turin où Émile assistera à un congrès médical. Il avait rédigé une allocution simple et touchante en remerciement de l'hommage rendu à la mémoire de son grand-père. Sophie y avait mis sa touche et il en était très content. Pour le séjour dans cette ville, chacun avait échafaudé ses plans : Bernard voulait visiter le musée de l'automobile et l'usine de voitures Fiat ; Paméla voulait voir, de ses yeux, le saint suaire du Christ ; Émile et Sophie se promettaient de flâner dans les rues pour admirer l'architecture. Après dix jours à Turin, ils se rendront à Sienne d'où ils feront des excursions à Florence, Rome, Assise, Orvieto et, bien sûr, Civita.

***

Au matin du grand départ, Charles arriva à Civita à six heures, à pied, après avoir laissé sa camionnette au garage pour faire réparer le climatiseur. Il avait accepté l'offre d'Émile et utiliserait sa voiture entre-temps.

Sophie avait attendu ce voyage avec impatience. Quand, parfois, le doute la tenaillait quant à sa décision de ne pas brûler les lettres, elle le chassait en consultant ses guides de voyage ou en planifiant une autre excursion. Lorsqu'ils reviendraient d'Italie, se disait-elle, ce serait un renouveau.

Le trajet vers l'aéroport se fit au son de la station de musique country syntonisée par Charles. Sophie était assise seule sur la banquette arrière. Elle repensait aux événements qui avaient jalonné l'été.

Elle posa les yeux sur la nuque rougie de son beau-père qui tenait le volant. Émile avait insisté pour qu'il conduise. Charles parlait lentement, jetant de temps à autre un rapide coup d'œil à son fils qui s'enquérait de l'état des récoltes. Comme tous les fermiers de la région, Charles avait perdu beaucoup de blé à cause de la sécheresse, mais comme par le passé, il se relèverait de cette épreuve.

Regardant défiler les champs, sillonnés par les moissonneuses-batteuses, Sophie songea à Constance Dupré. Elle la revit assise à sa table de cuisine avec son jeu de cartes, occupée à tuer le temps en attendant que celui-ci vienne à bout d'elle. Elle imagina la jeune Constance, terrorisée par une mère lui prédisant la mort par pendaison si elle laissait un homme l'approcher avant le mariage. Quelle pitié !

L'esprit de Sophie vagabonda jusqu'au Montana, alors qu'elle eut une pensée pour les parents des jeunes fiancés décédés dans l'accident de motocyclette en juin. Comment allaient-ils ? Est-ce qu'ils s'en sortaient ? Elle s'en était sortie, elle. Un jour à la fois, elle s'était reconstruite, comme l'avaient aussi fait Émile, Colette et tant d'autres hommes et femmes.

Colette. Pour combien de temps serait-elle encore parmi eux ? Sophie se dit qu'ils devraient aller lui rendre visite en Abitibi l'été prochain. Puis, sa pensée se porta vers Lucie qui l'avait surprise l'autre jour en lui écrivant une lettre. Elle y disait s'être inscrite à un cours de comptabilité dans le but de faire la tenue de livre de l'entreprise de vente de voitures d'occasion de son mari. Une tentative de rapprochement ? Il n'était peut-être pas trop tard.

Ressentant une raideur dans le cou, Sophie tourna la tête vers la gauche, vers « le côté qui rencontre », comme disait Charles. Il y avait très peu de voitures sur la route à cette heure matinale. Au bout de quelques minutes, elle en vit venir une. Une Pontiac familiale blanche. C'était celle de Grant Morrison. Il klaxonna et leur envoya la main en les croisant.

Sophie posa les yeux sur la tête de son mari, assis devant elle. Elle fut prise d'une envie soudaine de caresser ses cheveux bouclés, mais se retint de faire ce geste d'affection devant son beau-père. Ah et puis pourquoi pas ? La vie est trop courte. Elle y alla d'un geste tendre qui fut bien accueilli par Émile et que Charles ne sembla pas remarquer. Vu de dos, il y avait une ressemblance certaine entre Émile et David, le beau David dont l'étreinte ne dépasserait jamais le niveau du fantasme.

La jeep de Paméla les doubla. Bernard était au volant et Paméla avait pris place à côté de lui tandis que Carla somnolait sur la banquette arrière. Paméla salua les occupants de l'automobile avec de grands gestes de la main. Sophie salua à son tour, mais de façon quasi imperceptible, juste avant de fermer les yeux, succombant au roulis de la voiture qui la berçait doucement.

***

À sept heures pile, les deux véhicules arrivèrent à l'aérogare de Regina. Les passagers en descendirent avec leurs bagages. On n'entendait que la voix de Paméla qui demandait à Bernard, pour la ixième fois, s'il avait les billets d'avion et les passeports. Ce dernier répondait chaque fois par l'affirmative en ajoutant un bienveillant : « Ne t'inquiète pas, mon bijou. »

Les valises furent chargées sur des chariots et on salua les chauffeurs. Merci et bon retour à Fort Qu'Appelle. En entrant dans l'aérogare, Émile rappela à tous l'importance de bien identifier chaque pièce de bagage. Ils s'arrêtèrent à un comptoir pour s'acquitter de cette formalité.

— As-tu un stylo ? demanda Bernard à sa femme.

— Tu sais bien que oui, répondit Paméla en plongeant la main dans son fourre-tout.

Pendant ce temps, Émile sortit de la poche intérieure de son veston la plume ayant appartenu à Katherine Willie. Il remplit cinq étiquettes pour lui et Sophie, puis il tendit sa plume à Bernard qui s'impatientait tandis que Paméla fouillait toujours dans son sac.

Lorsque tous les bagages furent dûment identifiés, les quatre compagnons de voyage se dirigèrent vers le comptoir d'enregistrement d'Air Canada. Paméla dit à Émile et Sophie :

— Allez-y les premiers qu'on voie comment il faut faire.

Quand leur tour arriva, le couple le plus expérimenté s'avança vers la préposée.

— Destination ? demanda-t-elle machinalement en saisissant les billets que lui tendait Émile.

— Toronto, dit Sophie

— Destination finale ?

— Turin, dit Sophie.

— Budapest, rectifia Émile.

— Budapest, répéta la préposée après avoir examiné les billets.

— Budapest ? dit Sophie.

— Budapest, répéta Émile, impassible.

N'y comprenant rien, Sophie se tourna vers ses amis. Paméla avait les yeux écarquillés et elle tapait des mains tandis que Bernard la serrait contre lui.

— C'est vrai ! dit Bernard, on va à Budapest avant d'aller à Turin.

– Ouiiiii ! s'exclama Paméla, au comble de l'excitation. On s'en va à l'hôtel Gellért !

Sophie se retourna vers Émile qui était tout sourire.

– Mais… dit-elle, bouche bée.

– Depuis le temps que tu en parles, j'ai pensé que ça te ferait plaisir.

Ainsi, cette traversée prenait une tournure inattendue. Sophie accueillit avec enthousiasme ce crochet par la Hongrie, car au fond, il en va de la vie comme des voyages : ce sont souvent les détours qui en font tout l'intérêt.

Remerciements

Pour m'avoir encouragée dans cette aventure et soutenue de toutes les façons possibles, et ce, même si la barrière linguistique l'empêche de me lire, merci à mon mari Timothy Maw.

Pour avoir si généreusement consenti à partager avec moi leurs souvenirs de Fort San, merci à Robert et à Norma Ferguson, à Grant Herbison et à Doris Dodds qui nous ont tous quittés depuis la première édition de ce roman.

Pour avoir pris autant de soin à lire le manuscrit de la première édition et à me prodiguer de judicieux conseils, merci à Sylvain Rheault, à Yves Breton, à Florentia Scott et à Denis Chagnon.

Pour avoir bien voulu être mes toutes premières lectrices, merci à Marie-France, à Nicole, à Florence (maman !) et à Marie qui m'ont convaincue que je ne perdais pas mon temps.

Pour avoir accepté, en 2004, de publier le premier roman de cette auteure inconnue, merci aux Éditions de la nouvelle plume.

Pour avoir révisé ce texte dans le menu détail, merci à Violette Talbot.

Note de l'éditeur

Pour cette deuxième édition de *Dans le pli des collines*, nous avons pensé inclure la chronologie de Fort San, de même que de nombreuses photographies prises par l'auteure au cours de sa recherche.

Nous espérons que cet ajout satisfera la curiosité des lecteurs, anciens et nouveaux. Une partie de cette documentation, de même qu'une série de questions et réponses sont disponibles sur le site Internet de l'auteure au www.martinenoelmaw.com.

Chronologie de Fort San

1911

- Achat d'un terrain de 230 acres situé à cinq kilomètres au nord-ouest de Fort Qu'Appelle, sur la rive nord du lac Echo. Coût de la transaction : 8 250 dollars. Avec sa vue sur le lac, situé au sud, et son ensoleillement maximal, ce site est idéal pour la construction d'un sanatorium. L'endroit est protégé du vent du nord par les collines de la Vallée Qu'Appelle.
- Le Dr M. M. Seymour, Commissaire à la santé de la Saskatchewan, demande 25 000 dollars au gouvernement pour la construction du sanatorium, de même qu'une subvention de 1 dollar par personne, par jour, pour défrayer les soins des patients.
- Le taux de mortalité annuel dû à la tuberculose en Saskatchewan est de 350. Le nombre de cas possibles est estimé à 1 700 sur une population d'environ 492 000 habitants.

1913

- Début de la construction du sanatorium.

1914

– La construction est interrompue quand la Première Guerre mondiale éclate et que de nombreux hommes s'enrôlent dans l'armée.

1916

– La construction de la résidence du directeur de l'établissement et d'un premier pavillon est complétée en avril.

– La Ligue antituberculeuse accepte d'accueillir les anciens combattants atteints de la tuberculose.

1917

– Le Dr R. George Ferguson, du Manitoba, est nommé directeur médical par intérim pour une période de six mois, en attendant le retour du directeur en poste, le Dr William Hart, qui est en service outremer. À son retour au pays, ce dernier ne pourra reprendre ses fonctions en raison d'ennuis de santé et le Dr Ferguson demeurera en poste jusqu'à sa retraite, en 1948. Au cours de sa carrière, le Dr Ferguson s'est imposé comme un éducateur, un chercheur et un leader de calibre international.

– Avant l'avènement de la pénicilline, le traitement de la tuberculose se résume à bien peu de choses : un mode de vie fait de repos, de bonne nourriture, d'air frais, d'espoir en l'avenir et d'une hygiène personnelle adéquate afin d'éviter la contagion.

– Le sanatorium de Fort Qu'Appelle ouvre ses portes le

10 octobre. On y trouve six bâtiments : la maison du directeur médical, l'édifice administratif, deux pavillons accueillant les malades (23 et 24 patients respectivement), une centrale électrique et une grange.

- Le jour de l'ouverture, le personnel comprenait entre 8 à 10 employés, selon les sources. Le Dr Ferguson (dont le salaire annuel était de 4 800 dollars), Mlle May Fraser, infirmière en chef (1 200 dollars par année), M. E. W. Miller, comptable (1 200 dollars par année), deux infirmières, Mlles Jennet et Wynn (780 dollars par année), Frank Shirtcliffe, ingénieur (1 200 dollars par année), un ou deux pompiers et un cuisinier.

- Trois patients sont admis le jour de l'ouverture : Mlle Lilly Leslie, sténographe de Lebret, M. W. Herb Madden, voyageur de commerce de Saskatoon qui deviendra plus tard acheteur en chef au sanatorium, et le Caporal Lennie, de la Police montée du Nord-Ouest (devenue la GRC). À la fin du mois d'octobre, le sanatorium accueillait vingt patients.

- Les heures de visite sont de 16 h à 17 h, et de 19 h à 20 h 30. Les visiteurs venus de loin – ce qui est le cas pour la plupart puisque Fort San est situé loin des grands centres – peuvent avoir droit à des permissions spéciales.

- Tous les employés travaillent de 7 h à 19 h, y compris une pause de deux heures.

- Le Dr Ferguson est de garde 24 heures par jour.

- Les six premiers patients des Forces armées arrivent le 1er décembre. D'autres seront admis pratiquement chaque semaine au cours des deux années à venir.

- À Noël, le sanatorium compte 40 patients.
- La valeur totale de l'équipement médical est estimée à 21 606 dollars.
- La valeur du terrain et des bâtisses est maintenant estimée à 244 254 dollars.

1918

- En février, les 70 lits que compte le sanatorium sont occupés.
- Création de la *TB Soldier's Welfare League* (la Ligue sociale des soldats atteints de tuberculose), connue sous le nom de *Tuberculosis Veterans' Section of the Royal Canadian Legion n°74* (les Vétérans de la Légion royale canadienne atteints de la tuberculose, section n°74), affiliée aux Anciens combattants canadiens de la Grande Guerre.
- La Ligue crée un club récréatif pour divertir les patients et le personnel. Elle fonde aussi une bibliothèque réservée aux patients, et publie le premier magazine du sanatorium qui deviendra *The Valley Echo* (L'Écho de la vallée) en 1920.

1919

- Le 1er février, le Dr Robert Kirkby arrive à Fort San pour une affectation de trois mois afin d'aider le Dr Ferguson lors d'une épidémie de grippe. Le Dr Kirkby décidera d'y rester et épousera garde Marie Berg.
- Mars marque le début des diagnostics par rayons X. Les plaques de verre utilisées à l'origine seront remplacées par des films à la fin de l'année.

- Le sanatorium de Fort Qu'Appelle reçoit de la grande visite en la personne de Son Altesse Royale le prince de Galles, le futur roi Edward VIII.
- Construction d'un édifice récréatif comprenant une cantine, une bibliothèque, des salles de lecture, de billard et de cartes, un salon de barbier ainsi qu'un amphithéâtre pouvant accueillir 300 personnes. Il a été inauguré au son de la musique de l'orchestre du sanatorium (il y en aura jusqu'à trois).
- Trois patients sur quatre sont des vétérans.
- Le quart des hommes atteints de tuberculose admis au sanatorium ont été exposés au gaz toxique au chlore à Ypres, en Allemagne, durant la guerre.
- Ouverture du pavillon des enfants pouvant accueillir 40 jeunes patients.
- Le personnel infirmier compte maintenant une infirmière en chef et 14 infirmières diplômées.
- Le 8 octobre marque l'ouverture du *Red Cross Lodge* (pavillon de la Croix rouge) qui met 14 chambres à la disposition des visiteurs. La Croix rouge a versé 16 000 dollars pour la construction de ce pavillon.

1920

- Le Dr Harvey Boughton, arrivé l'année précédente, devient directeur médical adjoint. Il fondera un orchestre comptant de 18 à 22 musiciens qui divertira tout le monde jusqu'en 1925.
- Au début de la décennie, le sanatorium se dote de sa propre station de radio, grâce à l'ingéniosité de patients dont MM. Murphy et Milton Russell. Utilisant

une antenne de 35 pieds attachée à un radiateur, et à plus de 900 mètres de fils électriques, qui courent le long des balcons, rattachés à des boutons de porcelaine. Chaque lit y était branché individuellement, malgré la résistance causée par les 80 casques d'écoute. La radio de Fort San ne faisait pas que capter la radio des grandes villes, elle produisait aussi sa propre émission mettant en vedette de talentueux patients.

- La *Loi sur les municipalités rurales de la Saskatchewan* exige que chaque municipalité fasse une contribution annuelle de 100 dollars au sanatorium.

- Introduction de la chirurgie dans le traitement de la tuberculose. Le pneumothorax, qui consiste en l'affaissement du poumon, sera utilisé avec modération jusqu'en 1924, mais davantage à compter de 1927.

- Création du journal de Fort San, le mensuel *The Valley Echo* (10 cents l'exemplaire ou 1 dollar pour l'abonnement annuel). Le but de la publication est de susciter l'intérêt quant au bien-être et à la réhabilitation des soldats atteints de tuberculose, d'aider les patients civils, et d'éduquer la population en général sur la prévention de la tuberculose. Un des rédacteurs, P. Galway-Foley, a donné à la publication l'allure d'un tabloïd de première classe. Le tirage grimpera jusqu'à 500 copies mensuellement.

1921

- Construction d'une buanderie, d'une maison pour le directeur du sanatorium et de sept maisonnettes destinées aux employés mariés.

- 22 juillet – Création par décret de la Commission antituberculeuse de la Saskatchewan. Les membres sont : A. B. Cook, président; Dr Ferguson, qui a organisé l'étude et écrit le rapport final; R. H. Brighton de Regina, un ancien patient et corédacteur de *The Valley Echo*, secrétaire; et J. F. Cairns, un homme d'affaires de Saskatoon.

1922

- Construction de la résidence des infirmières.

1923

- Construction du kiosque à musique devant le Pasqua Lodge, financé par Mlle McCullough, une patiente de Fort San.

1924

- En janvier, le Dr George Wherritt se joint au personnel médical de Fort San après y avoir été interné de l'automne 1922 à l'été 1923.

1925

- Depuis son ouverture en 1917, Fort San a admis 769 anciens combattants.
- Les municipalités rurales de la province créent un fonds pour défrayer les soins de leurs résidants dans le besoin.
- Première thoracoplastie, intervention qui consiste à faire l'ablation des côtes supérieures dans le but d'affaisser la paroi du thorax.

- 15 avril – Ouverture du sanatorium de Saskatoon sous la direction du Dr H. C. Boughton.

1926

- 7 septembre – Ouverture de l'école de Fort San qui peut accueillir 25 élèves, enfants des employés.
- 20 décembre – Ouverture du bureau de poste de Fort San.
- L'endroit compte maintenant 17 maisons où résident des membres du personnel.
- Ouverture du préventorium, endroit où les patientes peuvent dorénavant accoucher sans risquer de transmettre la tuberculose à leur bébé. L'endroit comporte une salle d'accouchement et peut accueillir six nourrissons. L'excellent état de santé des bébés, séparés de leur mère malade dès leur venue au monde, a permis au Dr Ferguson de démontrer que la tuberculose n'est pas une maladie héréditaire comme bien des gens le croyaient. Le premier enfant à voir le jour au préventorium sera Merlin Ferguson Stewart, le 6 avril de l'année suivante. Il sera le premier de nombreux enfants à être prénommés Ferguson en l'honneur du dévoué médecin.

1929

- Le 1er janvier de cette année-là est une date historique. La Saskatchewan devient la première province en Amérique du Nord (huit ans avant toute autre) à rendre gratuits le dépistage et le traitement de la tuberculose. Le gouvernement libéral de James G. Gardiner est perçu comme le précurseur du système de soins de santé universel au Canada. Cette première entraîne un afflux de 296 nouveaux cas dans les sanatoriums de la province.

— Fort San opère à pleine capacité avec 310 lits.

— Essai d'une nouvelle technique chirurgicale consistant à comprimer le nerf phrénique (diaphragme) pour permettre au poumon de se reposer.

1930

— En raison de la crise économique, le montant alloué au traitement des patients est réduit de 3,04 dollars à 2,92 dollars par patient par jour.

— Le sanatorium de Prince Albert ouvre ses portes le 7 janvier avec à sa tête le Dr Kirkby.

— Le Dr Ferguson est nommé directeur des services médicaux et directeur général des trois sanatoriums de la province. Le Dr Hamilton le remplace à la tête de Fort San.

1932

— En raison de la crise économique, le Dr Ferguson annonce, au banquet du 1er janvier, qu'il accepte une coupure salariale de 18,75 %. De leur côté, les membres du personnel consentent à une coupure moindre.

1933

— La dépression faisant toujours rage, les salaires sont réduits d'une autre tranche de 5%.

1935

– Les choses vont de mal en pis et le salaire du Dr Ferguson est de nouveau réduit.

1936

– Première bronchoscopie (examen permettant de voir l'intérieur des bronches et d'évaluer l'état des muqueuses) à Fort San.

1948

– Le 12 septembre, après 31 ans de service, le Dr George Ferguson prend sa retraite. Il a de quoi être fier, car grâce à son travail acharné, la Saskatchewan est la championne de l'éradication de la tuberculose au pays.
– Le Dr Orr succède au Dr Ferguson.
– Espoir pour les tuberculeux : l'arrivée des antibiotiques.

1955

– Le Dr Ferguson publie un livre intitulé *Studies in Tuberculosis* (Études sur la tuberculose), qui deviendra un classique de la médecine moderne.
– Grâce à la détection précoce de la tuberculose, à l'isolement et aux antibiotiques, les patients sont traités moins longtemps et leur nombre décroît constamment.

1956

– Le 16 août – Naissance de Wayne Okenay, dernier bébé à naître au préventorium.

- Depuis l'ouverture du préventorium à la fin de 1926, 175 bébés y ont vu le jour.
- Au total, 210 bébés ont séjourné au préventorium. Sur ce nombre, un seul d'entre eux a contracté la tuberculose.

1958

- Le Dr Barrnett succède au Dr Orr.
- Diminution du nombre de lits dans les sanatoriums en raison de l'efficacité des campagnes de vaccination (il y en a eu quatre à la grandeur de la province).

1961

- Fermeture du sanatorium de Prince Albert.

1964

- Décès du Dr George Ferguson le 1er mars. Il était âgé de 80 ans.

1967

- Fort San n'opérant plus à pleine capacité, grâce aux avancées médicales, une partie du site accueille dorénavant l'école des arts d'été, sous la direction du *Saskatchewan Arts Board*. Cette école sera un locataire important de l'ancien sanatorium jusqu'en 1991, année où le gouvernement de la province mettra fin à son financement.

1972

- Fort San ferme ses portes.
- Le gouvernement de la Saskatchewan achète le sanatorium pour 1 dollar. Après d'importantes rénovations, l'endroit est converti en centre des congrès (*Echo Valley Conference Centre*), et est toujours utilisé l'été comme école des arts.

1978

- Le sanatorium de Saskatoon ferme ses portes. La démolition complète suivra malgré les protestations des citoyens.

1990

- Une entente est conclue avec le ministère de la Défense nationale et le début des années 1990 voit l'arrivée des cadets de la marine de Gimley, au Manitoba, qui deviennent les principaux locataires de Fort San.

2004

- À la fin de l'été, le *Echo Valley Conference Centre*, anciennement Fort San, ferme définitivement ses portes après 87 ans d'existence. Avec un déficit d'exploitation accumulé d'un million de dollars, la province ne pouvait plus maintenir l'endroit ouvert.

Sources

- *Fort Qu'Appelle Sanatorium Annual Report* (1918, 1919, 1920), Dr R. G. Ferguson.
- *Saskatchewan Archives*
- *A Matter of Life and Breath, A History of the Saskatchewan Lung Association*, Jean B. D. Larmour.
- *R. G. Ferguson, Crusader against Tuberculosis*, C. Stuart Huston, Hannah/Dundurn, 1991
- *Encyclopedia of Saskatchewan*, University of Saskatchewan.

Traduit de l'anglais par l'auteure.

Fort San en images

Photos © Martine Noël-Maw

En raison de l'emplacement du sanatorium, éloigné des grands centres, et de la nature contagieuse de la maladie, Fort San a été construit de manière à être autosuffisant.

Bienvenue à Fort San. Au moment de la publication, l'accès au site est interdit au public. Pour plusieurs, il s'agit d'une grande perte pour le patrimoine de la Saskatchewan. (2000)

Le pavillon des visiteurs situé à l'entrée de Fort San. Sa construction a été financée par la Croix rouge. Il comprend quatorze chambres, toutes meublées par une municipalité de la province. La visite de parents et amis est une partie essentielle de la cure pour remonter le moral des patients. (1999)

D'après mes recherches, ce pavillon était à l'origine la résidence des infirmières. (1997)

Le pavillon administratif où se trouvait, entre autres, le préventorium. (1999)

Le kiosque à musique construit dans les années 1920 grâce à un don de 250 dollars d'une patiente, Mlle McCullough. Devenue invalide en 1917, elle a passé presque tout le reste de sa vie à Fort San. (1997)

Un des longs couloirs où ont déambulé des centaines de tuberculeux. (1999)

Pasqua Lodge, l'ancienne infirmerie, la où séjournaient les patients les plus atteints. Aux dires de plusieurs, il s'agit du pavillon le plus hanté du site... (1999)

Pasqua Lodge, l'ancienne infirmerie. (1999)

Autre vue de Pasqua Lodge où, selon la légende, résiderait Nurse Jane, *the Folding Ghost*, une infirmière qui se serait suicidée. Des témoins racontent l'avoir vue pliant des draps ou poussant un fauteuil roulant. (1997)

Solarium de l'infirmerie qui est devenue le Pasqua Lodge. Les patients y passaient de nombreuses heures allongés, fenêtres grandes ouvertes, hiver comme été. (1999)

Située à l'arrière du pavillon Pasqua, voici la porte par laquelle étaient transportés les morts non réclamés pour être enterrés dans la colline… du moins selon la légende. Par contre, il est vrai que le « croque-mort » de Fort Qu'Appelle, Monsieur Stiff (que j'ai rebaptisé Machabée dans le roman), venait y chercher les dépouilles. La porte donne directement sur la morgue, endroit que j'ai visité un certain soir d'octobre, vers 23 heures. Je ne m'y suis pas attardée… (2004)

Vue de *Echo Lake* à partir de Fort San. Les arbres ont été plantés un à un à partir de 1917. (1997)

L'édifice récréatif construit en 1919. Il abritait, entre autres, un théâtre, une bibliothèque et un salon de barbier. (1999)

Les étables situées derrière le sanatorium. (1999)

La centrale électrique. (1999)

À cet endroit, on construisait des meubles et réparait tout ce qui pouvait l'être. (1999)

L'école de Fort San, une salle de classe unique que fréquentaient les enfants des employés, dont ceux du Dr George Ferguson. (2000)

La première maison du directeur médical, le Dr Ferguson. Il y habita avec sa femme et ses six enfants de 1917 à 1929. Elle a été laissée à l'abandon et vandalisée. (1999)

La deuxième résidence des Ferguson (1929-1948), devenue plus tard le *Good Spirit Lodge*, le mess des officiers des cadets de la marine, les principaux locataires de Fort San de 1992 jusqu'à sa fermeture en 2004. (2000)

Une des maisonnettes réservées aux employés du sanatorium, construites en 1918. (2000)

Un des duplex où résidaient des employés du sanatorium. (1999)

La maison réservée au directeur de la Ligue antituberculeuse. Elle aussi a été abandonnée et vandalisée. (1999)

Fort San et *Echo Lake*, 80 ans après l'ouverture du sanatorium. Vue de la colline où se trouvait la première maison des Ferguson. (1997)

Vue aérienne de Fort San au milieu du siècle (anon.). Photo gracieuseté de Robert Ferguson.

Le cimetière Lakeview de Fort Qu'Appelle où reposent les Ferguson. Les résidants bénéficient d'une très belle vue de la vallée. (2000)

Chemin de croix de Lebret, un village situé à quelques kilomètres à l'est de Fort Qu'Appelle, aux abords du lac Mission.

Vue du lac Mission à partir du sommet du chemin de croix de Lebret.

Ma toute première rencontre avec le regretté Robert Ferguson, fils du Dr George Ferguson, à sa résidence de Fort Qu'Appelle, le 12 août 2000. J'ai pu faire sa connaissance grâce à mon cher voisin, Grant Herbison, disparu depuis. Les deux hommes étaient des amis d'enfance. La relation entre Charles Murray et le vieux juge Porter dans le roman est inspirée de cette longue amitié. M. Ferguson et moi avons échangé pendant des heures cette journée-là, et nous nous sommes revus à plusieurs reprises au fil des années, toujours avec le même plaisir, jusqu'à son décès, survenu le 19 septembre 2006. Il avait 89 ans.

Le musée de Fort Qu'Appelle renferme une intéressante collection consacrée à Fort San. Ici on peut voir une photographie du Dr George Ferguson (en bas, à gauche) et deux exemplaires de The Valley Echo, le journal mensuel des patients du sanatorium. (2000)